目次

導讀

竊鉤者誅，竊國者為諸侯

日本歷史作家　洪維揚

不只是惡人的革命者道三

戰國時代的大梟雄齋藤道三給予後人反覆無常、毫無信用的形象，儘管當時人給他取了「蝮蛇」的外號，但後人對他的認識多半侷限於他是織田信長的岳父。也因為如此，齋藤道三雖從賣油郎躍升美濃國守護代堪稱偉業的事蹟，卻很少受到小說家的青睞。距今約半世紀前，歷史小說泰斗司馬遼太郎以齋藤道三傳奇的生涯為背景，寫下分為「齋藤道三篇」和「織田信長篇」兩部的名作《盜國物語》。

依現在的考證大致上可以確定竊取美濃的是道三父子，而非道三個人獨力完成，然而這並非作者的疏忽，而是在半世紀前這種說法尚未被學術界接受。儘管如此，絲毫無損本書的內容，在司馬遼太郎筆下，道三是個極為現實功利的人，對他事業有利的人、事、物無不加以利用。從他在金碧輝煌的釋迦牟尼佛像前祈求的對話便可看出端倪：

> 你認識我吧。我從小在寺裡長大，小沙彌時喚作峰丸，那可是光彩照人的美少年哦。長大剃度後起名為法蓮房。本尊啊，我為你奉花、獻閼伽、誦讀《法華經》，可出了不少力。你要是感恩的話就報答我吧。給我力量。

供奉佛祖原本是虔誠的信仰所致，但在齋藤道三眼裡卻必須為他取得奈良屋寡婦的歡心提供助力。

道三不以娶奈良屋的寡婦、成為奈良屋庄九郎而滿足，他先是藉機會把奈良屋變為山崎屋，然後以賣油商的身分進入美濃，其最終目的為終結土岐氏在美濃的統治，而由自己取而代之成為美濃的主人。道三之所以選擇美濃，憑藉的是與常在寺住持日護上人幼時在京都的同窗之誼，而日護上人是美濃守護代齋藤氏的家老長井利隆的胞弟，透過這層關係等於為道三在美濃的立足開啟一條康莊大道。道三若因此而對日護上人、長井利隆甚或是土岐賴藝（或土岐政賴）感恩戴德而竭盡心智，那道三終其一生只是土岐氏的家臣，道三的野心不僅止於成為土岐氏家臣，他盜國的過程成為本書前半部的重心所在。

據作者的統計，齋藤道三一生共用過十三個名字，「每改一次，身分都有所提高。……每次改名時，他的處境都面目一新，也就是說不斷地踩著台階向上攀登。……」《盜國物語》前兩冊其實也是在向讀者介紹齋藤道三改名的經過，盜國前的道三可視為革命家，盜國後則為武將。不管是革命家的道三或是武將的道三，表現都同樣出色，作者以約略同時期義大利半島佛羅倫斯的政治家馬基維利（Niccolo Machiavelli）的主張，「只有力量才能維繫世上的和平，……有能力的人才能勝任君主的位置，能力是統治者唯一需要的道德。」闡明道三可說完全符合馬基維利理想君王必備的條件，因而他最終得以驅逐土岐政賴．賴藝兄弟，擊敗政敵長井藤左衛門利安、揖斐五郎光親．鷲巢六郎光敦．土岐八郎賴香，完成盜美濃國的事業。

然而，道三也不是沒有缺點。書中透過道三盜國後的死敵織田信秀（信長之父）照映出道三的缺點：進貢朝廷是一種不期待實際利益的犧牲，而齋藤道三做不到這一點，他也只能是美濃一國的國主而已。讀者在讀完〈戰國梟雄齋藤道三篇〉上下冊的內容後應能自行判斷有沒有道理。

合理主義者信長與尊崇權威者光秀

《盜國物語》後兩冊舞台移轉至尾張，主人公改為道三的女婿織田信長以及道三的外甥明智光秀，前兩冊的主人公齋藤道三，儘管戲份已不如前，作者還是花了相當的篇幅敘述道三人生的謝幕。道三在死前曾說：「我這一生閱人無數，然而胸懷大志之人，不過是我的尾張女婿信長和我的外甥光秀兩人而已。決不能讓光秀在這場無謂的爭鬥中送了命。……周遊天下，豐富見聞，好繼承我的遺志。」

齋藤道三在長良川斃命後，故事的主軸一分為二，一為努力進攻美濃稻葉山城以實現丈人齋藤道三遺言的織田信長，一為遊走於畿內各有力大名間、為復興室町幕府而奔走的明智光秀。司馬遼太郎除描寫長良川之役以後到信長護送足利義昭上洛為止，十二年間（一五五六～六八）兩人的努力奮鬥過程外，也描寫兩人的出身背景及這段期間的遭遇以及因遭遇而磨練出的性格。光秀出身美濃守護土岐氏的分支明智氏，道三盜國後明智氏成為其最堅強的盟友，隨著道三在長良川之役敗死，明智氏城毀族滅，光秀一人離開美濃在畿內一帶流浪、歷練，同時也增廣自己的見聞和教養。

至於信長雖出身尾張守護代的家臣，但在父祖輩以來的擴張下已擁有尾張半國的實力，信長又是信秀正室所生，這樣的出身幾乎篤定他未來就是半個尾張的繼承人。信長到桶狹間之役結束為止——或許比不上光秀——他的人生也是充滿諸多的磨練和苦難，不過必須說的是兩人的精力和磨練是不同層次和方面的。光秀幼年時受到道三的賞識，將他栽培成熟稔公家和武家的文化禮儀，能吟詠連歌、能與堂上公卿周旋；在武略方面嫻熟各家兵書、是日本最早駕馭鐵砲這種新式兵器的能手之一。而信長自幼就顯現出與眾不同的特質，他對正襟危坐的世俗禮節不感興趣，倒是熱衷於游泳、鷹狩、奇裝異服等旁人眼中的細枝末節，然而這些所謂的異常行為在日後桶狹間奇襲時幾乎都派上用場。

光秀盡得道三的才學，但是其仕途卻異常坎坷，在朝倉家被閒置不用、受盡冷嘲熱諷，與劉皇叔寄身劉表時發出的髀肉之嘆如出一轍。光秀年過四十為擁立一乘院覺慶（後來的足利義昭）為將軍而與信長有所接觸，光秀遇到信長後他畢生才學才總算有發揮之處，信長用人不拘門第，只要身懷才能便能得到信長的破格提拔。不過也因為信長能充分利用並無限發掘家臣的才能，光秀長年追隨信長做出這樣的總結：「……想要跟上信長的節拍很難，他的想法太讓人無法捉摸了，他的行動往往也缺乏常識。」

也因為光秀長年追隨信長之故，他和信長在價值觀上的差異也愈來愈明顯，光秀甘願深入奈良興福寺一乘院救出為三好三人眾監視的覺慶、在越前朝倉家忍受不被重視的歲月、多次往返奔走於京都和岐阜，光秀說「自己生來就習慣於尊崇一切傳統的權威」，他的目的無非希望憑一己之力振興已搖搖欲墜的室町幕府。至於信長則是視禮法、視神佛、視一切傳統如無物，在父親的葬禮上他都可以抓起一把香粉丟擲出去，這樣的信長又怎麼會為了恢復傳統的秩序去扶持、振興幕府呢？價值觀南轅北轍的兩人暗藏巨大的矛盾也就不令人意外了。

後來光秀發動「本能寺之變」，作者藉旁觀者明智左馬助以及齋藤利三之眼道出光秀叛變後作為上的缺陷，似乎呼應了道三的成功法則：機遇到來之前，需要耐心等待，做好所有準備才是智者之為。然而，一旦機遇到來，就要緊緊抓住一氣呵成，才是英雄所為。做為武將光秀具備器量和才幹，然而還需要相當程度的運氣，光秀欠缺運氣，最後終究無法成就英雄大業，也因此將天下人的繼承者拱手讓給同樣為信長器重的羽柴秀吉！

行文至此，讀者是否已經迫不急待要閱讀正文了呢？《盜國物語》讓您從不同角度來了解齋藤道三、織田信長、明智光秀這三人間千絲萬縷的關係，以及他們馳騁的歷史舞台，不容讀者錯過！

＊山城國為日本古代令制國之一，相當於今日京都府南部。
山城、大和、河內、和泉和攝津五國，合稱畿內。

【盜國物語地圖】

能登
越中
加賀
飛驒
越前
美濃
鷺山城
稻葉
加納城
川手
若狹
丹後
尾張
但馬
近江
因幡
丹波
山城
伯耆
伊賀
美作
播磨
攝津
河內
伊勢
備前
和泉
備中
大和
淡路
讚岐
紀伊
阿波

開運之夜

四周寂靜無聲。

永正十四年（一五一七）六月二十日。一名乞丐坐在皇宮紫宸殿前破舊的土堆上，仰頭望向星空，感受著夜晚的清涼。

風習習拂過。

所謂的皇宮，不過是一堆廢墟。涼風吹拂過弘徽殿、北廊、仁壽殿脫落的房頂，穿過古朽的柱子拍打在土堆上坐著的乞丐的臉上。

時逢戰國初期。

「我要當國主。」乞丐喃喃自語。

任誰聽到，都會以爲他是個瘋子。然而，乞丐是認真的。事實上，這個夜晚的囈語，必將成爲日本歷史上永久的回憶。

「不同的草種可生成菊花，也可長成雜草。而人只有一種。沒有辦不到的。」

那名乞丐——

嚴格說來並不是乞丐。

這名年輕人出生於京都的西郊西岡，曾被稱作妙覺寺本山「最聰明的法蓮房（譯注：法然上人的後繼者，奠定了淨土宗的基礎。這裡用作和尚的法號）」。

豈止是最聰明，據說此人「學識縝密究其奧，巧舌不遜富樓那（釋迦牟尼佛的弟子、古代印度的雄辯家）」。他還擅長舞蹈音律，擊鼓吹笛樣樣精通，刀槍弓矢也無師自通，本領高強。

他現在叫做松波庄九郎。

懷揣某種考量，他離開了衣棚押小路的妙覺寺大本山，還俗爲凡人。

頭髮倒是蓄起來了，京都因爲應仁以來的戰亂而荒蕪，諸國皆支離散亂，連生計都沒有指望。

戰國——

即便是年輕的松波庄九郎，也就是日後令各國大名聞風喪膽的齋藤道三，在那個由家門決定前途的時代，就算是有三頭六臂，僅憑庄九郎這一無氏之卒，沒有哪位大名會立刻將其招致麾下。

當然，當一名足輕（基層步兵，編按）也可以謀生。

然而，像他這樣自恃清高的年輕人，是寧死也不肯的。

結果，他淪落成了乞丐。

「我並不想當皇帝。」庄九郎回頭望了望身後的宮殿。他決不會成爲乞丐。

身後亮著一盞燈。

裡面住著這個國家的天子。他的境遇不見得比庄九郎好，下人每天都拎著被稱作「關白袋」的袋子穿梭於京城，只爲向各處求得一把米，皇宮每日的炊煙才得以升起。

先帝（後土御門帝）駕崩已經十七年，卻仍未舉行大葬。而當今聖上後柏原帝繼位已十七年，卻國庫空虛，連即位的支出都不夠。

「我不願當皇帝，就算不當將軍，最少也要當個大名吧。」

「做夢吧。」腳底下的男人笑了起來。

破舊的土堆下，有個男人像狗一樣蹲坐著打盹。

庄九郎離開妙覺寺大本山時，在寺院打雜的赤兵衛央求他收留自己作家僕，便一路跟隨著他。人雖機靈，卻是個讓妙覺寺頭疼的小惡棍，坑蒙拐騙，無惡不作。

雖然衣著襤褸，腰間只繫了一根繩子，一柄野太刀卻是小心翼翼地背在右肩上。

庄九郎也是如此。

「怎麼是做夢呢？」庄九郎對著星空壯志滿懷。

「嗤，」赤兵衛嘲笑道：「還說不是做夢。我跟了你，最後倒成了叫花子。」

「以後會有榮華富貴的。」

「以後？我現在只想要一碗冷飯。」

「小叫花子。」庄九郎笑道。

「眞新鮮。你不也是個叫花子？」

「討飯是爲了將來的希望。爲了區區一碗飯就丟掉希望的人，才是叫花子。」

聲音聽起來很溫和。

相貌也不同於常人。

這個男人的畫像如今收藏於岐阜市本町的日蓮宗常在寺，是該寺的鎭寺之寶。

住持是當地中學的教導主任，筆者前去採訪時，特意拿出四百年前的這幅絹畫。

年代久遠，岩彩已經褪色脫落。

然而，倘若仔細端詳，不難辨認出畫中人物的風骨相貌。

身材高大而健碩。

長臉加上飽滿的前額，凸顯智慧。下顎略微前突，眼放異彩，顯得機敏過人。

其實，早在妙覺寺的孩童時代，他就有「粉雕玉琢般」的美譽。

長大後日漸清秀，稜角更加分明。還是僧人時，周圍人就認定他身上透出的男人味足以迷倒閱歷豐富的女性。

「哎——」赤兵衛站起身來。

「好像有一群人過來了。這個時間也不點火把，想必是賊吧。」

「哦，賊嗎？」庄九郎的肚子咕咕響了一聲。一聽到有賊，想必就有食物吧。

說話間，人影閃現。

明晃晃地閃著光的，應該是長柄的刀鋒吧。

不知何時，月亮已悄悄爬上東山的峰頂。

「赤兵衛，動手嗎？」

「好吧。」

兩人在土堆後會心地點了點頭。

黑鴉鴉的人群中不時夾雜著高亢的笑聲，眼看愈來愈近。

他們過了紫宸殿南側的十八級台階後，開始斜著橫越皇宮。

「赤兵衛，跟著他們。」

「好嘞。」赤兵衛立刻追了過去。

庄九郎則留在後面。

心中開始默念「謹奉勸請，本門壽量本尊」。這一習慣來自幼時，凡遇大事必定如此。

——佛祖，快來吧。

祈禱爲己牟利。當然，這僅僅是習慣，對極其自負的庄九郎而言，根本不相信佛祖會解救自己。

「南無三大秘法事一念三千之妙法蓮華經」

「南無久遠實成大恩教主釋迦牟尼佛」

「南無證明法華多寶如來」

天界的佛祖皆爲我所用，這是庄九郎獨創的自力聖道大法。當時，不僅是庄九郎，很多人都相信佛法是爲了個人利益而存在的，日蓮宗教徒是如此，淨土門的眞宗也不例外。

只要相信自己具備《法華經》的功力，那麼——

殺戮也是正義。

偷盜也是正義。

心境如此——實際上，筆者認爲，這是當時戰國時期一部分《法華經》信徒的風氣，如今的太平盛世，宗教學問也有很大發展，卻再也沒有此種《法華經》的信法。
生逢亂世。
背誦著「南無，妙法蓮華經」的庄九郎，用自己獨創的罪孽消除法，取代了那些信仰。
「庄九郎君。」
赤兵衛回來了。

強盜們似乎聚集在皇宮宣陽門附近廢棄的「左兵衛督寓所」中。
「有多少金銀和吃的？」
「不，有顆血淋淋的人頭。」赤兵衛回答道。
「赤兵衛，你看上去像有什麼好事。那顆人頭很值錢吧。」
「真不愧是最聰明的庄九郎君。」他不禁笑了起來。
赤兵衛口才亦不錯，開始娓娓道來。
京都東洞院二條——

那裡的奈良屋又兵衛是畿內（譯注：京都周邊諸國，包括山城、大和、河內、和泉和攝津）屈指可數的油商。
「油商，那可是了不得的財主，富比小國主。」庄九郎不禁低聲道。
去年當家的死了，現在由年輕的寡婦萬阿掌管。
「這人很厲害嗎？」
「哪裡。此女一向老實，好歹也是繼承家業的女兒，丈夫死後下人們都很馴服，家業倒還算順利。」
「接班人理應如此。——奈良屋怎麼了？」
「這次要從備前運送紫蘇。」
「哦，這倒是筆大買賣。」
紫蘇是燈油的原料。
不知何故，這種植物在京都地區很少見，中國地區（譯注：本州西南部地區，特指山陽道一帶）的備前（岡山縣）是最大的產地。
另外，東部的尾張、美濃，西部四國的讚岐、伊予等地也有部分種植。

不過，燈油消費較大的地區，仍是京都、奈良、堺以及山崎一帶的神社佛寺或是居家較多的城市。城裡雖有奈良屋這種自家店裡配有榨油機的大商鋪，原料卻需要從遠處買進。

運送很是麻煩。

只因時值亂世。

中途不僅會遭遇強盜、綠林土匪，沿路的大小地主也會藉口通關不暢，不時強搶錢財，中飽私囊。

於是出現了武裝隊。

油商聘請護衛隊，隊長用聘金召集牢人（譯注：即浪人，無主公或失去棲身之地的武士），一路跟隨護送。

通常，商家加上浪人在內的護衛隊，人數有時可多達七、八百人。

「奇怪——」

就連庄九郎的智商都不得其解。

「紫蘇和人頭，有什麼關係？」

「人頭嘛——你看，」赤兵衛豎起一根手指：「就是那個春夏惡右衛門呀。」

「哦？」名字很陌生，反正也不是眞名實姓。

庄九郎也略有耳聞。

原本是山名家的足輕，據稱力大無比，淪爲牢人後召集失業的牢人聚眾賭博，有仗打時則借兵營撈錢，還時不時受雇於商家兼做保鏢，在洛中（譯注：指京都市內）小有名氣，傳聞最近又當上了奈良屋的荷頭（護衛隊長）。

「那個惡右衛門掉腦袋了？」

「正是。」

「被那幫傢伙幹掉了？」庄九郎頓時洞悉了一切。

奈良屋的鏢頭算得上是商家的侍大將（總大將之下負責指揮其中一軍的將士，編按），收入要好過一些小大名的武師頭目。

估計是洛中其他的沒落武士垂涎惡右衛門的地位，襲擊了他，還砍下他的人頭。

「這些人什麼來頭？」

「俗稱青烏帽子的源八。」

「這樣啊。」

源八和被砍下腦袋的惡右衛門，是洛中對峙的兩大牢人頭目。

「看來我要走運了。」庄九郎伸直腿站了起來。風吹亂了他的鬢角。

他抬頭望了望頭頂的星星。

「從今晚開始，我的人生將時來運轉。」他說道。

我智力如是，慧光照無量，壽命無數劫，久修業所得……庄九郎開始吟誦起自我偈（譯注：《妙法蓮華經》第十六章開頭一句是「自我得佛來」，故稱「自我偈」）來，這個在佛門時養成的習慣已經根深柢固。

他在祈禱（給予他力量）。

之後便要大開殺戒了。

不管是餓鬼，或是歪門邪道、跌入地獄的罪人，只要對己有利，都要統統殺光——庄九郎似乎全身湧上了鮮活的力量。

「庄九郎君，您是看上了奈良屋鏢頭的位置？」

「正是，看我的。」庄九郎朗聲大笑。

笑聲清亮，聽到的人甚至會懷疑它是否眞的發自庸俗的人體。也許這正是庄九郎認定自己的行爲充滿正義的證據吧。

「赤兵衛。」

「在。」

「你看得還太淺。我從北斗七星看到了更遠的將來。《佛母大孔雀明王經》裡說，星相能辨凶吉。」

「您的將來會怎樣？」

「名列英雄史冊，流芳千年。」

吹牛呢。

庄九郎心裡暗自發笑，眼睛卻透過稀疏的星光盯著惡棍赤兵衛。

赤兵衛身體簌簌發抖。不是因爲害怕，而是出於無與倫比的感動。

（我跟了如此了不起的大人物，我也要走運了。）

自然，赤兵衛的這種感動悉數落入庄九郎的眼裡。
「赤兵衛，該動手了。怕死就不會走運了。」
「遵命。」
「赤兵衛，查查目釘（譯注：刀柄上的鎖扣，爲防止刀滑落，在刀柄和刀身上的小孔中插上插銷）——」庄九郎敲了敲刀柄，說道。
赤兵衛「噗」地向目釘啐了一口吐沫。
兩人走在皇宮裡。
說是皇宮，其實不過是廢棄的府邸。左側的櫻花木和右側柑橘樹周圍長滿了雜草，足以淹沒人的小腿肚。
兩人穿過塌陷的日花門，踩著宣耀殿殘存的基石，不久就潛入那幫人棲身處的左兵衛督廢棄的老屋外，踮起腳尖從窗外向裡張望。
屋內點著三盞油燈，火燒得很旺，不斷冒出油煙。
土間（室外與室內的過渡地帶，屬室內空間，編按）的爐子上架著一口大鍋，正煮著肉。五名大漢圍坐著吃喝，其中一人戴著一頂怪異的帽子，一眼就能看出此人就是俗稱青烏帽子的頭目源八。
「就是他啊？」
庄九郎盯著他，想找出他的弱點。
眼神略嫌遲鈍。
燈下只見此人肌肉勁鼓，胸毛濃密，確實是個彪形大漢。
庄九郎卻面不改色，低聲道：
「赤兵衛，你到北廊出口埋伏著，我自己去宰了青烏帽子。」
「爲何埋伏？」赤兵衛尚未明白過來。
「還不懂嗎？我一宰了青烏帽子，你就到北廊出口一邊敲打，一邊嚷嚷，讓人覺得來了十多個人。這可是松波庄九郎的開運之戰，你可不能怕死。」
「知道了。」赤兵衛迅速消失在夜幕中。
庄九郎緩緩地拔出刀來。這把二尺八寸（一尺＝十寸，約三〇・三公分，編按）長的刀是從妙覺寺的閣樓中偷來的，三條小鍛冶宗近的寶刀（譯注：三條宗近爲平安時代名刀匠，天下五劍之一的國寶「三日月宗近」即出自他手），顯然與他的身分不甚相稱。

寶刀出鞘，做工獨特的亂刃（譯注：日本刀最前端的刀刃紋分爲亂刃和直刃兩種）在月光下反射出凜冽的光芒。

庄九郎躍身而入。

他先一腳踢翻了大鍋，頓時煙灰揚得到處都是。

「青烏帽子！」庄九郎嘴下喊著，腳步已移至煙灰對面晃動的身影，一刀砍下。

只聽「哧」一聲，血灰彌漫。

「什麼人？」

青烏帽子氣勢洶洶地站了起來。

雖然右肩被刺，他還是反刀刺了過來。庄九郎竟毫不躲閃，口裡念道：「南無羅刹。」

也許是心誠感動了鬼神，庄九郎的話音剛落，青烏帽子已經被迎面劈中，身首異處。

青烏帽子的手下都嚇得魂飛魄散。

「安靜！」庄九郎若無其事道：「今後，我就是奈良屋的鏢頭了。」

眾人無不磕頭跪拜。

奈良屋的萬阿

次日，京都晴空萬里。炎熱難當。

雖然炎熱，戰國的百年間據說不像今日濕氣那麼重。人也好，氣候也罷，都乾乾爽爽。

奈良屋的萬阿在通風良好的裡屋舒適地伸展著身體，從午睡中醒來。

「誰呀？——有客人嗎？」

「是。」門簾後，管家杉丸小聲應道：「有位客人要見您。」

「還睏著呢。」萬阿說著，緩手把中式團扇伸到裙角驅趕蚊子。團扇上貼著檳榔葉，鑲著金邊，一看就知道價值不菲。僅此一物，就不難猜出奈良屋家產的殷實。

「沒見過的人嗎？」

「正是。」

「沒見過的人有些彆扭。」她盯著自己白淨的手指。自從守寡後，似乎有些發福，手指根處長出了五個小窩。

「杉丸，我看上去很瞌睡嗎？」

「隔著門簾看不見啊。」

「掀起來看看。」

「是。」杉丸掀起簾子的一角，小心翼翼地探出腦袋。

在杉丸眼裡，這名女子就像吉祥仙女般美麗。

「眞美啊。」

「是嗎？」萬阿從碟子裡捏起一粒花生豆，放入口中。

「來人什麼樣？」

「雖說是武士，其實是名牢人。對了，是這麼回事——」

杉丸把昨天夜裡發生在左兵衛督棄屋的事描述了一番。

「什麼？」萬阿驚得坐起身來：「鏢頭惡右衛門被殺了？誰幹的？」

「最近市井上橫行霸道的青烏帽子源八。」

「然後呢？」

「然後幹掉源八的，就是外面要見您的牢人。」

「什麼樣的人？年紀大不大？」

「很年輕。」

「讓他進來吧！」

萬阿匆匆下床，開始梳洗打扮。

「眞不小。」

松波庄九郎穿過走廊，感受著四周的寬敞。

（雖說是商人，奈良屋可以稱得上是府邸了。）

他被領進一間屋子裡。

中式的風格，擺著桌椅。牆上掛著波斯地毯，應該是邊境那兒過來的貨吧。

「杉丸。」庄九郎叫道。他不僅記住了這個名字，而且，一大早他就開始打探奈良屋的底細了。

有二十名下人。

其中，這個叫杉丸的年輕男人，深得寡婦萬阿的信任。

（橫豎要奪到奈良屋的家產，不能有半點含糊。）

「你是在西岡出生的吧？」

「您怎麼知道？」杉丸年輕的臉上顯出驚奇。

「我也是西岡人啊。」

西岡位於京都西郊，即今向日町通往山崎一帶。直到今日，由於出產山城竹筍而揚名四方。

「那麼，松波庄九郎——您可是松波家的人？」杉丸忽然瞪大了雙眼。

「正是本族。」

「天啊——我眞是有眼不識泰山。太失禮了。」杉丸說完急忙下跪。

「起來吧，」庄九郎仍端坐著說道：「雖說本族歷史悠久，都已經是五十年前的事了，如今，提起松波，估計也只有你會吃驚吧。」

松波左近將監（譯注：左近衛府的三等官）。

庄九郎自稱這是松波家世襲的官名。

左近將監乃皇宮的北面武士（駐在院御所的北面（北側部屋）之下，守護上皇、供奉御幸的武士，編按），隨著皇宮的衰微，在西岡買了一小塊田地世世代代住了下來。

但畢竟人地生疏，不出三代就沒落了。

松波血統的稀少家族，散佈在西岡至山崎一帶。

（想必庄九郎此人就是這種出身吧。）

戰國時代人們對血統的崇拜，遠遠超出我們現代人的想像。

杉丸的態度便是如此。

「松波大人，請稍候片刻。」說完即匆匆退出房間去了。

（一定是去向寡婦報信了。）

庄九郎臉上露出苦笑。

全部都是騙人的。

庄九郎是西岡出身的母親和當地男人私通後生下的。庄九郎甚至不知道父親姓啥名誰。

（幸虧不知道。父親是哪裡的誰根本無所謂，家族姓氏，自己可以決定。）

然而，家族姓氏往往很重要。正因爲考慮到這一點，庄九郎從妙覺寺本山還俗後就尋訪松波家族，並拿出若干錢財，在族譜的角落裡添上「左近將監本宗庶子庄九郎」一文。而此時，在奈良屋派上了用場。

（什麼啊。）

庄九郎的心底並不覺得可恥。

（漢高祖不就是無名無姓、不學無術的百姓出身嗎？年輕時在老家沛縣還是人人避之而唯恐不及的地痞無賴呢！）

而這個無名無姓的無賴，建立了漢朝。相較於高祖劉邦，庄九郎通曉內外（佛典、漢學）、精通兵法、武藝出神入化、音律舞蹈樣樣精通，連公卿都望塵莫及。試問具有此等才華能力，豈有奪不了天下的道理。

（不過一步難以登天。千里之行始於足下，首先要瞄準奈良屋的龐大家產。）

庄九郎心裡揣摩著，卻仍穩穩端坐著。

這時，奈良屋的牆外站著一名化緣的老僧。

他拄著竹杖，抬起斗笠，表情怪異地逐一端詳著奈良屋的門、牆和倉庫，良久後留下一句「有紅氣衝天」，便揚長而去。

就是說，奈良屋的屋頂上有紅氣升天。

店小二忙趕追上去問個究竟。

老僧從壓得低低的網紋斗笠下眼也不抬地說：「你是看不見的。」

「請問是吉兆還是凶兆？」

「吉兆。」說完老僧就離開了。

店小二回去後就向杉丸報告，杉丸又彙報給女當家萬阿。

「紅氣？」

萬阿無動於衷。畢竟這名女子年紀輕輕就掌握了奈良屋的家業。

「那小子是晚上做夢了罷，要不就是天熱得中了邪。」

她往臉上抹著脂粉，語氣淡淡的。隨後又問道：

「早上沒什麼特別的事吧。」

看來，她還是有一點在意的。

「沒有。出貨、分給賣油郎，永樂通寶（譯注：永樂帝時代的貨幣，鑄有「永樂通寶」字樣）的入庫一切正常，和昨日、前日沒什麼兩樣。」

說著，杉丸好像想起了什麼，「啊」了一聲。

「要說有什麼奇怪，不就是那位牢人嗎？他是西岡有名的松波家的……」

「剛才聽說了。杉丸，你太年輕了，容易相信別人。」

「這，可是……」

杉丸聽到那個人的血統，又看過他不同常人的容貌後，便認定了「此人是貴人」。眼光銳利，卻又面帶柔和的笑意。骨骼似玉般讓人感覺到光澤。

（此人竟斬殺了洛中人見人怕的青烏帽子源八？）

他帶來的見面禮是兩顆人頭。

一顆是奈良屋鏢頭惡右衛門的腦袋，還有一顆是青烏帽子的。

（吉兆莫非就是他？）

這一點萬阿和常人一樣。

（紅氣發自他身上？或是他的到來給奈良屋帶來了吉運？）

紅氣成爲庄九郎——即後來的齋藤道三——的傳說之一。

確實是庄九郎。抑或是他雇了化緣的老僧演的一齣戲也說不定。

萬阿走到客室。

「在下是庄九郎。」客人微笑著站起來。

一見鍾情。

萬阿被他的笑容吸引住，彷彿在哪裡遇過。

「我是這裡的當家萬阿。」她先謝過庄九郎替她報了鏢頭被殺之仇。

「您有什麼事嗎？」

「沒什麼，只是來送惡右衛門和青烏帽子的人頭。請當家的給他們超度吧。」

說完站起身就要走。

萬阿反而有些著急了。她原以爲這人不過是來討賞錢的。

「那個……」

「先走一步了。」他頭也不回地離開了。

「杉丸，杉丸，」萬阿急急喚道：「快去追，那位客人已經走了。」

（就知道會這樣。）

杉丸拔腿追了出去。

屋子裡只剩萬阿一人，尙未緩過神來。

（善人指的就是這種人吧。）

長相不俗，舉止文雅，走後尙留有餘香。

杉丸追了一會兒，到了路口，已然不見蹤影。

（都怪當家的。心高氣傲，生性多疑。這麼好的吉兆之人，竟讓他走掉了。）

最後還是沒找到。

「再去找。」

萬阿命令所有的下人。

不過，有一條線索。

念珠。

客人忘了帶走。

（眞是好東西！）

念珠工藝精美，一百零八粒珠子選自上好的帝釋青。

萬阿吩咐下人跑遍各大宗派的本山，頗費周折，折騰了好些天卻一無所獲。

（京都的寺院太多了！）

由此更感到驚訝。

「這是日蓮宗本山妙覺寺的僧人之物。」

得到這個消息，已是十天後了。

「謝天謝地！」

此時，萬阿對庄九郎的思慕已經極度膨脹，但還稱不上是愛戀。

應該說是敬慕之情吧。然而，對女人而言，敬慕與愛戀的界線本就模糊不清。

（這人真是有意思。）

萬阿想。然而轉念一想：搞不好不是凡人，而是神仙佛祖的化身顯靈了。

竟有些想得癡了。紅氣之事不就恰恰證明了這一點嗎？

杉丸叩響了妙覺寺本山的大門。

如今的妙覺寺，位於烏丸鞍馬口西側，占地僅一萬五千坪，塔頭子院（譯注：塔頭是高僧死後弟子爲表紀念而建蓋的塔或小院。後來，寺院裡高僧引退後住的地方也稱作子院）也幾乎全沒了，而當年杉丸踏入的大山門（佛寺大門，亦稱「三門」，即三解脫門，編按）位於衣棚押小路，寺內環繞的寶塔不下百座，氣勢不亞於一座城池。

「請問，松波庄九郎是在貴院嗎？」

杉丸沿著寺內百餘座的塔頭子院，挨家挨戶地詢問。

一直到第二十三家的龍華院。

這裡的住持是庄九郎的同門師兄。

「你說的是法蓮房吧。」

用的是庄九郎的舊法號。

「有什麼事嗎？」

當時的本山塔頭住持，和如今可不一樣。如果放在今天，其社會地位不在原帝國大學的教授之下。

杉丸把事情經過講述了一遍。

「這樣啊。他在裡面，俗名叫作松波庄九郎。」

「太謝謝了。」

杉丸被領到客室。

庄九郎出現在面前。

（總算是找到了。）

杉丸激動得要哭出聲來。實際上，杉丸叫了一聲「松波庄九郎大人」，便垂下眼睛，身體直發抖。

細想也真是奇怪。在奈良屋的大管家眼裡，不過區區一介牢人，怎麼會如此地感激涕零呢？

「好久不見啊。」

「我找您找得好苦啊。庄九郎大人為何對奈良屋如此無情？」

「此話怎講？」庄九郎反笑。

「總之，松波庄九郎大人，請隨小人前往奈良屋一趟如何？當家的想當面言謝。」

「這可不妥。」仍是面帶微笑。

杉丸猛然醒悟。奈良屋當家的，應該親自上龍華院登門拜訪才對。

「我……我懂了。」

「杉丸，」茶水送了上來：「聽說最近要到備前去運紫蘇吧。」

「正是，現在店裡正犯愁呢。車夫、馬夫、店裡的下人加上保鏢的牢人雖有八百多人，率領他們的大將惡右衛門卻——」

「死了。」

「對啊。要運一大筆錢物經過山城、攝津、播磨、備前四國，途中難免遭遇土匪強盜。如果沒有得力的將領……」

「杉丸，」庄九郎抿了一口茶說道：「其實，我本想前去見識見識播磨、備前，正打算上路。就讓我來保護貨隊的人馬吧。」

「啊——」

不吃驚才怪。

松波庄九郎這般大人物，竟然願意屈就奈良屋的運貨隊鏢頭？

「這、這是真的嗎？」

杉丸不自覺地膝行向前靠近了一步，其實仔細想想不過是一文不名的牢人——杉丸卻沒這麼想。

「是啊，」萬阿聽到報告後也頗爲吃驚：「眞的嗎？」

「絕無半句假話。松波庄九郎大人眞的願意帶隊。奈良屋的貨物可是日本第一啊。」

萬阿囑咐杉丸帶上好些金銀綢緞，立刻趕往龍華院。

在龍華院的裡屋等待時，她的心怦怦直跳。就像是要和情人相會。

命運

（眞正的惡人，他的莊嚴勝過九天的佛祖菩薩們。）

松波庄九郎對此深信不疑。

（我也想變成這樣的惡人。）

萬阿在龍華院的裡間焦躁不安時，庄九郎卻在大殿睡大覺。

大殿的須彌壇正前方金碧輝煌的釋迦牟尼佛像，正俯視著庄九郎。

「本尊啊。」

庄九郎對著金像開口道：

「你認識我吧。我從小在寺裡長大，小沙彌時喚作峰丸，那可是光彩照人的美少年哦。長大剃度後起名爲法蓮房。本尊啊，我爲你奉花、獻閼伽（古印度語，意爲「水」）、誦讀《法華經》，可出了不少力。你要是感恩的話就報答我吧，給我力量。」

「首先，」庄九郎開始祈禱：「要把奈良屋的女人弄到手。她腦子不笨，應該不太容易。要想辦法弄到奈良屋的家產。——釋迦牟尼佛祖啊，」

庄九郎將手臂枕在腦後抬起頭：「這可不是一己私欲。就算是私欲，我也絕不會只滿足於奈良屋的家產，我要的是整個國家整個天下。不是說，凡持有《法華經》者，就能成就心願嗎？倘若如此，那麼釋迦牟尼佛祖啊，你來當我的左膀右臂吧。」

庄九郎未施叩拜便離開了大殿。

他的衣裳不再像那天晚上寒酸的乞丐裝扮了。

只見他棉麻質地的素襖上印著大朵天竺牡丹花，佩戴著腰刀顯得落落大方，手持金梨地鞘的大刀，頭戴一頂烏帽。

這些，其實都是借來的。

它們來自妙覺寺裡一位老交情的坊官（譯注：寺院裡的俗僧，負責事務。雖剃髮身著袈裟，卻允許娶妻飲酒和佩戴刀劍），期限僅有半天。就像佛像鍍了金後更顯得莊嚴一般，他覺得惡人也需要穿著打扮。

他穿過走廊。來到裡間門口，嘩啦一下拉開了門。

「久等了。」庄九郎說道。

（啊。）

萬阿緊張得屏住了呼吸。

（好清爽的男子。）

庄九郎在席間坐了下來。

萬阿卻是一句話也說不出來。

「怎麼了？」

「不知道爲什麼，好像有些哆嗦。」

「用用這個吧。」庄九郎從懷中掏出一只金絲編織的小袋。

（這是從中國過來的——）

萬阿再次感到驚愕。金絲的綢緞僅來自中國進入邊境的貿易船，日本還沒有生產。身爲商鋪女當家的萬阿，當然知道它的價格有多麼昂貴。

不用說，這也是庄九郎借來的。

他從袋中的小瓶中取出一粒藥丸並讓萬阿服下。

「服下就神清氣爽了。」

藥丸雖是庄九郎自己的，卻不值什麼錢，只是將橘皮和樹皮煮乾後做成的，要說功效也只是利尿而已。

不過，庄九郎親口說「有用」，萬阿頓時覺出了神效，服下後不久就覺得胸口似有涼風吹過，很是舒服。

「感覺好多了。」

「那就好。」

庄九郎面無表情地點了點頭。剛才的藥，只是爲了試試自己的魅力而已。

不僅如此，他還想試探京都名媛中聰慧過人的萬阿的脾性。

（似乎很容易對某種東西著迷。）

不過，萬阿眞的很美。

膚色似白瓷般潔白，烏黑溫潤的一雙美瞳，與膚色甚是相稱。臉部五官中只有嘴唇略嫌偏厚，卻增添了別種風情。

萬阿心裡卻是忐忑不安。

最初，她只把他視爲京都四處流浪的無名牢人，而實際上，無論是穿戴，還是持有的物品或人品風度，萬阿甚至從沒見過這麼出眾的人物。

（禮品太寒磣了。）

羞死人了。

何止寒磣，雖然帶了白綢緞的窄袖和服及些許金銀，對讓人刮目相看的庄九郎而言，卻是太不值一提了。

「那個，杉丸。」

萬阿向管家杉丸使了個眼色。

杉丸恭恭敬敬捧出兩尊白木質地的三方（譯注：多用檜樹等素木製成、放置供品的小供台，三個側面多開有小洞，故稱三方。寺院中也稱爲三寶），放在庄九郎的面前。

「松波大人，多虧前些天替惡右衛門報了仇，這是一點兒心意。」

「哦。」

庄九郎微微頷首。

「那就不好推辭了。只是我乃佛門中人，妙覺寺也是日蓮宗本山之一，這些就布施給寺裡吧。」

「布施？」
「將自己的財物分給他人，佛法上叫做布施，是六波羅蜜之一，能夠廣積功德。」
他喚來寺裡的和尚和坊官，悉數散發。其實對庄九郎而言，只是充當衣裳和房間的租金而已。
「天啊！」
萬阿已經是第三次感到詫異了。這個男人難道是菩薩再世？可以如此無私無欲？在如今這個民不聊生、骨肉相殘、兵荒馬亂的時代，實在是太稀罕了。
（有捨才有得。）
庄九郎心裡想著，泰然自若地將視線移向院子裡。
「天氣眞熱啊。」
「請問，庄九郎君願意爲奈良屋去一趟備前，是眞的嗎？」
萬阿禁不住問道。
率領八百人護鏢之事。
「太可惜了，奈良屋會遭報應的。松波庄九郎可不是爲一介商鋪守鏢之人，當保衛國主的大將才合適……」
「沒關係，我願意。」
庄九郎似乎有些不耐煩，皺起眉頭打斷了這個話題。

松波庄九郎率領奈良屋的護鏢隊伍八百人一行離開京都時，正値永正十四年（一五一七）的夏末。
庄九郎端坐於馬上。
他身穿鎧甲，外加一件陣羽織（戰陣時穿著的無袖和服，穿於鎧甲之上，特色是方便美觀、兼具防寒，編按）是萬阿贈送的。
出了京都，第一晚宿在山城的山崎。
坐落在此的山崎八幡宮，雖然領地不大，卻壟斷了油的專賣。沒有八幡宮的允許，既不能賣油，也不能從產地運送紫蘇原料。

遠近的油商都向八幡宮進貢銀兩，以換取榨油和銷售權。而且僅有一年的期限，滿期後又要重新進貢。

因此，山崎八幡宮的富饒堪比大名，據說都能聽見境內收藏無數的金銀財物發出的哐噹響。

神社還養了數百名武裝神人（相當於寺院的僧兵），如果有人隨便賣油，即使遠在異鄉也要追趕過去把店鋪給砸了。

順便插一句題外話——

如今的山崎八幡宮仍坐落於東海道線京都和大阪之間「山崎站」的西面靠裡處。背靠天王山，面向淀川，領地卻大爲縮小，幾乎無人參拜，成爲一座鎮守村莊的普通神社。神官從庄九郎的時代開始世代都是津田氏沿襲，如今的第四十六代神官名爲津田定房。

當然，這裡擁有紫蘇專賣權僅在戰國時代之前，如今絲毫找不到當年昌盛的痕跡。有意思的是，今天的東京批發油市場、吉原製油、味之素和昭和產業等全國性的食用油企業或協會，都仍是八幡宮的信徒。

庄九郎從山崎八幡宮領取了替代許可證的「八幡大菩薩」旗幟一面和通過關所時所需的通行證等，翌日清晨便出發了。

他們順著西國街道向西前進。

沿途投宿於攝津郡山、西宮、兵庫和播州明石。

這天，馬隊穿越過播州平原，來到備前邊境的山嶽地帶。身爲庄九郎心腹的赤兵衛縱馬靠近道：「庄九郎大人，有要事報告。」

「何事？」

庄九郎瞇著眼睛。騎著馬搖晃，再加上山坡上吹過來的涼風，讓人舒服得想睡覺。

「剛才探子來報，前方是有年峠（山路的最高處，山頂，編按）。」

「哦，有年峠啊。」

他們本打算在那裡紮營。

「山寨駐紮的小名（譯注：封地較小的領主，相對於大名）叫有年備中守，瞄上了我們鏢隊的金銀錢財，不斷有人出沒。」

「是嗎？」

庄九郎立刻止住腳步。

斜陽照在山裡，眼看就要日落西山了。

算算日子，今晚日落後不久會出現滿月。夜裡行動應該不需要火把照明。

「赤兵衛，你帶著運貨隊照舊上有年峠吧。」

「不帶保鏢的牢人嗎？」

「不用，你來當誘餌。」

「庄九郎大人呢？」

「我自有安排。」

庄九郎從運貨隊中挑選出百餘名牢人，手持弓箭、長柄大刀和長槍，自己也棄馬步行。

「您要做什麼？」

赤兵衛不安地問。

「油商要當一回賊了。」

「我怎麼辦？」

「當誘餌。」

庄九郎抓住附近的獵人，打聽到山谷一帶的地形。若狹野、眞殿、黑鐵山相連處有樵夫走的小徑，直通有年山寨的搦手門（城背面的門，編按）。

庄九郎下令所有人披上事先準備好的白布作爲晚上的信號，大聲道：

「聽好了，逃跑者斬。」

「唰」的一聲，刀已出鞘。

庄九郎所持的「日蓮上人護衛長刀」，據說是出自青江恒次（譯注：平安時代的著名刀匠）之手的數珠丸寶刀（譯注：被譽爲天下五劍之一，日本指定國家重點保護文物），長二尺七寸，常人無法使用。

無疑是把假刀。

（日蓮上人持的數珠丸恒次原本是身延山久遠寺的鎮寺之寶，後來幾經輾轉，現作爲舊國寶供奉在兵庫縣尼崎市的本興寺。庄九郎手持的寶刀確實是出自同一刀匠青江恒次之手，然而是不是數珠丸卻很讓人懷疑。）

此刀刀身泛青、刀刃鋒利，與庄九郎倒是十分相稱。

「看到了嗎？即使不中刀，刀風能傷人於三寸開外。」

說著，庄九郎一下收刀回鞘，趁眾人注意力轉移之際又拔刀出鞘，「嗤」的一聲凌空斬去。

雖是斬向空中，身旁一棵枝葉茂密的十年橡樹卻徐徐倒了下來。

（……）

眾人臉色都嚇白了。與其說是恐怖所致，不如說是折服於松波庄九郎超出常人的力氣。

（這人靠得住。）

眾人心想。

而庄九郎要想從一文不名的牢人變身爲眾人的首領，需要這種伎倆。

眾人對庄九郎開始刮目相看。

「跟著我一定會贏。山寨裡有不少珠寶，我保證分文不取，都給你們。」

很快的，庄九郎率領隊伍消失在山叢中。

有年峠一帶的領主有年氏的俸祿雖只有千石，卻是播磨一國赤松大名家族的分支。

赤松氏曾是足利幕府的大名，如今卻遭家臣們蠶食而沒落，同族的別所氏占據東播州，小寺氏則支配西側的姬路一帶，剩下的大小鄉村被地侍（又稱地士或國侍，土豪武士，編按）割據而不時發生糾紛。有年氏也是土豪之一。

當主（家族的統領者，編按）是有年備中守。

「其實就是土匪。」

早在京都時，庄九郎就悉數調查過山陽道眾土豪的底細。

奈良屋的馬隊曾數次受到此人的洗劫。

奈良屋的萬阿也曾叮囑道：

「庄九郎君，過有年峠的時候一定要當心。」

（倒過來搶劫他吧。）

庄九郎出京時就在心裡打定了主意。

不久，庄九郎一行人馬就登上了黑鐵山，借著月色從尾根道朝北而行，來到有年山寨的後崖上。

「大家看。」

眾人一同探出頭去。

只見眼前僅兩丈（約六公尺，編按）開外的山腰上，坐落著一座山寨，四周圍著柵欄。

「看見沒有？」

「看見了。」眾人一致點頭。

「再看看山寨的對面。」

隔了一座懸崖，山陽道從其中穿過。路上可以看見人群中點著篝火、火把和燃得正旺的火堆。

「那是赤兵衛的運貨隊。大概要紮營露宿了吧。」

「下去看看嗎？」

一名牢人小聲試探道。

「這座山寨好像沒人留守，怎麼回事？」

「裡面是空的。」

「什麼？」

「人都出去了。他們從那邊的山崖下到街道上，打算襲擊奈良屋的馬隊。我算準了才來的。」

庄九郎命令眾人下去。

百餘人像長蟲蠕動般攀下山崖。

途中有人抓住的草根鬆動了，結果墜下懸崖。

他們的身體和頸項戳進崖下搭成鹿角狀的尖竹，沒發出任何聲音就一命嗚呼了。

庄九郎下到地面，小心翼翼地穿梭過竹陣，來到柵欄前。

翻過柵欄，庄九郎又習慣性地念誦起來：

「南無妙法蓮華經……」

庄九郎對有年山寨不存任何的野心，只是想打一仗。

去年還是妙覺寺本山一名學徒的庄九郎，自然沒有過打仗的經驗。

然而他相信，自己定有用兵的天賦。

他想試試自己的本事。更確切地說，是想賭一把自己的命運。

（如果失敗，就回去當和尚。如果成功，自己的一生就能交上好運。）

月亮爬上了剛才攀登過的崖頂。

月光下庄九郎的身影，竟顯得十分鬼魅。

……………………………………………………………………………………

小宰相

風勢猛烈。

（有利於放火。）

松波庄九郎暗想。

皓月當空。

庄九郎踏著自己的身影，腋下挾著一柄長槍，悠然跨進有年備中守的城館。

（還眞是意外。）

建築並不起眼。

木板搭成的簡陋屋頂，在看慣了京都樓台廟宇的庄九郎眼裡，不免顯得土氣寒酸。

（沒人嗎？）

有的話就將他捅死。可得試一下我的武藝。

（南無妙法蓮華經……）

不久之前還是法華和尚的法蓮房，庄九郎壓根就沒想過要殺人。然而此時此刻，需要證明自己的實力。

（有人嗎？）

他猛地推開門。

裡面還有一扇雕金畫銀的拉門，門上畫著蒼翠的青松。

「呼啦」一下拉開後，只見房間鋪著黑地板，角落裡掛著綢緞做成的帷帳。

（裡面有人——）

庄九郎用長槍挑起帷帳，裡面空無一人，只有睡袍尚留有餘溫。似有女人的氣息。

（怎麼是女人？）

這時，屋裡到處都響起嘈雜聲。庄九郎的手下開始搶奪財物，他們或奔跑於走廊間，或搗壞了杉木做的鏡板，甚至還夾雜著嘶叫聲。

（在搞女人吧。）

庄九郎卻無動於衷。他的哲學中，女人生來就是爲了被侵犯的。

突然，地板的一端似乎有些動靜。

「誰？」

庄九郎握低長槍逕直走了過去。

「啊！」

有個身影正要站起來，卻被庄九郎從後面反擰著胳膊抱住。

房間裡很黑。

（兒小姓（未成年的侍童，編按）吧。）

庄九郎想著，一邊將手伸進身影的大腿間確認。是個女人。從小腹向下的柔軟地帶，像要將手掌融化一般，尚未長春草而光滑如絲。年紀不過十五、六歲吧。

「備中守的夫人嗎？」

庄九郎問道。指尖開始感到潮濕。

「還是偏房？」

「……」

女人身子在發抖。

其實，在寺院長大的庄九郎，有生以來第一次觸摸女人的私處。

對男色則有過經驗。還是小沙彌時便被和尚們睡過，修行時也睡過眉清目秀的童子。無論是戀愛或是技巧，都收斂自如。或者可以說，松波庄九郎深諳此道。妙覺寺本山的五十童子，無不以與法蓮房庄九郎同寢而驕傲，甚至有人爲他折騰得死去活來。

（無論是技巧或是感情，無論對方是男是女，這方面並無區別。手段、痛苦或是怨恨，男女無一例外。）

然而，庄九郎從沒碰觸過女人。

雖然庄九郎立下壯志要俘獲奈良屋女當家萬阿的身心並奪取巨富，觸摸女人的私處卻是頭一遭。庄九郎完美無瑕，在這方面卻仍有漏洞。

（手感很奇妙啊。）

庄九郎所知道的男人的玩意兒，無論前後都是生澀僵硬的。而女人的私處，手到之處都是柔軟的黏膜。

（原來女人長這樣啊。）

庄九郎心下歎道。

或者說，如果連這個都不知道，又拿什麼去魅惑奈良屋的女當家呢？

庄九郎暗想，原來自己對女人的瞭解僅限於腦中的知識而已。

「求求你了。」

女人痛苦地扭曲著身體。

「喂，很難受嗎？」

和尚出身的庄九郎尚未反應過來。

「哪兒難受？」

一定要問個究竟。

「快說！」

若非個性倔強，恐怕女人早就喊叫了。庄九郎長長的手指逕直遊入私處的花心處。

女人緊咬著唇。嘴唇開始滲出血絲。不肯說，還是？——庄九郎仍然不明所以。

「說，想怎樣？」

「不想怎麼樣，放手吧。」

女人終於開了口。

眼裡全是怨恨。

「哦。」

庄九郎放開了她。

女人挪動著潔白的小腿向後退，嘴裡冷冷罵道：

「臭男人，不許碰我。」

她看出庄九郎似乎對自己有意，瞬間恢復了自信和冷靜。

然而她的心思，盡在庄九郎掌握之中。

「啪」，女人的臉上挨了一掌。

女人摔倒在地，腦袋還重重地磕在地板上。

「別自以爲是。」

庄九郎說著，卻溫柔地抱起女人。溫柔似水。不過一瞬間的轉變，女人竟怔怔地呆住了。

「喂，」庄九郎開口道：「我胸有大志。一般女人求我抱我都不要。你竟敢出言不遜，該打。也不看看我是誰，再敢這樣，定不輕饒。」

「啊，」女人發出驚呼。她覺得庄九郎一定是個貴人。其實仔細想想，貴人不可能率領強盜來打劫，可惜女人的頭腦，天生就是沒有邏輯的。

「請問大名？」

「松波庄九郎是也。」

「——？」

從未聽說過。

「哈哈，你一定覺得奇怪。現在雖然無名，以後卻會名揚天下。」庄九郎向前邁了幾步，好像想起什麼，又回頭道：「喂，謝謝你。」

他指的是剛才的事情。和尚出身的庄九郎，第一次見識了女人的私處。

（和小沙彌不一樣啊。）

天經地義。不過，親眼親手證明了此一天經地義。

庄九郎覺得又長了一門學問。京洛一帶大名鼎鼎的學府妙覺寺本山，也不曾教過這些。

此刻的庄九郎尚不知道，這名女子是有年備中守的侍妾，人喚「小宰相」。父親綾小路中納言原是公卿，沒落後從京都投奔到姬路的小寺家族，最近被賣給有年備中守爲妾。

公卿賣了女兒，得以苟活。

庄九郎走向高高的柵欄。

抓住欄杆上的橫木向下望去，底下是萬丈懸崖。

險惡陡峭的懸崖到了山腰有所緩和，山腳則堆著很多石塊，一直延伸到街道。

那裡，赤兵衛正在替代庄九郎指揮馬隊紮營歇息。

押送貨物的馬隊。

按照庄九郎的部署，是用來誘敵上鉤的。

（有年肯定會來搶的。）

只需等待。

當然不是乾等，庄九郎眼看眾人搶得差不多了，便命令他們往裡面扛稻草。

都堆在了屋裡。

（來了。）

庄九郎叩響了欄杆，開始熱血沸騰。他的戰鬥人生將在此瞬間拉開序幕。

街道的東西兩側。傳來「衝啊」的叫喊聲，有年的人馬從運貨馬隊的兩面包抄。

還有人騎著馬。

長柄的刀刃映著火光，就像葦草散亂的穗芒一樣星星點點。

（赤兵衛，快逃。）

庄九郎在心中喊道。而路上的赤兵衛，不愧深得庄九郎的真傳。

有人號召車夫直奔山上，有人穿過敵軍而逃，一副掙脫了蜘蛛網後散亂逃竄般的光景。

有年備中守的人馬目的並不是殺人。

奈良屋的貨品才是他們的目標。車上堆著的麻袋裡，裝滿了永樂通寶。

「注意了！」庄九郎回頭喊道：「放火燒了寨子！」

「是。」

手下領命而去。

眾人在山寨裡奔走，火攻的要害之處，都燃起了熊熊大火。

火焰直衝屋頂。

很快，火焰吞噬了木板搭成的屋頂，順著山風的風勢，轟的一聲響徹山谷。

（正合我意。）

庄九郎向崖下望去。

正在搶劫的有年一行，被山裡的大火嚇呆了。已經顧不上打劫了。

（忍者？還是夜襲？）

這一帶地處播州和備前的交界，小土豪之間的爭鬥不絕如縷。

有年之眾捨棄路上的馬隊向東而馳，從右衛門坂上山直奔城寨而來。

（正如所料。）

庄九郎翻身一躍，穿過火堆。

中途想起先前鋪著木板地的小屋。

熊熊大火中無法看到裡面。

（不在——）

來到院裡。

跨過柵欄，攀上後門的懸崖。

按照原先的計畫，眾牢人先爬上崖頂，等待著庄九郎。

庄九郎抓住樹根、草根和岩石的一角，一尺一尺地向上挪動。

來到半山腰時，突然身體一沉。差點摔下去。有人抓住了他的腿。

「放開！」

庄九郎的左手握著長槍。只要向空中一揮，就能把對方筆直地捅落下去。

「等等！」

原來是小宰相，逃到了這裡。

（是她啊。）

庄九郎停下手裡的長槍。

然而，此時庄九郎右手抓住的是一棵綠色的小樹。樹根尚不結實，而目前正承受著兩個人的體重。一旦斷裂，就會墜崖而死。女人也就算了，可是胸懷天下的松波庄九郎的性命，將隨著野心被一同埋葬。

「喂，放手！」庄九郎道：「放手去死吧。我會為你念誦《法華經》，安心去吧。《法華經》的功力能讓你立地成佛，從此生於寂光淨土。」

「不要！」

小宰相卻是孤注一擲。

「松波庄九郎大人，如果你見死不救，一定會下地獄的。」

「地獄？」

「我心中有《妙法蓮華經》（《即法華經》），不會下地獄的。日蓮和尚（譯注：一二二二～八二，鎌倉時代的僧人，日蓮宗的始祖）這麼說過。——不過，」庄九郎抬頭看了看星星，接著道：「我比日蓮厲害，下不下地獄我根本不在乎。」

「堅決不放！」

小宰相抓得更緊了。

庄九郎閉口不語。無論如何，和這個女人也有先前的「緣分」。若沒有緣分，僅僅是名陌生人，庄九郎早就念誦《法華經》一槍捅下去，早早送她去佛土投胎了。

可是，和這個女人有「緣分」。

庄九郎滋生了憐憫之情。

（不要和無關的女人糾纏。像奈良屋女當家這種有利可圖的女人還可以，緊要關頭，用不著毫無用處的緣分。）

庄九郎又長了一智。

「那好吧，我答應救你。本來我是不情願救你的。要不要救？」

「求求你了！」

女人抬起臉，她的表情此刻像個女鬼。

「不想去佛土投胎嗎？」

「不想。」

庄九郎停頓片刻，一揚手把左手的長槍扔了。

與此同時，左手飛快地抓住岩石的一角，右手仍緊緊抓著樹根，以驚人的臂力，向上撐起兩人的體重。

「喂，抓緊了。」

「好。」

「你叫什麼名字？」

「小宰相。」

女人使出全身氣力抓住庄九郎的右腿，身子一寸一寸地向上挪動。而眼底，已是烈焰火海。

「小宰相，剛才沒看清你的臉，長得美不美？」

庄九郎吐氣均勻，攀爬中還不忘聊天。

「姬路和有年，無人不誇我美麗。」

「不幸啊！」

庄九郎斷定道。他喜歡下結論。

「怎麼說？」

「如果你相貌平平，就不會嫁給有年作妾，也不會遇上火災，更不會被逼上懸崖。你簡直就是在地獄。爬上去以後，也會因為你的美貌而招惹是非。我本要用《法華經》的功力為你佛門超度，你卻不聽。」

「……」

「小宰相，你錯過了好機會。」

庄九郎高聲笑起來。

（這人倒也不似壞人。）

小宰相心下暗忖。

不久兩人攀上了山崖。

庄九郎站起身後，瞬間變得冷酷無情，「小宰相，滾吧。」抬腿就要踢去。

「能帶我一塊走嗎？」

「不要得寸進尺。」

庄九郎背轉身大步走去。他在想，只是摸了一下女人那裡，就這麼麻煩。女人到底是什麼玩意兒？

（女人是邪道。）

當和尚時，寺裡是這麼教的。然而，走了不到十步，庄九郎就把小宰相的事拋到腦後了。

「打仗了！」

庄九郎簡短地一聲令下，眾人從四周紛紛聚攏過來。

「敵人從右衛門坂攻上來了。要從上面擊垮他們。為了迷惑敵人，不許出聲，不許點火把。」

庄九郎拔腿出發了。

他的背影顯得異常高大。其實他並不算太高，但此刻映在眾人的眼裡，儼然巨人一般。

返京

「衝啊！」

松波庄九郎大喊一聲，一馬當先搶在眾人前面，從山上衝了下去。

他告誡眾人：

「夜襲不許發出聲音。」

「不取頭顱，刺倒就行。」

他還讓眾人手持長槍。這是戰國時期時興的集體格鬥法，也是松波庄九郎即後來的齋藤道三發明的。

長槍用來擊打對方，對方自然抬手來擋，便可瞄準空隙而刺。

這是和尚出身的庄九郎新研究的武功，還不知道效果如何。

就在右衛門坂牛刀小試吧。

（一定行的。）

道三，也就是此時的庄九郎，一生都在發明各種東西。他唯一可以依靠的，唯有自己的這些發明。

庄九郎率領的眾牢人握著長槍，開始集體下山。

有年的兵馬正在上山，每三人持一束火把，庄九郎正好可以將目標看得一清二楚。

庄九郎看著那些火把，心中不禁鄙視道：

「眞是愚蠢至極！」

有年氏本是南北朝以來武家的名門赤松一族的分支，應該說是打仗的內行，可眼前的幼稚程度，讓門外漢的庄九郎都嗤之以鼻。

（不過如此。）

其實，並不僅僅是有年氏，各國的武將基本都是這種做法。一味地沿襲舊習而不思改革。

有句話說得好。

有個西方的軍人說過：「歷史表明了軍人不願意轉變戰術。」職業軍人，無論古今東西，都是頑固的傳統分子，是無可救藥的經驗主義者。太平洋戰爭時日軍的頭目，戰敗後還不斷重複錯誤的戰略，讓美軍苦笑不已。說的就是這個吧。這名軍人隨後又說：「然而，同時，歷史表明果斷改變戰術的軍人必將勝利。」

這是題外話——

此時的庄九郎，正全力向山下衝去。

「南無妙法蓮華經、南無妙法蓮華經……」

口中念念不休。

初陣（第一次上戰場，編按），還是很緊張的。

這時，有年的人馬終於覺察到從山上如波濤般湧現出一片黑黑的人影。

「敵人來了！」

人群開始騷動。

有人慌忙點上更多的火把，有人匆匆套上盔甲，這些還算沉住氣的。

還有人逃跑。甚至有人愣在原地，邁不開步。

卻也有勇敢的。

「何人？吃我一槍。」

吶喊著衝了上來。那時候打仗，是有人帶頭先持槍衝入敵陣，後面的人再隨後跟上。

庄九郎猛地將長槍往來人的腦袋劈下。這一招明顯出乎來人的意料，吃驚道：「這是什麼？」便慌忙抬手抵擋，頓時露出兩側腋下。趁著這一空隙，庄九郎的長槍已經「噗」一聲穿心而過。
（幹得好——）
這一仗中幹掉的第一個人。
（比想像的容易啊。）
這麼想著，卻也很狼狽。收回長槍比刺更要緊，槍尖上拖著沉重的屍體，庄九郎站立不穩，向坡下滑了三、四步。
有人趁此機會從側面舉刀砍來。
庄九郎立即甩掉長槍和屍體。
拔刀出鞘，直直向敵人頭盔砍去。
當然砍不斷。
可是，臂力大得驚人。對方被施加在盔甲上的力道所震，當場氣絕身亡。
旁邊，庄九郎率領的牢人隊，已經舉起長槍與敵軍交戰。
「嘿，」眾人一道舉起長槍揮去。
只聽見揮動長槍的聲音。就像竹林遭遇狂風般來勢兇猛。敵人從沒見過這種架勢，頓時方寸大亂，更談不上穩住陣腳。
先擋。
抬起長槍。
自然腰就懸空。
背向後彎曲。
庄九郎的手下眾人便瞄準這一空檔，立即放低長槍，噗哧、噗哧地刺將下去。
（打仗不過如此嘛。）
庄九郎覺得容易得索然無趣。
牢人眾一路刺殺著下了山。
其間，庄九郎自己也揮槍刺死數人。
他並未察覺自己一直高聲念誦著「自我偈」。本性是改不了的。

我此土安穩　天人常充滿　園林諸堂閣
種種寶莊嚴　寶樹多華果　眾生所遊樂

諸天擊天鼓　常作眾伎樂　雨曼陀羅華
散佛及大眾　我淨土不毀　而眾見燒盡

經文中寫道，「諸天擊天鼓」。庄九郎此刻殺敵的心情，就像擊天鼓的諸天一般，耳邊彌漫著音律。

（我眞棒！）

庄九郎打從心底湧出自信。

誦經的聲音，益發高亢起來。

§

赤兵衛候在路邊。

「赤兵衛，押的貨沒事吧？」

庄九郎在崖下的清泉旁沖刷著長槍上的血跡，問道。

「沒事。剛才跑散的車夫也都聚齊了，不過……」

「什麼？」

庄九郎抬頭望向赤兵衛：「不過什麼？」

「哦，那個，」赤兵衛又驚又怕，臉孔扭曲得變了形：「庄九郎君，您的戰術眞高明！」

「不是個普通的小和尚吧！」

「赤兵衛從未像今天這樣，覺得跟了您眞好。幸虧在妙覺寺本山的廟裡打雜時積了德，每晚聽《法華經》的功力，開始在身上顯靈了！」

「愚蠢，」庄九郎甩甩手上的水滴站了起來：「爲我這種壞人做事也是《法華經》的功力嗎？」

「正是。《法華經》說的就是現世之利。」

「啊哈哈。南無妙法蓮華經。」

這主僕二人還眞是有佛緣。

很快的，運貨隊的人馬聚齊，護衛的牢人也都歸隊，一行八百人，浩浩蕩蕩地下了有年峠。

「有年的人馬會不會追上來？」

「不會。」

庄九郎胸有成竹。

敵軍當中，確有貌似有年備中守裝束之人，率先向山谷中逃去。就算要追，也沒有領頭的統帥。

到了備前。

此地叫做「福岡」的地方，有國中最繁盛的集市。現在的福岡村，位於岡山市沿著二號國道行駛二十公里左右的南側，是個沒沒無名的小村莊，當時在備前卻是屈指可數的大商業地帶。現在的岡山市當時毫不起眼。

鄰村是以鑄刀聞名的「長船村」。

從庄九郎的時代開始，就以鍛造聞名遐邇，各國紛紛前來買刀。這些人大多會投宿在「福岡」。

這裡附帶一提。比庄九郎稍晚登場的黑田官兵衛如水的先祖，就曾居住在備前福岡的集市裡。後來黑田家被封爲筑前的領主，在博多的西部建城時，就取了先祖的故居備前福岡作爲地名，將城下（即城下町，以領主居住的城爲中心發展起來之城鎮，編按）領地稱爲福岡。也就是今天的福岡市。

庄九郎一行在福岡附近安頓下來，開始忙著收購紫蘇。

庄九郎投宿的旅店，歸控制這一帶的地侍福岡肥前介所有。肥前介自是好生招待。

這是當然的。

庄九郎一行按照當時油商的習慣，打著「大山崎八幡宮神人」的旗號而來。只要有這個旗號，各國的關口二話不說就會讓道，各國的大名、豪族也會保證他們旅途的安全。

前面提過，大山崎八幡宮賣油的特權是足利幕府給予的。已經沒落的足利將軍一家承認此特權，想必是得到了八幡宮的供奉。奈良屋等油商每年向八幡宮交錢，以換取爲期一年的「神人」資格。而庄九郎等人在備前購買原料期間受到隆重的接待，與其說是幕府的影響，倒不如說是向地侍和百姓大把散財的緣故。

庄九郎住在福岡的旅店時，調查了備前一國的局勢。

他本就心思縝密。

他的如意算盤是篡奪奈良屋後，用它的巨富換取一國的大名之位。

這裡需要條件。

最好此國的守護大名或豪族家政混亂，鷸蚌相爭。

而且沒有傑出的英才。

（那麼我就可以成為興國的英雄。）

正因如此，如果當地有阻礙自己野心的好漢，反而於己不利。

旅店主人福岡肥前介是個無可救藥的老好人，背地裡尊稱庄九郎為「永樂通寶大人」。因為庄九郎把奈良屋運來的永樂通寶，毫不吝嗇地分給自己。

「備前已經不成樣子了。」

肥前介訴苦道。

備前有實力的人物要數浦上氏，此人原本是赤松家的家老（地位僅次於領主的家臣，編按），在如今水泥工業發達的「三石」築城，勢力及於美作。

浦上氏與播州的舊主家赤松家族分支的各豪族之間紛爭不斷，而浦上氏的家老宇喜多氏最近也頗顯勢力，給主家敲響了警鐘。

情況複雜，以前受到播州赤松家庇護的福岡家一方面需要和播州的赤松各豪族交好，由於表面上隸屬浦上氏，每逢交戰時便要出兵，還要討好浦上氏的家臣宇喜多氏，可以說是苦不堪言。

「不容易啊！」

「我們這些小領主很辛苦。相形之下，還是你們商人讓人羨慕。」

「哪裡哪裡！」

庄九郎隨聲附和著，一邊打聽備前的各種人物。用的是插話的方式。

有一搭沒一搭地聊著，來揣摩備前的各種人物的分量。

他著實感到，還是有一些大人物的。

足利幕府冊封的備前守護大名勢力已經衰退，連續地下剋上，導致新勢力不斷崛起，領土局勢動盪。亂世出英雄。即便是足輕，也有成爲大名的機會。

（備前不行啊。）

庄九郎心想。被後來稱作「蝮蛇道三」的庄九郎放棄，可以說是備前的運氣。

收購到紫蘇後，庄九郎一行回到京都。

奈良屋的管家杉丸來到伏見迎接他。

「一路上辛苦了！」

杉丸早從庄九郎的信中得知所有的事情，包括有年峠的爭鬥以及在福岡莊的收購情況。

「杉丸，萬阿小姐可安好？」

「很好。小姐每天都叨念庄九郎大人的安危呢！」

「眞會說話。萬阿小姐惦記的不是我，而是我護衛的錢財吧。」

「不是不是。」

杉丸慌忙搖頭辯解，其實庄九郎說得沒錯。

年紀輕輕就當上奈良屋的大當家，萬阿可不是每天圍著男人轉的小姑娘。

比起庄九郎，當然是那些貨物更重要。雇鏢頭只要出錢，肯定有人肯幹。

出了伏見約三里（一里約四公里，編按），便是京都。

此時的京都，儘管追求高雅的公卿文化已經衰退，因其人口眾多仍是天下第一的殷實首府，戰國中期來日本的耶穌會傳教士在日本通信天文十八年（一五四九）十一月五日發出的報告中也寫道：

「京都住戶達九萬餘戶，來過這裡的葡萄牙人都說比里斯本市還要大。」

奈良屋便是京都最大的商鋪之一。

一大早，萬阿做了精心的打扮。

不久，奈良屋的店門口傳來運貨隊的聲音，萬阿直奔到寬敞的大堂。

「庄九郎呢？」萬阿問杉丸。

「這……」

杉丸支支吾吾。

「到底怎麼了？」

「到東寺時，庄九郎大人說前面就是京都的街道，不需要護衛，就告辭了。」

「告辭？」

「一擺手就走了，不知道上哪兒了。」

「杉丸！」

萬阿的指尖，緩緩地撫上杉丸消瘦的臉頰。

「啊，當家的饒命！」

杉丸痛得直叫。

臉部痙攣起來，杉丸疼得踮起腳尖。萬阿死命地掐著他的臉。

「怎麼不挽留呢？我不會輕饒你。」

「我猜想……」

「什麼？」

「庄九郎大人無欲無求，大概不願意回到奈良屋領賞吧。」

「千里迢迢到備前護鏢，當然應該領取賞錢。」

「但是，庄九郎大人不這樣想。他不是爲了生計才護鏢的，而是爲了解悶。如果拿了賞錢，松波庄九郎會被人看作一介商人的鏢頭。」

萬阿手放下來。

然後整個人呆住了。

「竟有這種人。」

牢人松波庄九郎，終於在萬阿的心中擁有了神秘的一面。

（無欲無求……）

世上恐怕再沒有這種不圖名利的人了。

淫樂

偷不著的反而香，奈良屋的萬阿，此刻就是這種心情。

「杉丸，給我找。」

——她指的是松波庄九郎。

「好個瀟灑的男人。」

護送鏢隊，戰鬥，返京後不取分文報酬便銷聲匿跡了。

估計眞正的瀟灑，也就是這樣了。

不過還沒到迷戀上的地步。

（不能對男人著迷。）

女當家態度堅決。

萬阿生性灑脫，不拘小節，甚至在下人面前也能若無其事地更換內衣，卻讓京洛一帶的風流男人看得到吃不到。

（奈良屋的萬阿太檢點。如能看上其他男人，丹波的黑石也能融化。）

其實，萬阿並不視貞節如命。

首先，萬阿無意守寡。那個時代，京都商家的寡婦活得並不像江戶時代那麼拘謹。寡婦可以隨便和中意的男人睡覺，也可以結交新歡。

那麼，萬阿對死去的丈夫還有留戀嗎？

沒有。

萬阿是招婿入贅的。丈夫是死去的父母選中的二掌櫃，生性內向，唯一熱中於一遍宗（譯注：一遍乃鎌倉時代中期的僧侶，時宗的始祖），從早到晚都在念誦南無阿彌陀佛。

丈夫死時——

（總算從南無阿彌陀佛解放了。）

萬阿反而感到安心。一遍宗適用於亂世，宣傳一輩子只要唱一遍南無阿彌陀佛就能去極樂世界，丈夫一定是升天了。

（也就沒必要上香追悼。）

——已經去極樂世界享福了。

萬阿很是想得開。

但是，既不想守寡，也不思念亡夫的萬阿，卻有財產。

奈良屋的萬貫家財。

對萬阿來說，它們就代表著四書五經、佛法阿彌陀經、無邊法海中的現世利益，也可以說是貞操。

（被蠢男人糾纏上，不僅被人睡，還要搭上奈良屋的錢。）

萬阿這樣想。

那個時代，只要自我保護的意識薄弱，就會賠上身家性命。

也難怪萬阿會這麼想。

（——不過松波庄九郎真讓人感興趣。）

杉丸、二掌櫃、下人、養著的牢人都打聽遍了。

就是找不著。

日蓮宗妙覺寺本山也不見蹤影，向寺裡的庄九郎的同門打聽，都說：

「他那麼有本事，一定投奔哪位大名門下了。」

秋意漸濃。

京都城裡的屋前屋後開始聽見秋蟲呢喃，卻仍舊沒有庄九郎的消息。

冬天來了。

轉眼就到了新年。這一年，是永正十五年（一五一八）。

正月底的某一天，杉丸沿著京都的高倉大道向北行走時，在花園左大臣廢邸的路口意外遇到了赤兵衛。

他一把抓住赤兵衛：

「赤兵衛大人，一直在找你啊。松波庄九郎大人在哪裡？」

「我以爲是誰呢，杉丸你啊。」赤兵衛面不改色。

赤兵衛在破舊的土圍牆上坐下來，腳底還沾著剛才下的雪。

「找誰？」

「松、松波庄九郎大人。」

「誰要找庄九郎大人呢？」

赤兵衛的臉酷似狸，皮膚就像醃過的柿子皮。堆滿肥肉，反而看不清表情。

他的笑容裡暗藏正中下懷的得意之色，杉丸卻絲毫未能覺察到。

赤兵衛奉庄九郎之命，接連幾日都在京都城裡行走，伺機遇到奈良屋的人。

「奈良屋的當家啊。自從庄九郎大人離開京都後，每天都責罵下人，我們都愁得變瘦了。」

「眞是可憐。」

赤兵衛從掛在腰上的髒兮兮麻袋中取出一撮乾肉放入口中。

（也不知道是什麼肉——）

杉丸覺得有點噁心。

赤兵衛卻覺得美味的樣子。

「你也來一塊？」

說著，撕下一塊遞了過來。杉丸接過來，比起這塊不明不白的肉，他更厭惡碰到赤兵衛的髒手。

「謝、謝謝！」

拿在手心，也不吃。

「吃吧！」

「哎，不過松波大人……」

「在什麼地方對吧。庄九郎大人現在不在京城。」

「那在哪裡？」

「出門遊玩去了。」

確實如此。庄九郎周遊了丹波、但馬、若狹、因幡、伯耆諸國，目的自然是爲了尋找被白蟻蠶食的老大名家族。

「不過，」赤兵衛又往嘴裡塞了一塊肉：「他目前在有馬的溫泉休養。」

「那就好辦了。」

距離京城不遠。

估計三天能到。

「我馬上動身。」

「哈哈，你去？見不到的。庄九郎大人整日苦讀兵法、佛經，忙得很呢。」

赤兵衛故作誇張。

「那，好吧！」杉丸像是下了決心：「讓我們女當家去。雖然一步不曾跨出過京城，杉丸一定會說服她。哪一家旅店？」

「有馬溫泉寺的旅店，叫奧之坊。」

一路勞頓來到山上。

有馬溫泉位於攝津有馬郡。舊書中記載「山峰環繞，東南流水」，坐落在北攝群山的溪谷中。

京畿境內別無溫泉，僅有馬一處，自然很早就受京城的達官貴人青睞，人皇（譯注：指神武天皇以後的天皇。之前是崇拜神）三十六代孝德天皇曾率領左右大臣、眾卿和士大夫在此逗留了八十二天。甚至讓人覺得似乎把國都遷到了這座溪谷中。

泉水的顏色紅得嚇人，還有股味道。就連居住在火山地帶的關東、奧羽、九州的當地人也會嫌棄，而京畿地區甚至上代的天子卻視若珍寶。
「有馬的溫泉？」
萬阿一聽興趣就來了。
（去看看也無妨。）
「杉丸，溫泉是什麼東西？」
「谷裡流出的水是熱的。」
「眞的是熱的？」
「是啊。到了冬天熱氣騰騰，連眼前的樹枝都看不清。」
「騙人。」
萬阿津津有味地追問：
「熱水怎麼可能自己流出來？」
「您去看了就知道。」
「杉丸，你見過溫泉嗎？」
「沒去過有馬。不過早些年去備前買紫蘇時，泡過美作的溫泉。」
「萬阿也想泡泡。」
「一定要一定要。」
杉丸連聲應道：
「去過有馬的溫泉，一輩子都會記得。」
「我去。」
一旦下定決心，萬阿的速度極快。
立刻召集護衛隊。途中的西國街道還好，可是有馬街道山路較多，據說還有土匪窩。
除了家中養的牢人，還從東寺借來寺裡的侍衛，湊齊了三十人。到了之後便打發他們回去，過些天再來接。
萬阿上了路。
時值二月。
京都的雪已經融化了。然而進入攝津的深山後仍有厚厚的積雪，京城長大的萬阿反而覺得新鮮。

到了有馬的山裡。

這裡的溫泉得到飛速發展是在太閤秀吉帶領諸將領和妃嬪到有馬療養之後，比萬阿的年代還要晚七十年。而此時的有馬在萬阿看來，卻荒涼得沒有任何情趣。

（這種深山野外——）

來泡溫泉的普通客人，多投宿在樵夫家中。稍有錢的或是有身分的人，則住在溫泉寺的旅店中。奧之坊、二層坊、御所坊等等，或是蘭若院、阿彌陀房、清涼院等塔頭。

這些旅店大都分佈在溪流的沿岸。

「能修行的。」

杉丸說過好幾次。當時的溫泉泡浴半帶有宗教的意味。

上古時期，很多溫泉都是由僧侶開發的。他們通過中國的醫書得知溫泉具有藥效。他們在溫泉建寺院、蓋旅店，大肆宣傳。比起講經念佛，他們更熱中於訴說溫泉的療效，然後又證實說「果然奏效了」。有馬的溫泉最早是由奈良時期的行基和尚發現的，溫泉寺的修建也出自行基菩薩之手。

萬阿一行人分別投宿在御所坊和蘭若院。

溪谷很狹小。

抬眼就能望見松波庄九郎住的奧之坊的檜樹皮屋頂。

「杉丸，去打聽一下。」

萬阿命令道。

其實根本無需打聽。

就連山裡的樵夫，都在議論：

「從京城來了位武家貴人，每晚都在奧之坊挑燈夜讀。」

（那一定是庄九郎君——）

萬阿心怦怦跳了起來。怎麼回事，好像戀愛了。

「讓杉丸帶著您去吧。」

萬阿卻拒絕了。

「我自己去，一定能把一本正經的庄九郎嚇一跳。」
她的聲音透著一股興奮。
（……？）
杉丸看了有些擔心。
（萬阿主子不會是單相思吧？）
抵達後的第二天，天色尙早，萬阿就踏上通往奧之坊、長滿苔蘚的石階。
裡面有客房。
白木搭建、格子門窗的古典風格，只有一角是時下流行的書院（建築樣式的一種，編按）。華蕙窗的亮光後有個人影。
（肯定是庄九郎君。）
心下雀躍來到門前，給出來的小僧塞了一把賞錢。
「請問施主有何要求？」
小僧賠著小心問道。
「不用去傳話了。我直接去找松波庄九郎君。」
「那邊的書院便是。」

小僧似乎覺察到什麼，馬上悄悄退了下去。
「庄九郎君。」
萬阿在門口輕輕喚道。

（終於來了——）
庄九郎一喜，眼光落在塗了朱漆的案几上。
（怎麼下手呢？）
有點傷腦筋。萬阿可不是個好對付的女人。
庄九郎雖早有打算，然而除了與生俱來的強烈自信外，他其實對女人一無所知。
雖然對小沙彌之道堪稱老練，但是女人的身子太不一樣了。
在有年峠摸了小宰相，才恍然大悟。
（原來女人是這樣的。）
無知得可笑。然而，成長於戒律森嚴的妙覺寺，這倒也無可厚非。
（我是爲了得到鼎鼎大名的奈良屋的萬阿，才去有年峠一戰的。）
萬阿能大老遠地趕到有馬的溫泉來，說明庄九郎的計畫已經成功了一半。
「哪位？」
庄九郎低聲問道。
「奈良屋。」
萬阿答道。
「奈良屋？」
「我是萬阿。」
「騙人。」
庄九郎眼不離書。
「怎麼說？」
「想誆我？我可是精通《法華經》奧妙大義的松波庄九郎。」
「——？」
萬阿更糊塗了。
「前天晚上，萬阿來過這裡。」
（什麼？）
難道見鬼了？
「我一眼就看穿你了。結果你死性不改，又來了。……竟然在大白天。」
「……」
「你是住在後山的狐狸吧！」
「不，不是的。」
萬阿漸漸明白了。應該怎麼解釋呢。
「門後的女人。」
「是，在。」
「我知道你是狐狸變的。知道我喜歡奈良屋的萬阿，故意變成她的樣子是吧？」
萬阿不由大吃一驚。總算知道庄九郎的眞心了。表面若無其事，心裡卻想著自己。甚至獨自躲藏起來，多高貴的人啊！
（眞高興。）
這就是女人。知道對方喜歡自己時，沒有不動心的。

「狐狸——」

庄九郎朗聲道：

「既然你一定要扮成奈良屋的萬阿……」

「怎麼樣？」

「進來吧。解了腰帶，脫下衣服，讓我驗明你的正身吧。」

「這……」

萬阿爲難了。

乾脆做一次狐狸，讓庄九郎親手將自己脫光吧。

有馬的狐狸

門外的萬阿想：

（乾脆就當一次狐狸吧。）

那就不是人類，不是萬阿，也不是奈良屋的女當家了。綁在萬阿身上的人類束縛，就都不存在了。

奇妙。

眞是奇妙啊。

（這樣，就能在庄九郎君的膝上盡情歡愉，過後，只要說自己不是萬阿，只是有馬奧之坊裡的一隻狐狸，不就行了。）

全身開始燥熱起來。人們都以爲自己保守，還是萬阿最瞭解自己。

（我喜歡男人。）

但是比起男人，奈良屋的財產更爲重要。

（對，當一次狐狸吧。）

只當是狐狸作樂，和庄九郎在此地糾纏，也與他人無關吧。

（狐狸的妖術而已——）

就可推卸一切。

門後的萬阿心潮起伏不已。

此刻，房裡的庄九郎。早就洞穿了萬阿的心思。

「狐狸」正是庄九郎的計策。這麼一來，視家產如命的萬阿就能拋開「奈良屋當家」的枷鎖。

（只要能享樂，就該脫光躺在我懷裡放縱了。）

一眼看穿到底。

「奧之坊的狐狸。」

庄九郎叫道。眼光仍停留在經書上。

院裡開滿了白色的冷山茶花。

「在。」

門後的萬阿低聲應道。她還在揣摩狐狸的動作。

「狐狸，你可知我是修煉《法華經》的行者？」

（該怎麼回答呢？）

萬阿正在猶豫，庄九郎卻又朗聲道：

「《玄中記》的書上說，狐狸五十年修道，一百年可化作美女、神巫。或變作男子與女子交合，可知曉千里之事。」

「是的。」

萬阿禁不住歡喜地答道：

「您還挺有學問的。」

「……」

這回庄九郎沉默了。

「糟糕！」

萬阿後悔了。

（應該更嫵媚才對。）

「進來吧。」

庄九郎叫道。

「來了，」門後的萬阿口中應著，裙裾高高撩起，雪白的腿露了出來。那是一雙極美的腿，就連萬阿自己都想撫摸。

（那好，我現在是狐狸了。）

萬阿沒有馬上進到庄九郎的房間，而是踮著腳尖出了走廊。輕滑過走廊後，來到厚重的杉木門前。

（眞沉啊！）

稍微抬起一點，靜靜地打開門。外面是院子。

下到院裡，赤腳走在杉苔上。每走一步，腳趾都深陷進去。

很快又回到書院的屋簷下。

庄九郎正在看書。

前額飽滿、劍眉星目，讓人過目不忘。

他看到了萬阿。

「果然是狐狸，從院裡跑過來的啊。」

「是的。」

此時的萬阿已化身爲狐。下面就看庄九郎的了。

「我是附近的荼吉尼天。」

佛語，意爲狐。

「哦，現原形了吧。」

「松波庄九郎君好眼力。您到有馬後，妾身傾慕已久。」

「和男人睡過嗎？」庄九郎問道。

語氣雖高高在上，其實他自己除了在備前的邊境摸過小宰相的私處外，還沒摸過女人的身體呢。

「睡過。」

萬阿大膽地回答。做姑娘時曾和公卿的子弟、眞宗的和尚兩三人私通過，然後就是當過二掌櫃的丈夫。寥寥數人。

「睡過幾個？」

「這……」

萬阿哽住了。自己雖睡過三、四人，不過狐狸應該不止吧。

「荼吉尼天可是狐精。佛典中說它法力無邊，可提前半年預測死亡，專在臨死前吸食人的心臟。你吃過幾個男人的心臟？」

（啊！）

萬阿吃了一驚。仔細想想，做姑娘時私通的公卿子弟、眞宗的和尚，還有前夫，都死光了。自己也覺得男人的運氣太差了，難不成自己眞是「狐精」變的？

打消了自己的胡思亂想，萬阿若無其事地含笑而立道：

「我想吃庄九郎君的心。」

「啊哈哈。」

庄九郎扔下手中的書躺了下來。

「過來吃吧！」

「這就來。」

萬阿光著腳來到屋簷下。庄九郎卻站起身，揚長而去了。

「我要下山。」

只留下一句話。

萬阿愣在屋裡。

「笨蛋。——」

萬阿在心底咒罵自己。好歹也是奈良屋的萬阿，怎麼這麼丟臉呢。

（不過一介牢人而已。……）

簡直想抽自己一巴掌才解恨。在京城，只要走在大街小巷裡，人們都目不轉睛地盯著自己：

——那就是奈良屋的女當家。

美得豔光四射。京城的男子都說，只要能碰到奈良屋萬阿的一根腳趾頭，死而無憾。

（而這般高貴的萬阿——）

卻被松波庄九郎冷落至此。

一天過去了。

翌日，庄九郎也早早起來晨讀，中午獨自烤了山雞充饑。當時還沒有吃午飯的習慣，庄九郎就連這一點也與眾不同。

下午接著看書。

一到時間就下山去。每天就像模子刻的一般規律。昨天丟下萬阿下山，雖說是「計策」，倒也確實是他的習慣。

他身上帶著長槍。

溪流中佈滿大小岩石。

庄九郎。

站在溪中的岩石上，腋下夾著長槍。

萬阿正好能從自己住的御所坊院子裡望見他。

（他要幹什麼呢？）

庄九郎應該不知道有人在看自己吧。

他從懷中掏出一疊枡（正方形木製容器，也可用來喝清酒，編按）底大小的紙片，數出十張擲向空中。

紙片飛舞著落下。

庄九郎踩著岩石，去刺那些紙片。磨得亮亮的槍尖在空中飛舞，隨著庄九郎的跳躍，紙片紛紛被刺穿而落。

雖然未被刺穿而掉落溪流的紙片也不少，庄九郎的足技卻讓人驚歎。眼睛明明盯著空中的紙片，腿上竟也像長了眼睛一般，不曾從岩石上踩空。始終保持著低腰的姿勢，身形穩定。

「太神奇了。」

杉丸不知道什麼時候站在身後。

「這是要幹什麼呢？」

杉丸也覺得匪夷所思。

「嗯……」

萬阿應聲道。學過舞蹈的她似乎有些明白，恐怕刺穿那些空中的紙片不是目的，而是在練習保持低腰的姿勢。

不過，那把長槍真是少見。

「簡直就像天狗（譯注：傳說中住在深山裡的妖怪）。」

（……什麼呀！）

萬阿毫不動心。

「那人是個瘋子！」

萬阿肯定地說道。雖然不是真心這麼想，此刻的萬阿心裡恨不得把口水啐到庄九郎的臉上。

「您說什麼呢？」

杉丸已完全被松波庄九郎折服。

「他在妙覺寺本山的時候，就算不是百般武藝，也是人人誇讚才智過人的法蓮房。一定是佛祖下凡。」

「杉丸喜歡他嗎？」

「喜歡。」

「萬阿不喜歡。」

「這……」

杉丸頓時發窘了。

「不能這麼說啊。松波庄九郎大人可是奈良屋的恩人，還不收報酬，太高尚了。」

「是嗎？」

萬阿凝視著崖下的庄九郎，心中波濤暗湧，卻不同意杉丸的說法。

相學裡說，心懷大欲之人反呈無欲之相。

（庄九郎莫非正是如此？）

那個男人透著一股強烈的邪氣。杉丸雖然覺察不出，萬阿卻憑著女人的直覺感覺到了。衝著這股邪氣，怎麼可能無欲恬淡呢。

不過——

萬阿並不覺得反感。她也知道自己喜歡這種邪勁兒。

（邪得玄乎！）

萬阿覺得，現在隱藏的這種邪氣，說不定會幹出什麼驚天動地的事來。

（讓人害怕。）

越是這麼想，就越想靠近。

正因如此，才來到有馬這種偏僻的山裡。

晚霞滿天。

晚霞從上面的童子山上溢出，一直流淌到溪谷。

「杉丸，我要去泡澡。」

「讓婢女陪著吧。」

「不用了。」

萬阿走下岩石鑿成的石階。

暮色更重了。

庄九郎泡在岩石間的泉水中，下意識地撕扯著羊齒葉。

水是紅色的。

旁邊是溪流。岩石間紅色的泉水碰到溪流，激起小水花後融入溪流而去。

「如果我是個詩人就好了。」

這樣就能吟詩抒懷了。全能的松波庄九郎，唯獨不會作詩。

考慮問題缺乏詩意，可以說很無趣。而這種無趣，甚至到了一板一眼的地步。庄九郎深知自己的脾性，這種脾性是否對自己有利，不試也不知道。

（寺院裡的生活無聊死了。）

但也不是毫無益處，在那裡學到了《法華經》。內容雖是經文，卻強烈地顯示出《法華經》的獨特之處。給所有的事物下結論，非常極端。也許是翻譯印度文的唐代中國人的性格或是寫文章的癖好吧。

原因不明。

卻爲庄九郎的性格增添了稜角。至少增添了萬阿感受到的「邪氣」。《法華經》的宗旨原本就宣傳人有善有惡。

善人惡人都性格鮮明，滋生出他們的，似乎正是《法華經》這塊神奇的土壤。

聽聽他們的吟誦就知道了。

他們連聲大呼：

「南無、妙、法蓮華、經。」

隨著節奏，人的精神也自然闊步向前邁進。而且經文中現世利益的色彩濃郁，只要心中有它，佛祖就會幫著實現心中的各種欲望。可以說是充滿攻擊性的教義。

如果，庄九郎從小被送到淨土教（淨土宗、一遍宗、淨土真宗）的本山，恐怕就完全是另外一個人了。由法然、親鸞興起的淨土教，都對現世持否定態度。只求來生。自然，人就變得消極內向，崇尚哲學。

他們念誦的是，「南無阿彌陀佛」。

缺少「南無妙法蓮華經」的那種積極感，而且這種節奏越念越讓人意念消沉。最終，變成無欲無求的信徒。

這兩大教義所代表的精神，是庄九郎所處的戰國初期並駕齊驅的兩大巨峰。

但是這二者，究竟是不是釋迦的「佛教」呢？筆者自然無從知曉。恐怕古今中外的大學問家也不能斷言吧。

——暫且不論這些。

庄九郎泡在紅色的溫泉中，腦後枕著岩石。

（能把萬阿弄到手嗎？）

念頭一轉，心裡又情不自禁地念誦起萬事遂願的《法華經》了。

南無妙法蓮華經

南無妙法蓮華經

南無妙法蓮華經

正念得起勁，眼前忽地一亮。

隔著三、四塊岩石的不遠處，有個一絲不掛的人影。

夜色將近。

刀客

山谷的上空逐漸轉變成藍色，狹小的一塊天空已經看得見星星。

「那邊的女子，可是昨天的有馬狐狸？」

庄九郎泡在泉裡問道。

「哼。」

萬阿心裡暗笑，卻沉默不語。好像回到兒時躲貓貓的時光。

「狐狸也泡澡嗎？」

「當然。」

「狐狸，」庄九郎抬頭望著星空道：「上我這兒來，讓我摸摸。」

聲音清澈。

「不要！」

「那就算了。」

庄九郎望向天空。

星星一閃一閃地，像在預示庄九郎的未來。

庄九郎在妙覺寺時學過天文學，這幾年的金星會在日落後高懸西天，比太陽要晚四個小時下山。

庄九郎出生的那年也恰好是這一週期。母親——山城西岡一名無名無姓的平民女子——曾說：

「這孩子是明星下凡。」

庄九郎也深信不疑。明星自放光芒，不與群星爲伍。憑藉庄九郎自己發出的光芒，總有照亮天際的一天。

（今年也恰好是週期。）

這一年說不定會走運。不過只憑赤手空拳，恐怕也不容易。

萬事皆有序。

就像爬樓梯。

開運，首先要開啓萬阿的身體。

「有馬狐，你看那顆星星。」

「那是什麼？」

「是我。」

庄九郎毫不遲疑地說。

隨後庄九郎講起了宿曜經，這是來自中國的星相學。

萬阿隔著冉冉上升的熱氣傾聽著。

庄九郎的聲音生來就好聽，而且渾厚。具有說服力，使人陶醉。

「那我是哪顆星？」

「我怎麼知道？」

「眞小氣。」

萬阿此刻像個風塵女子。

「我是明星就行了。有馬狐，你知道就好。」

萬阿的身體浮出水面。

離開岩石角，身體向庄九郎方向挪動過來。

「喂，萬阿的星星呢？」

她撒著嬌。

「有馬狐。」

庄九郎嘴裡說著，手卻在水中將萬阿的腰攬了過來。

「好滑的皮膚。」

後山的千年杉樹濃密的枝葉遮住了天空。周圍已經暗下來。

庄九郎吻上萬阿的唇。

（好甜。）

說不出的甜膩。庄九郎還是頭一遭親吻女人。

庄九郎伸出右手摸向萬阿豐滿的大腿根處。即使在水池中，仍能感覺到異樣的濕潤。

「萬阿，這是什麼？」

庄九郎在萬阿耳邊輕問道。

「萬阿的寶貝（兒語，指佛祖、菩薩）。」

「我還沒去過寶貝的裡面，是不是很開心的地方？」

「不知道。庄九郎大人一定見過不少女人的寶貝吧。」

「我以前被喚作法蓮房，」庄九郎靜靜地凝視著後山的千年杉樹說：「恪守清規戒律。其實去年摸過一次女人的那裡，卻沒看見裡面，自然不知道是什麼樣子。」

庄九郎撲通一下從水中探出半個身子，抱住了萬阿。

旁邊是岩壁。

恰好很平，上面長滿了厚厚的苔蘚。

「讓我看看，別動。」

「不要！」

說話間萬阿的身子已經被放平。山谷中已完全暗了下來，萬阿潔白的身體卻泛著光澤。高聳的雙峰下面平坦的小腹，略微起伏後形成小巧的丘陵。丘陵上秀麗的草叢，遮住了羞處。

「這就是寶貝吧。」

「放開我。」

雖這麼說，其實庄九郎連一根指頭都沒有碰觸到萬阿。萬阿就像中了魔咒一般，絲毫動彈不得。

「寶貝原來如此。」

庄九郎視線始終不曾離開，似乎尚未看夠。

「放開我吧，把我放進水裡。」

「冷了嗎？」

「是害臊。」

「你不是狐狸嗎？如果眞是奈良屋的當家萬阿，松波庄九郎決不會這樣。」

「求你了！」

「我還想求你呢。庄九郎出身佛門。佛門裡的長老、同門、眾僧雖可褻小沙彌，卻唯獨缺少女人。如何才能進入女人的寶貝，你告訴我好嗎？」

「不行！」

萬阿仍舊平躺著，她瞇著眼望著身體那頭的松波庄九郎。

他的眼神出乎意料的清澈冷靜。絲毫沒有要撲上來吞噬萬阿的跡象。

（這種人還眞少見。）

亦非好色之徒。

萬阿的詫異很單純，僅僅因爲一個新的發現。

（是個好人。）

這麼想著，庄九郎卻伸出胳膊將萬阿橫空抱了起來。

（要怎麼樣？）

萬阿有所期待。

庄九郎卻只是將萬阿放入水中。

「會感冒的。」

庄九郎淡淡道。

第二天，發生了一件意想不到的事。

萬阿的隨從裡，有個來自細川管領（譯注：將軍之下首席行政長官）家的牢人，曾跟隨關東香取明神的神官學習刀法。

當時稱之爲「兵法」。

兵法原本在漢語中是戰略的意思，由於那個時代對文字尚不熟悉，民間便把刀術說成兵法。

雖說不是初創，不過這種新穎的技術還是合理的，然而當時的武士社會對此不屑一顧，庄九郎之後的甲州武田信玄麾下的名將高坂彈正就曾對信玄說過：

戰國的武士不會武術也一樣做事。用木刀之類的練功是因為太平盛世沒有要斬殺的敵人，只好舞姿弄態。一上戰場時就知道要拚殺，自然就會練功了。

那時候就是這種程度。而且，前線的戰場上都穿盔戴甲，刀槍不入。

然而學刀術的人仍然漸漸增加，或叫刀客（兵法者），或叫藝者。他們多來自牢人，世人也常常把他們看作流浪的藝人。

其中有的刀客受到各國大名的禮遇，並不是因爲他們的刀術。不僅是刀客，修行僧、化緣的僧人、藝人等如在城中逗留數日，都會受到一定程度的禮遇。他們熟知各國的風土人情、人文地理，各國的領主能從他們身上得到一些資訊。

奈良屋的牢人曾是香取明神的神人（神社中的下級職人，編按）飯篠長威齋創辦的「神道流」的門下，在京都赫赫有名。

萬阿到了有馬的第二天，他們受杉丸的指示前來保護女當家。未曾想卻在去泡池的那天清晨，被發現已暴斃在中之瀨的懸崖邊上，天靈蓋都被擊碎了。

凶手馬上就曝光了。

他是自己到萬阿家裡自報家門的。無怨無悔。

「這是比武。」

理由冠冕堂皇。這也是藝人社會的特殊習俗。這些武功藝人，大多是從應仁之亂時興起的足輕階級的牢人，普通人家的次子或三子。本來四處流浪的人就很多，相互比試後，勝者則到處宣揚擴大自己的名氣。

「我繼承了刀法中條流的流派，櫛風沐雨，在野地山谷苦練了一身神技。我乃常州小田人豬谷天庵是也。」

一身修行僧人的裝束。那個時代的刀客基本上都是這身打扮。

「我想留在奈良屋。」刀客說。

殺了奈良屋雇傭的牢人還能如此泰然自若，其實刀客的圈子和有主子的武家作法有所不同，不涉入其他階層的圈子。雖然情況大不相同，除了時代的區別，倒和如今社會對待黑社會的態度有相似之處。

「我家有個人，這事應該和他商量。」

杉丸回答說。

「女當家嗎？」

還挺熟悉情況的。

「不是。」

「管家大人好像懷疑我的武功。那你叫手下的牢人出來和我比試比試就知道了。」

「不是這樣。奈良屋有個鏢頭，就像大名手下的大將，要和他商量。」

……………………

「姓啥名誰？」

「松波庄九郎大人。」

「刀客嗎？」

庄九郎饒富興味地問道。

奧之坊的書院裡，庄九郎正在欣賞院子前高野黑松枝上的積雪，瞬間有了主意。

他很好奇。還從未見過所謂的刀客。

（反正我遲早會成爲一國之主，見識一下刀術倒也無妨。）

他沒說「見」，而是說：

「比試比試。」

「這？」

對方是兵法家。雖說庄九郎精通戰術、馬上的槍術或是指揮士兵，卻完全是兩碼事。

「對方身分低賤，怕髒了您的手。」

「我想見見。」

庄九郎抑制不住好奇心。

「長什麼樣子？長相、舉動、習慣、說話什麼的，詳細道來。」

身高五尺七寸。

雖說是修行僧的打扮，卻不念經。年方二十四、五，低鼻梁、顴骨奇高、眼睛細小。整個人看上去很下作，唯有眼睛如同猛獸。據說殺過的人已達二十八人之多。

「就像餓虎下山。」

杉丸道。這傢伙大概嗜血如命吧。

「馬上讓他去下面的河灘上等著。」

豬谷天庵候在河灘上。

晴空萬里。

陽光照射著狹小的河灘，給岸邊的鵝卵石投下黑黑的影子。

不久，有一道人影從對面道路的岩壁上飛躍而下。

來者正是松波庄九郎。

（看看此人如何，能不能收作家丁。）

庄九郎心下盤算著。武將應該有忠心耿耿、技藝過人的手下。

「天庵，過來！」

庄九郎招手喚道。

他觀察著對方的舉動。任何人只要落在他眼裡，就連腸子都能被看穿。

對方靠了過來。

天庵下顎高高翹起，一副叛臣之相。

「下巴就不合格。」

庄九郎的視線越來越清晰。貪婪的嘴唇，與臉部極不協調。

「肯定手腳不乾淨。」

庄九郎心中判斷。

豬谷天庵手持一把四尺長的枇杷木刀，木頭的刀身微弱地反射著陽光。

「出刀吧！」

眼角斜吊，一看就是個爭強好勝的人。太逞強，很難在團體中生存。

（當不了家丁！）

庄九郎一心觀察著此人的長相和品性，早就忘光了要和他比武一事。

絲毫沒考慮對方武藝的高低，也許自己一不小心就會喪命。

少見的脾性。大膽一詞都無法形容。

「出刀啊！」

「喂，」庄九郎指了指自己面前的岩石：「坐下！」

「別磨蹭，趕緊動手！」

「豬谷天庵，」庄九郎從懷中掏出一個小包，扔在石頭上。沉甸甸的，裝滿了錢：「這是訂金。」

「——？」

滿臉詫異。

「當我的家丁吧。坐石頭上想清楚。」

「喂，松波。」

「叫大人。知道我是誰嗎？」

透出一股威嚴。

天庵已經輸了。人之間的關係，一瞬間的意氣就能決定。

「是誰？」

「好好看著，自己想。」

「哪一派的？」

「下賤，」庄九郎露齒道：「我可是要得天下的人。還學這種三腳貓的功夫。」

「但是奈良屋的管家說，大人想要比武。」

「我不是刀客。說比武，自有其他用意。我來是看你的人品。」

「人品？」

「看你中用不中用。」

「中用？」

天庵一臉糊塗。

「那我中用嗎?」
「一文不值。」
「不值?」
「天生的品性。憑你根本做不了我手下的大將,頂多是個步卒。」
「放屁!」
天庵火冒三丈,亮出木刀。
撲了過來。說時遲那時快,喀嚓一聲異響,天庵的頭顱已一分爲二。
庄九郎的右手提著那把青江恒次——他自稱爲日蓮上人的護身寶刀,泛著冷光。
(這就是刀客呀。)
庄九郎更自信了,代價是豬谷天庵的性命。
庄九郎在河邊洗刀。
世上傳聞的青江寶刀的彈性和刃上的亂紋,倒映在水中。
不遠處,一條青魚正躍出水面。

想必是受到水中鋒利的刀光驚嚇吧。
翌日凌晨,庄九郎悄悄地離開了有馬。

萬阿的煩惱

當天清晨的御所坊，杉丸跪在萬阿面前，遲遲不敢抬頭。

「當、當家的……」

隔著一道門檻，萬阿正趴臥在裡間，兩隻胳膊撐著下巴。

「您生氣了？」

杉丸囁聲道。

「嗯。」

萬阿茫然地望著院裡的高野黑松。

「眞、眞對不住您。杉丸沒有盯緊，根本不知道庄九郎大人走了。」

「杉丸。」

萬阿喃喃道。

「在。」

「庄九郎看不上萬阿哩。」

（不是不是。）

杉丸急得快要哭了。

（萬阿墜入情網了。）

「是不是？」

萬阿渾身無力。

「怎麼會呢。您可是京都最迷人的女子，在杉丸眼裡，就像太陽一樣發光。」

「哪呀？」

萬阿目光呆滯：

「沒用的。庄九郎不覺得萬阿迷人。」

「怎麼會？」

雖這麼說，杉丸心裡也不得不懷疑。松波庄九郎這名武家之人，難道是木石做的嗎？

還是因爲骨子裡還是個和尚，對女人不動心呢？

杉丸六歲就被從西岡送到奈良屋，早就把奈良屋當作自己唯一的家。

說到唯一，對這家的女兒萬阿也是一樣。她就像是吉祥仙女下凡。

只要萬阿下令，想必杉丸連她的尿都會喝。在武家眼裡，杉丸就是侍從。

被養大的。

對萬阿自然不敢癡心妄想。也不該想。一旦起了邪念，恐怕杉丸自己就會在院裡上吊自盡。

反過來，爲了萬阿幸福，什麼都可以做。

而且，這次的對象松波庄九郎，簡直就像不食人間煙火。不像是衝著奈良屋家產來的。

要說的話，就像活菩薩。和家裡的吉祥仙女相好再合適不過了。

「杉丸，我，」

萬阿的語氣就像仙女一般天眞無邪：

「我給他看我的那裡了。」

「那裡？」

「對，就是那裡……」

萬阿的眼神空洞無助。

杉丸的悲劇——不如說是萬阿和杉丸的喜劇——在於萬阿並沒有把杉丸當男人看，而是就像小時候店鋪院子裡種的花草一樣。她能在杉丸面前旁若無人地換衣服，也能不加掩飾地說：

「給他看我那裡了。」

杉丸只好屏住呼吸，強忍悸動。

「主子，是您自己給他看的嗎？」

「不是。」

萬阿傷心地搖著頭：

「庄九郎君說想看。」

「這……」

出乎杉丸的意料。

「庄九郎大人說了如此荒淫的話嗎？」

難以置信。

「庄九郎君說在有年峠摸過一個女人的那裡，但是太黑沒看清楚，於是讓我給他看。」

「然後呢？」

「只好照辦了。」

「那，庄九郎大人看了後怎麼說？」

「什麼也沒說。」

「什麼也沒說？」

「看完就走了。庄九郎在寺院裡看慣了小沙彌，說不定不喜歡女人呢。」

「怎麼可能？」

杉丸語氣急促起來。凡是男人，怎麼會不喜歡女人？

各國的武將確有喜歡男子的，原因是無法帶女人出征上戰場。他們在府邸時，盡情享用女人也證明了這一點。杉丸覺得，小沙彌後面的「菊花」（當時的隱喻），只不過是女人那裡的代用品而已。

「杉丸，」萬阿動也不動，僅用眼睛瞟了過來：「我受不了了。心口難受。你也許不明白，所以才不當一回事。」

「哪有啊。」

「別說了，」萬阿坐起身來：「我喜歡上他了。我長這麼大從沒這麼煩心過——杉丸。」

「是，我在。」

「收拾東西吧。」

萬阿站了起來。

（姿態眞是優美。）

杉丸又心酸又落寞地望著萬阿。

「回京城吧。讓吉田（洛北）的算命先生算算庄九郎君去哪兒了。」

庄九郎正在回京的路上。

（我還眞下工夫。）

庄九郎心想，一定可以征服萬阿。

他有十足把握。

然而，光得到萬阿的肉體是不夠的。

還要奈良屋的家產。

在有馬的溫泉看過萬阿的女體，卻放置不顧，可以說是庄九郎的手腕。

那時候，可以抱緊萬阿。而萬阿，也會心甘情願地委身於他。

但是，庄九郎想，那樣也只是得到了萬阿而已。

要讓萬阿不顧一切地投入自己的懷抱。要讓她心煩意亂，最終捨棄比性命還重要的奈良屋的財產。

因此，最重要的是忍耐。

庄九郎昂首闊步，每一步踩在地上都無比堅實。

庄九郎對嶄新的自己有了信心。或者說對自己有了新的發現。

（像我這樣的人世上太少見了。）

庄九郎抬頭望向北攝（譯注：今大阪府北部、兵庫縣東南部）的天空。

萬阿被譽爲京城第一美女。既然是京城最美的女人，當然也就是天下最美的女人。

（老天爺，獎賞我吧！）

松波庄九郎將她脫光，還上下看了一遍，卻克制住自己。

在那種場合還能坐懷不亂的，恐怕除了唐三藏就只有松波庄九郎了。

（那是因爲有野心。）

庄九郎心想。男人之所以是男人，就是因爲有野心。庄九郎的自我滿足，在於自己的野心能夠打退女色的誘惑。

（眼下的庄九郎，第一次發現自己是非同一般的男人。想必整個天下，也是志在必得。）

老鷹在上空盤旋。

庄九郎眺望著北攝的山峽，堅定地走向京城。

（到了京城後——）

要得到萬阿。飽受煎熬的萬阿。

（可是怎麼做呢？）

雖說是博古通今的法蓮房，松波庄九郎在天地萬物的事理中，唯獨一無所知的是如何和女人做愛。

（也不全是。男女合歡是自然規律，大可無師自通，但是要讓萬阿神魂顛倒，一定需要技巧。對，技巧。）

技巧——這是庄九郎的作風。每一步都講究技巧，才能循序漸進。

庄九郎。回京前，爲了琢磨技巧，特意繞道前往著名的江口之里。

這裡從王朝時代就妓院雲集，京城的公卿貴人都划船順著淀川前來尋歡作樂。

自然，不少妓女都精通詩文，詩人西行法師就曾在此停留，與叫做妙的妓女相互贈送詩歌，至今仍被收錄在御選的《新古今和歌集》中。

而身處此地的松波庄九郎則毫無疑問，沒有與妓女調情作樂的雅趣。

要怎麼和女人做愛呢？

不僅僅是做，還要掌握如何才能讓對方神魂顛倒的技法。

岸邊，建築宏偉的妓院鱗次櫛比。寢殿的屋簷上鋪著檜樹皮，優雅風格毫不遜於公卿宅邸。

（要找精通此道的女人才行。）

庄九郎心想，然而，卻也不能一家一家叩門去問。

（有那樣的妓女嗎？）

不愧是機靈穩重的男人。

他買了一根魚竿，背對著妓院的大街開始垂釣。

投宿的地方早就定下了，是一座叫做寂光寺的寺院。雖另有意圖，但只通報了一句：

「我曾在京都妙覺寺本山出家。」

就順利地住下了。

好幾天都在釣魚。

一條也沒上鉤。也不可能上鉤。雖放了釣線，卻沒裝上釣鉤。

很快就在街上傳開了。

「這人眞是奇怪。從服裝、相貌來看是個有來頭的人，不知道想幹什麼？」

街坊裡愛湊熱鬧的人則上來搭話。

庄九郎想要的就是這些。手持一根只有釣線的釣竿，人們就會放下戒備，扯一些家常話。

「這一帶，哪個女人最厲害？」

庄九郎佯裝無意地問道。

漁民、船夫、妓院的下人等形形色色，大概詢問了二、三十人吧。

其中有三個名字出現得最多。

白根

月御前

桔梗

但是，最後的一個老漁民說道：

「如今已削髮爲尼，從前喚作白妙，出家後法號爲妙善的女人，才是最厲害的。」

「多大年紀了？」

「四十二、三吧。」

「好極了。你把這封信交給她，說我有事要問。」

庄九郎寫得一手好文章。

特別是漢文。然而這次的文章用流利的日文書寫，並穿插時下流行的白話文等詼諧的句子，解釋自己原是和尚因此不懂女人，而今卻想知道並想學習最厲害的技巧，等等。
老漁民不識字。
他把信轉交給妙善尼姑，她隱居在江口西部淚池畔松林深處的尼姑庵。
回來後，他帶來對方的口信：
「說讓您去呢。」
「知道了。」
庄九郎起身，釣竿隨著水流向西漂去。
淚池池畔的尼姑庵。庵外種了一圈山茶樹，正好用作柵欄。
山茶樹的樹葉製成茶會有清香，女人把它裝進小袋戴在身上當作香袋。這種溫婉似乎隱喻著主人的前身。
眼前是雪白的紙門。
身後的夕陽，將庄九郎的身影溫柔地投射在紙門上。
紙門緊閉著。

裡面傳來清脆的聲音：
「請進。」
庄九郎脫去皮襪，在流向淚池的小河邊洗了腳，道了聲「打擾」，便拉開門。
屋子裡點著香。並不見人影。
放了一張坐墊。
是爲客人準備的。
庄九郎放下青江恒次的寶刀，坐了下來。
眼前是一盞青瓷香爐，對面插著一支梅花。
屋裡再無旁物。
坐了約有一個時辰，太陽逐漸西沉，天色轉暗。
庄九郎端坐在黑暗中。
門悄悄地開了，有股香氣逐漸靠近。
眼前一片漆黑。
一股女人身體的幽香。
「我來教你。」
帶著香氣的影子開口了。

庄九郎的手被握住，就像翩然起舞一般，站立起來。

「這邊來。」

到了隔壁的房間。

地上鋪著榻榻米。靠牆似乎放著一面屏風，不習慣黑暗的庄九郎自是看不到。

影子跪下脫去庄九郎的外衣，然後是內衣。

然而在這些簡單的動作間，纖細而柔軟的手指有意無意不時劃過肌膚，庄九郎似乎感覺到肌膚上有音符在跳躍。

「再過一會兒，」影子開口道，嗓音溫潤：「再過一會兒，月亮就出來了。不用點蠟燭了。」

庄九郎躺了下來。

隨後，影子依偎著躺下。

庄九郎剛要伸手去摟，影子卻輕輕地把他的手推開，含笑呢喃道：

「還有些早。」

卻張開櫻唇咬住庄九郎的耳垂。

「啊！」

庄九郎不禁叫了出來，從未嘗過女人味道的男根，已是擎天一柱。

「真了不起！」

影子觸到庄九郎男性的雄偉，頗受震動。

「庄九郎君，剛才一直觀察你的一舉一動，你是不是會跳舞？」

「亂舞（譯注：沒有固定的舞步或舞曲，跟隨歌曲或音樂自由舞動）、曲舞（譯注：從南北朝時代至室町時代期間流行的一種中式日本舞蹈）倒是都學過。」

「一定跳得不錯。」影子繼續說道：「其實這方面和舞蹈沒什麼不同。您會吹笛子嗎？」

「嗯，會。」

「那就更容易了。音樂舞蹈和男女之道，原理是一樣的。」

話畢，影子輕輕地捉住庄九郎的左手，慢慢地撫上自己的身體。指尖遊走之處，濕潤滑膩。

「庄九郎君。」

隨著低聲輕喚，影子不再是影子，而是眞實圓潤的女體。庄九郎頓時覺得咽喉發緊，熱血上衝。手指卻未能停下。

女人的妖嬈。

「這就是女人啊！」

月光淡淡地照在枕邊。

庄九郎在女人的領引下，開始上演所謂的舞技。優雅從容。

也夾雜著似火激情。

（此事乃爲國爲天下而爲。）

庄九郎就連情事也不乏莊嚴。

初更之鐘

奈良屋的萬阿，回到京都已經兩個月了。

東山的浮雲已有夏意。

這天上午，萬阿從清水進香回來，杉丸急急地跑到門口道：

「那位庄九郎大人……」

然後停頓不語。萬阿卻迫不及待，自從松波庄九郎離開後，已經找尋了兩個月，仍不見下落。

「庄九郎君怎麼了？」

「他，親自上門來了。正在裡面等您呢。」

「啊！」

萬阿一驚，手中的蒲扇掉落。

「裡面，是裡屋嗎？」

「對。說是從有馬又去別的地方了。」

其實也不是謊話。庄九郎從有馬出了江口之里，又一路察看了攝津、河內、大和的情形，才從山城回到京都。

「別的地方？」

萬阿喃喃自語。

「——對，別的地方。」

「庄九郎君四處遊歷，想要什麼呢？」

「不知道。您親自問問庄九郎大人吧！」

杉丸故意獻著殷勤。他以自己的方式嘲諷著女主人。

「杉丸，想找死嗎？」

萬阿拉長臉進了店裡。

杉丸的鼻子裡尚有餘香。

萬阿穿過幾道走廊，利落地踩著長板到了中庭，想了想後向右拐去。

庄九郎等候的房間在左邊。

（讓他等著吧。）

就當是上次的懲罰。

萬阿回到自己的房間，讓婢女幫著換衣服，重新上妝。

「叫杉丸過來。」

萬阿吩咐道，同時在唇上抹上胭脂。

很快，杉丸就到了，跪下問：

「有什麼吩咐？」

「給我擦腳。」

萬阿盯著鏡子，心無旁貸。

從幼時起，杉丸就一直給萬阿擦腳，已經成了習慣。

杉丸立刻端來塗著黑漆的臉盆，放入毛巾把水擰乾。

萬阿伸出玉足，杉丸小心地擦拭，一切再自然不過。只是杉丸就像捧著珠寶一般，擦遍了腳趾上下。

「有勞了。」

萬阿站起身來。

客房裡的庄九郎望著院裡的菖蒲。他今天的打扮很是清爽。

飽滿突出的前額，下巴略嫌外突卻很堅毅，銳利的眼神，長相雖不同於常人，卻也清秀俊逸。

「萬阿小姐。」

庄九郎面不改色，只是將視線從院裡的菖蒲上收了回來。

這個男人雖然傲慢，禮數卻很到位，不愧是寺院出身。

兩人寒暄一番後，「京城裡沒有住處，」庄九郎說道：「今晚想留宿在此。」

「您請便。」

萬阿也儼然一副奈良屋主人的形象，端莊持重。有馬的湯池中化身爲狐的媚態，已蕩然無存。

「我在京城或許要逗留幾日。」

「沒關係。」

「在此謝過。」

庄九郎向下微微地拉了一下侍烏帽（譯注：烏帽的一種，多用於武士）表示感謝。帽子的帶扣是紅色的。

「其實，我在有馬見到了扮成您的狐狸。」

庄九郎才不會說這種庸俗的話題。而是正襟危坐。一言不發。

陽光從中庭照射在他稜角分明的側臉上，他始終盤腿端坐著。

「……」

萬阿有些緊張。和這個男人對面而坐總覺得心裡發慌。

不自覺地，萬阿開始尋找話題。這也許正是松波庄九郎想要的。

「您在京城有什麼事嗎？」

「有一件事。」

庄九郎目光炯炯地盯著萬阿的眼睛道：

「爲了抱抱你。」

萬阿頓感狼狽，庄九郎又接著道：

「在有馬時曾想抱一隻狐狸。不過狐狸不能代替你，我想在你的閨房裡好好地抱抱你。」

（什麼啊。）

萬阿甚至無法想像此刻自己的表情。然而，庄九郎的目光已望穿她的身體。瞬間她的全身似乎被一股電流擊中。

「晚上在房裡等我。」

「那、那麼，」萬阿急忙補充道：「就不是停留幾日了。」

此時的萬阿，意志已不受自己控制。

「幾個月嗎？」

「不。」

「幾年嗎？」

「不，庄九郎君如果一輩子都能呆在奈良屋，萬阿今晚就在閣裡等你。」

「你是說，奈良屋要養著將來可能是一國之主的松波庄九郎嗎？」

「不，不是。是萬阿。」

「萬阿？」

「庄九郎君要養著萬阿。不光這輩子，來生也要。」

「意思是要我入贅？」

庄九郎苦笑道，又接著說：

「我遊歷各國總算明白了，我庄九郎，如今雖是個平凡人，將來有一天，會改寫這個國家的歷史的。能當奈良屋的女婿嗎？」

「猛虎養慣了也會變成貓的。」

萬阿答道。

「我餓了。」

庄九郎似乎已厭倦了這一話題，將目光轉向院裡的菖蒲花。

「有沒有泡飯？」

月上枝頭。

庄九郎在自己的房間裡，給青江恒次的寶刀上了磨刀粉。

月光透過華蒽窗射在刀背上，發出幽幽藍光。確實是把好刀。

已經有好幾個人喪命在這把刀上。

（只是，光憑無名牢人的，把刀，能奪得天下嗎？）

如果會算卦，庄九郎眞想算算自己的未來。赤手空拳的他，能打出天下嗎？

庄九郎順著刀背上的月光望向窗外，只見華頂山上凜凜懸掛著一輪明月。

這時，淨菩提寺的鐘聲響起來，已是初更天。

（對了，萬阿。）

庄九郎收好刀，站了起來。

「一覺睡下。」

庄九郎哼著時下流行的小調，輕快地邁步出了門。

一覺睡下

破曉時分

鳴鐘聲聲

轉眼已上了走廊。

今宵入眠

心向何處

（女人果眞有那麼好嗎？）

江口的女尼雖傳授了技法，卻也由於過度集中於技法，並未嘗盡魚水之歡。

庄九郎拉開了萬阿的閨門，任月光灑入後又反手關上。

屋裡彌漫著香氣。

「我來了。」

說話間，鐘聲戛然而止。

庄九郎把刀放在桌台上，利落地解開衣服。

萬阿緊緊地盯著進來的身影。還來不及閉上眼睛，身體忽的一輕，庄九郎粗壯的手臂已攬腰抱起了萬阿。不如說，抱起了奈良屋。

「萬阿，行不行？」

「爲什麼這麼小心呢？」

（當家的身段。）

庄九郎自是小心翼翼。

庄九郎的手指撫上萬阿腰間的衣帶。京城的男子無不垂涎三尺的奈良屋女當家，眼下正一絲不掛。

「那我就進來了。」

庄九郎掰開了萬阿的雙腿。

「寶貝在這裡呢。」

他喃喃念道。初入茅廬的生澀，卻是掩飾不了的。

「啊啊！」

萬阿在叫喚聲中，身體已被庄九郎淹沒。

萬阿的身體似乎著了火。愛戀瞬間轉爲狂熱。狂熱的男根長驅直入，所到之處，似乎連萬阿的五臟六腑也要一同攪碎。

「萬阿。」

庄九郎在耳邊喚道。

「嗯。」

萬阿似乎還浮在半空中。

「我今天第一次睡了女人。」

「騙人。」

過了半晌，萬阿才出聲。她剛達到了高潮。

「你騙我。」

「沒有，其實，」庄九郎把有年峠上的事情和江口的學藝一五一十地講了一遍後，說道：「做這些都是爲了你。爲了今晚。」

這些話若換了旁人，簡直是荒唐不堪。可從庄九郎的口中說出，萬阿卻深受感動。

「不過，」還是有可疑之處：「那庄九郎君爲何以前疏遠奈良屋呢？」

「萬阿喜歡那樣的男人嗎？」

「哪樣的男人？」

「沉迷於你的美色，每天從早到晚在奈良屋前晃悠的那種嗎？」
「不要。」
那種男人，確實曾有過數人。
「我庄九郎疼愛萬阿，倒也不是只想著萬阿一個人。」
「還有誰？」
「不是女人，我有野心。」
「想到朝廷當官嗎？」
萬阿懷著幾分戲謔，撫弄著庄九郎寬闊的胸脯。正所謂木已成舟，反而安下心來。無名牢人，能有什麼成就？
「萬阿，你在笑我。不過在我之前，有個叫做伊勢新九郎的人就是這樣。」
「又如何？」
「他就是現在在東都小田原建都，稱霸關東一帶的北條早雲。你以爲我庄九郎做不到嗎？」
「哦？」

萬阿這方面的知識並不豐富。不過，提到關東的北條，她也知道是天下首屈一指的強勢大名。
「庄九郎君，和萬阿在一起後丟掉那些怪夢吧。」
「要我守著奈良屋的家產？」
「是。」
這一點，萬阿毫不含糊。
「這是當然。奈良屋會通報大山崎八幡宮庄九郎入贅一事，還要廣告天下，把婚禮辦得熱熱鬧鬧。」
「嗯。」
庄九郎緘默了。此時辯論這件事毫無意義。要奪天下的美夢尚且遙不可及，而眼前，奈良屋的巨富才是伸手可及的。光這一點就足以讓世間的野心家羨慕不已了。
「好吧。」
庄九郎不禁答應道。就算做夢，缺少運氣的話也只是白日夢。
「做商人吧。」

「萬阿眞夠固執的。」

「那可不，我可是奈良屋庄九郎君的妻子。」

「奈良屋庄九郎？」

「商人，」萬阿接著說：「你一定能成爲日本最厲害的商人。快把刀也扔了吧。雖然你從妙覺寺本山一名博學的和尚還俗當了武士，這回要變成商人。松波庄九郎君，你可眞忙。」

「眞服了你。」

萬阿笑靨如花，庄九郎只好認輸。

「被你馴成貓了。」

「太高興了！」

萬阿把臉埋在庄九郎的胸前。

（贏了。）

萬阿暗自得意。

「生意讓下人去打理便是。庄九郎君照舊吟詩弄舞就好了。」

「不行，」庄九郎一本正經地說：「既然要當奈良屋的庄九郎，起碼要提高三倍收成。」

「三倍？」

萬阿高興的不是收成的三倍，而是庄九郎的這份心意。

「庄九郎君，萬阿可要一輩子靠你了。」

「不過說不準會變回老虎的。」

「那萬阿要看好你。」

萬阿說著，忽地揚起下巴，鄭重其事地問道：

「萬阿可愛不可愛？」

光顧著談話，都把這件事給忘了。

「可愛得很！」

這確實是庄九郎的眞心話。萬阿，或者說女人是如此可愛的尤物，庄九郎今晚第一次領悟到。

「萬阿，那麼奈良屋庄九郎要抱老婆了。」

「太好了！」

萬阿張開身體迎合著庄九郎。

奈良屋的主人

庄九郎的出眾之處，在於他在成爲奈良屋女婿的同時，就已經變成一名商人。就連從小生在商家的萬阿都嘖嘖稱讚。

（簡直就像天生的商人。）

現在的奈良屋庄九郎身上，絲毫找不到法蓮房和尚和牢人松波庄九郎的蹤影。

「所謂商人，就是不管客人有錢沒錢，都要同等對待。」

庄九郎如此教育下人。

庄九郎本人亦是如此。

當時的油商，即便是奈良屋這樣的大商鋪，也兼做零售。

分爲店鋪和沿途叫賣的貨郎。貨郎在麻布素襖上套上連身的裙褲，扁擔兩頭挑著油桶，嘴裡喊著：

「賣大油嘍，賣大油嘍！」

在市內和郊外的村鎮行走叫賣。之所以要在「油」前加上大這一敬稱，是由於當時油的專賣權歸大山崎八幡宮所有，對油商來說不是普通的油，而是「神油」。

而庄九郎身爲奈良屋的主人，卻時常混在店員中，甚至出門沿途叫賣。

「賣大油嘍，賣大油嘍！」

與貨郎並無二致。

自然十分辛苦。這可不是憑虛榮或一時興起就能幹的活。

當時的油商行業中，京城裡的批發商是旁系，洛南的「山崎」才是日本油商的宗主。

也有貨郎從山崎前來京城叫賣。

這時，奈良屋等京城的油商就會關了店門，讓山崎的貨郎從門前經過。可見京城的油商，對山崎來的人都要畢恭畢敬。

當時京城有小曲這樣形容山崎賣油郎的辛勤：

每晚進京的油販哦，

夜深才能望見山崎的月亮。

就像俳句裡的風景畫。然而，當時的貨郎卻是十分辛勞。

庄九郎也不例外。

「沒必要那麼辛苦吧。」

萬阿雖然很欣慰，卻也心疼庄九郎。

庄九郎卻回答說：

「經商要先學會叫賣。不走這一步，成不了大氣候。」

事實的確如此。庄九郎在沿途叫賣中，發現了貨郎的惡習。

貨郎通常以斗量油，然後倒入客人的油壺裡。聰明的貨郎會巧妙地在斗中留下最後一滴。如此反覆，中飽私囊。一天下來，也能攢下不少油。

「這可不行。」

庄九郎對此嚴格禁止。凡賣給客人的油，一滴都不許剩。

「奈良屋絕不能騙人。讓客人親自用斗倒到壺裡，客人一定會贊許奈良屋的做法。」

這看似小事，卻在京城內外獲得人們的好評。

同時，庄九郎也保護了貨郎的利益，由店裡補給他們留在斗中相同數量的油。

如此一來，貨郎們更賣力了。往往到了中午就賣光，回到店裡再挑上半擔，接著賣到太陽下山。

店裡的生意益發興旺。

庄九郎向來喜歡鑽研新鮮的玩意。

（光是賣油多沒意思，要是有表演就更好了。）

之後數日，他一直在倉庫中苦思冥想。終於有一天，他讓杉丸把店員和貨郎都叫到土間來。

「你們大家看看。」

他取出一文永樂通寶。

正中有個正方形的小孔。

庄九郎先在斗中灌滿油，裝作要向壺裡倒的樣子，忽然詭秘地衝著眾人一笑：

「看好了！」

他一手捏著永樂通寶，一手舉著斗從上面開始倒油。通寶下面放著油壺。

「哇！」

眾人不禁譁然。斗中倒出的油變成一根細線，穿過永樂通寶正中的小孔，滴入下面的壺中。

通寶則固定在庄九郎的兩指之間。

「各位鄉親，都來看啊！」

庄九郎依次轉身演示給店員和貨郎看。讓人驚奇的是，庄九郎的雙眼一直盯著「鄉親們」，而無暇顧及手中的斗和永樂通寶。斗裡流出的油卻綻放著七色異彩，準確無誤地流過通寶的小孔中。

堪稱絕技。

「天竺須彌山爲斗，補陀落那智之瀑爲油，滴滴答答、滴滴答答，從佛天降落人間，鑽過永樂善智之孔，化爲光明，照亮黑暗的人世間。」

庄九郎開始朗聲吟唱起來，歌詞和音律充滿節奏感。

眾人一時都聽得癡了，只聽見「滴答」一聲，最後一滴油流進了壺裡。

「怎麼樣？」

庄九郎重新注視著眾人：

「這樣就能吸引人了。不用每家都去，在路口叫賣就行了。客人自然會過來。當然事先要聲明一點，」庄九郎繼續道：「只要灑了一滴油就免費贈送。這樣客人肯定更來勁了。」

大家都愣住了。

「都明白了吧，今晚打烊後都一起練習吧。把挨家挨戶叫賣變成路口叫賣就好。」

然而，這個主意很快就碰壁了。

眾人紛紛練習，然而都把油灑到錢幣上，做不到庄九郎的程度。

「當家的，就到此爲止吧。」

杉丸哭喪著臉哀求道。演藝不精的話，油都要白白送給客人。

「唉！」

庄九郎也只能苦笑作罷。

總而言之，庄九郎不斷地嘗試新的方法，奈良屋的家業也日漸龐大起來。

萬阿自是十分欣慰。

奈良屋的上門女婿曾在妙覺寺本山出家，還精通各種武藝，原本就足以引以爲傲。那時的妙覺寺學徒，其稀奇程度不亞於今天的博士吧。

即使庄九郎什麼也不做，也是奈良屋至高無上的擺設。何況他簡直就像西宮的戎神（譯注：西宮神社供奉的惠比壽福神，傳說可保佑生意興隆）一樣發揮出生意才能。

（太幸運了。）

萬阿芳心大悅。而且，庄九郎給了她作爲女人的巨大滿足。

「萬阿，女人眞讓人疼啊！」

夜晚的庄九郎極盡溫存。

「我在寺裡的時候，從小就聽說女人罪孽深重，僧人是萬萬碰不得的，所以只能和小沙彌接觸。現在才知道女人如此美味。一定是釋迦佛祖生怕女人會妨礙修行，才下令禁止的。」

「庄九郎君。」

萬阿忍不住有了醋意。

「美味的，也只有萬阿一個人。」

從萬阿身上開了葷，再到處去嘗別的女人的話，萬阿豈不就成了實驗品？

「騙人。」

庄九郎不禁笑了出來：

「我雖然不懂，不過世上肯定有更美味的女人。女人會嫉妒，說明女人也有品位高低之分。男人之所以花心，是爲了尋找更好的女人。從這些道理上來看，即使像我這種對女人一無所知的人，也知道世上的女人各種各樣。」

庄九郎忽然變得滔滔不絕。原本在自己的知識情感中，女色是一片混沌，眼前突然出現了曙光。

「庄九郎君，剛才的是眞心話嗎？」

「當然。」

「討厭。」

萬阿頓時煩惱起來。自己親自教給這個和尙的東西，後果不堪設想。

「不過，您不會離開萬阿的吧？」

「江口的尼姑告訴我，床上的私房話越是眞話就越能騙人。謊話才是維持男女之道。不過萬阿，」庄九郎忽又說道：「這些謊話，每晚都從床上飄蕩著升到星空，最後被埋在西天的某個角落。」

他表情嚴肅，接著說：

「如果我有法力能夠升上九天，最先要去看埋這些謊話的墳地。一定有個叫什麼名字的菩薩，神聖地守在那兒吧。」

說完竟自呵呵地笑了。這個想像力豐富的男人，眼前似乎出現了那幅場景，甚至包括菩薩的長相。

「去了那兒，庄九郎君會怎麼樣呢？」

萬阿還是上鉤了。

「我會讓菩薩給我開門。如果他同意，我就會待在裡面把古今中外的房事中的記錄都通讀一遍，肯定比讀萬卷書還要受益。」

（什麼亂七八糟的。）

「我想聽你說眞話。」

「生生世世，我都不離開萬阿。」

嗖的一聲，似乎有什麼飄上了天空。

不過，庄九郎經商的手腕還眞是厲害，奈良屋的生意興旺得不得了。

終於有一天，來自大山崎的三百名神人湧入了奈良屋。

「奈良屋的當家在不在？不回答就砸店了！」

神人的代表威脅說。

神人是當時的下層百姓，在八幡宮旗下爲山崎油座販油。反過來，這些人就像八幡宮裡養的僧兵，爲了利益甚至遠渡他國打鬥。

奈良屋的油太暢銷了。而擁有專賣權的山崎神人的油，在京都卻是屢屢滯銷。

「他們說要砸了店。」

杉丸嚇得臉色發白，急忙向庄九郎報告。

「哦。」

庄九郎也無可奈何。

打著大山崎八幡宮的旗號、掌握商權的神人，肯定是鬥不過的。要解釋爲何連庄九郎都束手無策，就不得不說明還未到自由商業時代的中世的「座」。

不過讀者可能會覺得索然無味。總之，那時候幾乎所有的工商業都不能自由經營，必須得到各地指定的神社或寺院的批准。而中世的神社寺院與其說是宗教性質的組織，倒不如說是擁有領地的武裝國家。它們擁有神聖權和土地支配權，並以此獲得工商業的許可權。奈良的興福寺大乘院等僅一座寺院，就擁有鹽、漆、麴、簾子、席子等十五種物品的工商業許可權，收入相當可觀。之後庄九郎（齋藤道三）的女婿織田信長廢除這一不合理的制度後，出現了樂市．樂座（自由經濟）。信長不僅是名武將，也是位革命家。而教導信長需要改革經濟制度的，正是道三。

道三自己也率先打破這一制度，然而此時的庄九郎尚不具備這種能力。總之，紫蘇油的專賣權屬於大山崎八幡宮。

八幡宮的直屬神人可以直接賣油。就算是京都的奈良屋，也只是從八幡宮購買「神人」的權利而已。雖說是富商，在山崎的神人面前也要禮讓三分。他們雖是貨郎，又是下層百姓，但在「神社直屬」這一點上卻比庄九郎位高一等，可以成群結隊前來鬧事。

「杉丸，給點錢打發他們走吧。」

「可是……」

他們不肯。奈良屋生意蒸蒸日上，威脅到他們的生存。

「神人的頭目是誰？」

「長得凶神惡煞的那個就是。赤兵衛正在對付他。」

庄九郎進了奈良屋後，馬上把流落街頭的赤兵衛招來當手下。

「赤兵衛也對付不了嗎？」

「他們好像下定決心要砸了奈良屋呢。」

「有多少人？」

「越來越多，大概三百多人吧。還有人拿著刀、長矛、弓箭呢。」

「眞糟糕！」

庄九郎縮緊了肩膀。

換作武士，立刻會召集眾牢人把他們殺光。

（不能那樣做。）

「萬阿，我當商人是不是錯了？」

「是因爲你淨做些破壞老規矩的事。」

「不是賺錢了嗎？」

「最後還不是這樣，連老本都要搭進去。」

「做生意這麼不自由。」

庄九郎雙目炯炯。

（還是要當武將。奪得天下，沒收寺院的這種特權，開設樂市．樂座，世間就該繁榮昌盛了。）

「先不管他們。」

「不過，馬上就要天黑了。」

天已經黑了。

神人們在奈良屋的四周點起篝火，每人手裡都舉著火把。

「要放火了啊！」

有人喊道。絕不是恐嚇，有幾家富商就被神人放火打劫了。他們手裡有制裁權。

「那我出去一趟。」

庄九郎刀也沒帶就出了土牆。

言語謙虛：

「我就是奈良屋庄九郎。哪一位是首領？」

「是俺！」

只見一名凶神惡煞的大漢，手裡拄著一根長矛。

「您是？」

「山崎的神人，名叫宿河原。」

「好，如您所願，奈良屋從今晚關門。」

「什麼？」

神人反而大吃一驚。

庄九郎卻命令赤兵衛牽了馬過來。

回過神來時，庄九郎已經策馬而去。

奈良屋的消失

月亮剛好出來了。

街道泛著白光。

庄九郎左手舉著火把，獨自向南疾馳。

一邊喊著「閃開、閃開」，一邊縱馬向前。

——轉眼經過了紅梅殿的廢墟、時下正流行的一向宗道場以及院廳的廢墟等，上了竹田街道。在八條的十字路口上撞死一條狗，出了九條，快到東寺的山門口時，眼看就要撞上躺在路邊的一群乞丐，庄九郎大喊：

「別動，不然撞上了。」

同時揮動手裡的韁繩跨馬飛躍過去，對面是羅生門的舊址。

「那是什麼東西？」

乞丐們望著那股颶風一般的馬上的身影，尚未回過神來，庄九郎已經出了西國街道。

「一定是見鬼了！」

「嚇死人了！」

眾乞丐議論不休。

庄九郎仍向前疾馳。

不久，前方的天空下，天王山的輪廓在月色中逐漸變得清晰起來。

山腳下亮燈的地方就是山崎的街道。

左邊是淀川的潺潺流水。

（還挺熱鬧的。）

庄九郎出生在附近，比起裝模作樣的帝都京城，更喜歡山崎這樣的商業城市。

住家大概有三千戶左右。

雖是深夜，從難波北上的船隻正在裝卸貨物，四處點著篝火，人們舉著火把前後走動，好似戰場。

（不愧是山崎。）

庄九郎在路口處翻身下馬。深夜的街道上仍有商人、搬運工行走交織，無法騎馬通過。

（這就是全日本最熱鬧的地方吧。）

庄九郎心想。

山崎的繁華從中世末期一直持續到戰國中期。庄九郎的時代正趕上全盛時期的尾聲。後來發明了菜籽油後，紫蘇油的繁盛地區便日漸蕭條，到了二十一世紀的今天，已化作一望無際的竹林。

當時山崎市的中心山崎八幡宮所在地，如今由於國鐵東海道線的建設而被分成幾塊，估計當時的占地面積在一萬坪左右吧。

鳥居的兩側，分佈了一百三十家神官（譯注：神社的神職人員，當時是世襲制）的住宅。街道盡頭則是大大小小的妓院。

庄九郎叩響了神官津田大炊家的大門。

「我是京都奈良屋的人，有急事相告。」

聲音響徹整條街道。門衛從窗戶伸出頭喊道：

「已經夜深了，明早再說。」

庄九郎立即掏出一只錢袋扔進窗內。果然見效。

「什麼事？」

小門開了一條縫。

「松永多左衛門事務官大人在嗎？」

庄九郎閃身進了門，門衛揉著惺忪的睡眼說：

「早睡了，什麼事明天再說。」

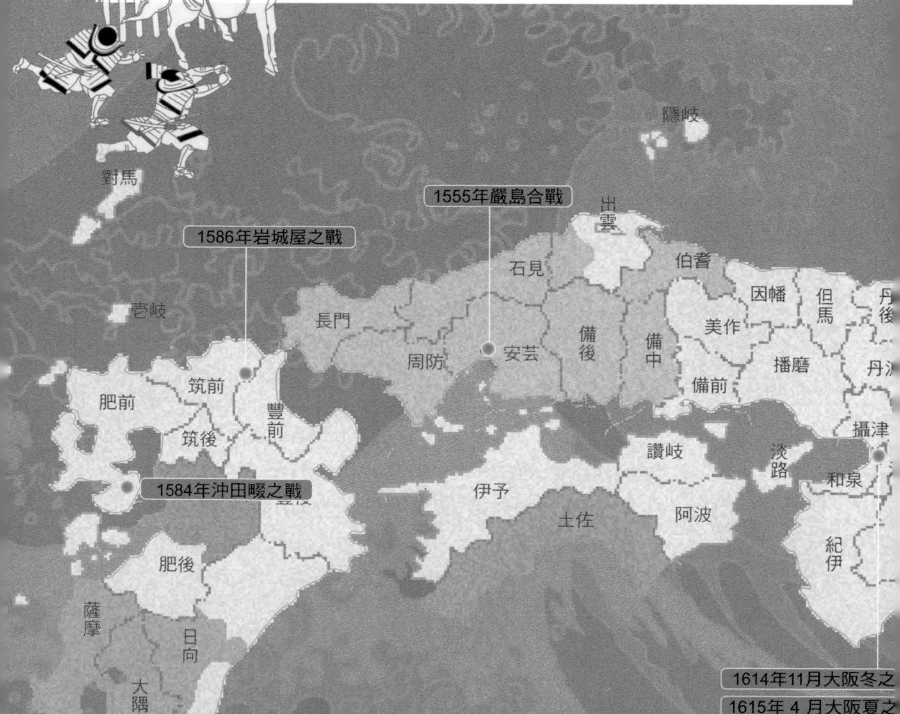

戰國時期群雄領地位置圖，及日本十大戰役發生地

遠流日本館書目

書號	書名	定價	ISBN
司馬遼太郎作品集			
J020I	幕末：十二則暗殺風雲錄（全二冊）	500	9789573267065
J020J	鎌倉戰神源義經（全二冊）	600	9789573277422
J020D	新選組血風錄（全二冊）	640	9789573266006
J020E	關原之戰（全三冊）	900	4719025004660
J020G	龍馬行（全八冊）	2400	4719025005582
J020H	太閤記：天下人豐臣秀吉（全二冊）	600	9789573278702
J020K	盜國物語：戰國梟雄齋藤道三（全二冊）	600	4719025006930
J020L	盜國物語：天下布武織田信長（全二冊）	700	4719025006947
磯田道史作品集			
J0113	江戶時代那些人和那些事	260	9789573273745
J0114	在這裡與歷史相遇：磯田道史的日本史路上觀察	260	9789573274339
J0117	課本沒教的天災日本史	260	9789573279631
茂呂美耶作品集			
J0115	明治日本：含苞初綻的新時代、新女性	360	9789573275312
J0116	大正日本：百花盛放的新思維、奇女子	360	9789573276333
J0219	戰國日本	350	9789573265665
J0258	敗者的美學－戰國日本	350	9789573269755
洪維揚作品集			
J0203	日本戰國風雲錄・天下大勢	350	9789573260400
J0204	日本戰國風雲錄・群雄紛起	350	9789573261865
J0205	日本戰國風雲錄・歸於一統	350	9789573263234
J0246	日本戰國梟雄錄・西國篇	360	9789573268512
J0263	日本戰國梟雄錄・東國篇	360	9789573275107
其他			
J0260	戰國武將死亡診斷書	280	9789573272601
J0261	決算忠臣藏	280	9789573273080
J0212	京都歷史事件簿	350	9789573266549
J0262	忍者	280	9789573273967
J0215	信玄戰旗	280	9789573263036

最受歡迎的日本文學巨匠

司馬遼太郎

經典歷史大河小說

燃燒青春熱血，為夢想和自由開路

跨越世代，這部以眾多英雄人生鋪陳而出的小說依舊打動無數騷動的靈魂、熱血的青春！

龍馬行

黑船來襲，強壓開國。日本被推上世界舞台，內部卻還維持諸藩分據的狀態。三百年來的安逸僵固，迫使德川幕府面臨一族與國家的取捨拉扯。目睹中央政權朽敗，強藩決定聯手終結幕府，而在這前所未見的動盪世局中，出現了坂本龍馬！

從渾沌懵懂到超脫當代，大器晚成的龍馬以同輩未有的嶄新眼光，望向「日本全國」。龍馬之所憑據，從高超刀術，一路發展為跨越國境的人際網絡、豁達的性格魅力，以及無人企及的高潔心志，顛覆了政治實態，邁向「打造日本國」的終極目標！

暗殺者、被暗殺者皆為歷史傳奇

幕末

江戶幕府無視先祖「鎖國」之令，竟意圖與重兵進逼的歐美列強交往，滿腔熱血的志士怒而倒幕，司馬遼太郎重新審視幕末的暗殺事件，將焦點集中在人物本身與事件的關係，由小見大，描繪出狂瀾奔騰的幕末時代。

幕末高手權力鬥爭、生死立判的雷霆對決

新選組血風錄

由近藤勇、土方歲三等十三人創建的「新選組」，隊中高手如雲，橫行京城，但也潛藏權力鬥爭，犯了隊規的新選組員，不是自行切腹了斷，就是遭到自己人埋伏暗殺。在清水寺的櫻花樹下、藝妓往來的祇園路上、月影映照的鴨川灘邊，留下一篇篇絕世高手生死立判的雷霆對決。

千年一遇軍事奇才，悲劇英雄的光與影

鎌倉戰神源義經

義經是源氏首領之子，雖然出身武家，卻被寄養於鞍馬山，但矮小清秀的義經一鳴驚人，建立了輝煌的戰功登上歷史的舞台，滿心只想為父報仇和贏得哥哥賴朝的垂青，卻不知對苦心經營鎌倉幕府的哥哥賴朝而言，弟弟義經便如毒藥一般……

，有如音樂般悅耳，在聽他述說精彩故事的同時，可

涵／直木賞作者、歷史小說名家淺田次郎

筆名乃「遠不及司馬遷之太郎」之意。一九六〇年以忍者
得菊池寬賞，之後幾乎年年受各大獎肯定，並獲頒文化勳
宏氣勢，一九九六年病逝，其「徹底考證」與「百科全書」

戰國梟雄齋藤道三

1出版

正向積極的人生觀、奮發向上的努力，把握每一機
頭地，是道三留給後人「成功人生的必勝寶典」

美濃蝮蛇」名耳後世的齋藤道三，一生總共換了十三次姓
次改名換姓，他的人生就往上升了一階，為了實現自己心
「正義」，可以不擇手段，憑著一流的演技、驚人的謀
奪下美濃一國，雖然屢敗「尾張之虎」織田信秀，道三
寶座的終極野心終究敵不過年歲。然而一場齋藤織田聯
讓他的傳奇得以延續。

關原之戰

慶長五年（一六〇〇）九月十五日，東西軍在關原盆地對陣。誰能料到這場日本本土規模最大戰爭，竟然二十四小時內便分出勝負！此役宣告德川家康接收豐臣秀吉遺留的勢力，進而在三年後就任征夷大將軍，開創江戶幕府。

《關原之戰》描繪了近百位大名、武將與謀臣的處事態度、經營眼光、領導決斷、規劃思考的能力，蘊含了領導學、管理學、策略學、政治學、外交學、心理學、人際學等各種現代知識，最終論及「正義？或利益？」的人生抉擇與道德思辨。

「求你了！」
庄九郎低聲下氣道。
「蠢貨，現在去叫醒他要挨罵的。」
「去叫醒他！」
「不行！」
「守門的！」
庄九郎忽然嚴詞厲色起來，一把抓住門衛的胳膊擰到身後。
「嗚——」門衛疼得叫喚起來。
「拿了錢還不聽話，看我不折斷你的胳膊。」
「別、別！」
「去不去？」
庄九郎脹紅了臉，眼睛像要噴出火來。
「守門的，你去打聽一下，我是一般的商人嗎？」
「你要幹什麼？」
門衛痛苦地掙扎著。
「你好像不怕嘛！」

庄九郎臉上浮起冷笑，門衛不禁感到恐懼，慌忙道：
「馬上，這就去通報。」
「這就對了。」
庄九郎又扔給他一些賞錢。
很快，庄九郎就被領到事務官（雜掌）松永多左衛門的面前。
「什麼事？」
多左衛門很不高興地問道。由於一向收受庄九郎豐厚的賄賂，也不好隨便打發他。
「實在是有急事相求，懇請讓我見大人（神官津田大炊）一面。」
「你知道現在幾點了？」
「您先收下這個。」
庄九郎取出一只裝滿沙金的小袋，放在多左衛門的膝蓋上。
「請收下，這樣您就不會不高興了吧？」

「嗯。」

多左衛門把小袋放入懷中，問道：

「你找宮司大人什麼事？」

「沒什麼大事。」

庄九郎又從懷中掏出一個更大的裝著沙金的皮袋，獻上前去。

「我想獻上這個。」

「哦？」

多左衛門露出貪婪的目光。

「虧你總想著。不過今天太晚了，等到明早吧！」

「再等奈良屋就完了。」

「完了？」

「如果您覺得完了也沒關係，那我等到什麼時候都行。多左衛門大人，怎麼樣？」

「怎麼回事？」

多左衛門只好妥協。庄九郎的眼光實在嚇人。

「詳細情況要等到參見了宮司大人再說，您幫我通報便可。」

「你不告訴我詳情，我沒辦法通報。」

「那多左衛門大人私自扣下我要進貢給宮司大人的錢，如果讓宮司大人知道了，您可受不了啊！」

「你、你敢威脅我？」

「不敢。庄九郎找宮司大人的確有急事，等到明天早上，奈良屋可能就要關門了。」

「那你快告訴我，爲什麼要關門？」

「參見了宮司大人才能說。」

庄九郎不爲所動。

（也不知道京城的店裡怎麼樣了。）

平安無事嗎？

不可能吧。

（來了那麼多神人鬧事。估計不是放火，就是砸了鋪子了。）

庄九郎期盼著奈良屋被砸。

（奈良屋最好今晚就關門。）

庄九郎在心裡祈禱。

實際上，庄九郎心裡盼望著神人砸了奈良屋的鋪子，並爲了拖延時間，故意和多左衛門進行無用的對話。

「不如這樣吧，多左衛門大人。」

庄九郎心生一計：

「就聽您的，今晚就不勉強覲見了，等明天宮司大人醒了再說。條件是您要把這袋沙金交給大人。」

「這還差不多。」

有黃金到手，就算半夜叫醒津田大炊，應該也不會生氣吧。人之常情嘛。

「庄九郎君，你聽好了，我現在就拿著它去見大人。」

多左衛門站起身來。

包圍了京都奈良屋的神人一看主人庄九郎溜了，便「嘩」地一下闖入店裡。

也算是一種司法行爲吧。

前面已數次提到，大山崎八幡宮擁有油的專賣權。同時，八幡宮也擁有保護這一專賣權的司法權，而擠在店裡的這些神人，則有權行使此一司法權。正如叡山延曆寺和奈良興福寺等寺院，養了不少僧兵來保護寺院的領地和宗教權一樣。

因此，神人們堂而皇之地作爲「員警軍」衝向奈良屋，無論打砸還是放火，都是正當的員警行爲。

身逢亂世。

「大家等等，老爺馬上就回來了。」

赤兵衛拚命抵擋，卻被刀柄絆住腿摔倒在地。

裡面的杉丸急忙護著萬阿逃進土窖中，蓋上床板，藏在地下室裡不敢出聲。

「杉丸，老爺去哪兒了？」

「您放心吧，老爺騎馬去了大山崎八幡宮，求宮司大人阻止神人的暴動。」

確實如此。

庄九郎打著「請求」的旗號，在事務官的家中平靜地等待天亮。他一直保持著端坐的姿勢。

同時，神人闖進奈良屋砸壞了油桶，搶走了值錢的器具，很快又從神壇上取下蓋有八幡宮印章的證書，扔到院裡的火堆裡。

「噗哧」一聲，瞬間化爲灰燼。

由此，奈良屋從大山崎八幡宮獲得的紫蘇油專賣權也灰飛煙滅了。

奈良屋已經不再是油商。

「就到這裡吧。」

神人準備動身回山崎時，已過了丑時下刻（凌晨三時）。

第一聲雞鳴時，身在八幡宮的庄九郎正在漱口，第二聲雞鳴時，赤兵衛慌慌張張地趕到雜掌家裡。

「不得了了，庄九郎大人。」

臉色蒼白的赤兵衛正要彙報，卻被庄九郎用扇子輕輕制止了。

「奈良屋關門了是嗎？」

「是，是啊！」

「慢慢說。等等，說給我一個人聽，不如在多左衛門大人面前說。」

庄九郎叫來了多左衛門。

赤兵衛剛從現場趕來，話語裡帶著眞實情緒的激動和恐懼。

講完一遍後，庄九郎緩緩地抬眼望向多左衛門：

「您都聽到了吧，昨天您要是去通報，就不會發生這種事了。奈良屋被這裡的神人砸了，都是您的責任。您打算怎麼辦？不會不承認吧？」

「這、這……」

多左衛門大驚失色，他做夢也沒想到會這麼嚴重。

「庄九郎，你說該怎麼辦？」

「我正想問您呢。神人的暴行就像天災，我們商人是沒辦法的。只有宮司大人能管住他們。但您不去通報，所以到了這個地步。等於是您把奈良屋毀了。」

「庄九郎——」

多左衛門早已嚇得面無人色。

庄九郎朗聲笑道：

「雜掌大人，不要隨便叫人的名字。奈良屋庄九郎現在雖是個不帶刀的商人，以前可是個武士，要刀弄槍的本事比數錢還厲害。要不我現在就報仇給您看？」

說著拔出刀來，多左衛門嚇得臉色煞白。

「別、別衝動，我們可是特殊的關係。」

「是嗎？給了您不少錢呢！」

「眞倒楣。」多左衛門有點洩氣：

「怎麼辦才好？」

「重新發一張許可證。」

「但，但是……」

這絕對不行。神人的身分再卑微，神社已經給予他們員警權，奈良屋的「經營權」已經被剝奪，神社也不能擅自將其恢復。

「多左衛門大人。」

庄九郎笑得詭異：

「您動動腦筋。奈良屋雖然沒了，庄九郎還活著呢！」

「什麼意思？」

「從現在開始，奈良屋的店名作廢，用我老家山崎的地名，改名爲山崎屋庄九郎。給山崎屋庄九郎蓋印章，八幡宮不會不願意吧？」

「就是就是。」

多左衛門恍然大悟。

「我馬上就稟告宮司大人，並說服神社裡的其他官員。需要幾天時間，您先回京城等著好消息吧。」

「那不行，我不能走，今天一定要拿到許可證。」

「那不可能。」

「怎麼不可能？您從我的角度想想。我是奈良屋的上門女婿，女婿把店開砸了，有什麼臉面回到媳婦身邊？多左衛門大人還是不肯嗎？」

「不，不是。」

「多左衛門大人，奈良屋還有一些錢，可以幫您打點。百十來戶的官員和神人的頭目那裡，我會多給錢的。」

「這樣可能有希望。我馬上去參見大人，你就在此等候。」

「好！」

庄九郎毫不客氣。

當天果然取得了經營權，但庄九郎卻在山崎逗留了三天。

最高興的要數奈良屋的管家杉丸了，他由於擔心一直在八幡宮裡等候。

「老爺，奈良屋的店鋪就不用關門了。當家的一定高興得不得了。」

「你趕緊回去報信吧。」

「知道了。」

杉丸立刻出了街道直奔京城。

庄九郎又停留了幾日，重金酬謝宮司、官員和神人的頭目們，在一個晴朗的早晨，騎馬回京了。

右邊是男山，左邊是天王山，中間是一望無際的蘆葦，淀川的水流淌而下。

（山崎屋庄九郎。）

奈良屋消失了，庄九郎得以自立了。

（我不再是入贅的女婿了。）

庄九郎的自尊心，已無法忍耐入贅這一現實。

終於解脫了。

（由此可見——）

寥寥數日裡庄九郎的智慧，爲日後「齋藤道三」的盜國打下了基礎。

庄九郎春風得意馬蹄疾。

歡喜天

先換個話題。

前些日子，筆者爲了調查庄九郎，也就是齋藤道三，去了一趟他的故地美濃。

美濃所在地的岐阜，有座歷史悠久的古刹常在寺。

這座寺院和庄九郎頗有淵源，其緣故留待以後再講。現在的住持叫北川英進，兼任岐阜市立長森中學的副校長。他稱讚道：

「道三是當之無愧的英雄。」

他堅持每天早晚兩次爲道三供奉。說來不幸，道三的靈位並未供奉在常在寺。北川英進也是世上唯一早晚兩次供奉庄九郎的人。

「英雄」的定義，筆者尚不明確。隨著小說的展開，想和讀者一同思考。然而，如果說爲實現強烈的欲望而活的男人是英雄，那麼道三當之無愧。

「只是，江戶時代的儒教道德把道三這種類型看作壞人，聽說在靜岡縣的某個地方還有他的後代，卻在江戶時代更名改姓了。」

寺裡至今還保存著齋藤道三的畫像，指定爲重要保護文物，另外還有道三用過的一枚印章。

印章上刻著「齋藤山城」四個字。

印章非常方正。如果道三經常使用，可以推斷出庄九郎道三懷抱巨大的野心，卻腳踏實地、有計畫地步步前進。

突然想起埃及盜墓人的故事。

傳說古代埃及的盜墓人，早在國王開始爲自己建造墳墓的同時，就從沙漠遠處荒無人煙的地方開始挖地道。

當然，僅有五年或十年是到不了墓地底下的。有可能從父親倒下的地方兒子再接著挖，到了孫子這一代總算能偷到墓裡的珠寶。

齋藤道三庄九郎到底是日本人，無法進行這麼長久的「計畫」。

然而，北川英進眼裡的這位「眞正的英雄」，就算比不上埃及人挖地道，作爲日本人卻罕見地進行了「計畫」。

從奈良屋的上門女婿，巧妙地更名易主成爲「山崎屋庄九郎」，是個極其重大的轉折。

鋪子還是原樣。

器具用品也沒有更新。

連下人和店員都是舊面孔。

然而店名卻不再是奈良屋，而是山崎屋。

「當家的，這是再好不過的大喜事啊！」

老實善良的管家杉丸，啪嗒啪嗒地掉著眼淚對萬阿說：

「鋪子一定會長長久久的。」

「……？」

萬阿的表情卻很複雜。雖說一度被神人燒掉的經營權，由於庄九郎的聰明才智得以恢復，只是轉眼間奈良屋就消失了，卻出了一個山崎屋。

「也就是說，」萬阿歪著腦袋想：「我已經不再是奈良屋的主人，而是嫁過來的媳婦。」

大山崎八幡宮油座蓋章的許可證，寫的是「山崎屋庄九郎」，也就是說，庄九郎不再是入贅女婿，而是堂堂正正的主人。

（就像中了狐狸的邪術。）

庄九郎進門就緣於攝津有馬溫泉的狐狸，這麼一想，這件事從頭到尾，也許都是狐狸布下的圈套。

這天，庄九郎在書房裡看書看到深夜，終於合上書回到寢室。

萬阿喜歡奢侈，從單身時起寢室就極盡奢華。垂著幔帳的臥床恐怕當今天子都無福享受。

「垂著幔帳的臥床」華麗無比。濱床（床的基台）用鑲著夜光貝的螺鈿塗上黑漆，再鋪上三寸厚的榻榻米製成，床的四周搭了架子，加了天頂，掛上絲綢，前後左右則垂著各種圖案的幔帳，遮擋了外面的視線。

寢室一角的燭台發出幽暗的光芒，床頭則點著來自中國的青瓷香爐，房間裡彌漫著香甜的味道。

萬阿自從和庄九郎在一起後，益發美麗了。

萬阿正趴在床上等著庄九郎。邊等邊吃著菓子，果盤就放在枕頭旁邊。

昂貴的南蠻菓子（葡萄牙、荷蘭等地傳入的點心，編按），一粒就要好幾枚銅板。

很快的，庄九郎換上睡袍，在萬阿的身邊躺下。

「吃嗎？」

萬阿拿起一粒菓子問道。

「嗯？」

庄九郎並不接受。

這種菓子是停泊在堺港的中國船上的東西，卻不是中國的，聽說是葡萄牙的菓子，南蠻話好像叫做金平糖。

原料是冰糖蜜，砂糖的一種。當時的日本別說冰糖蜜，連像樣的砂糖都沒有，這種菓子無疑十分珍貴。做法是先把冰糖蜜煮成漿狀，加上麵粉後包上一顆罌粟粒接著攪拌，煮開後會逐漸膨脹，外側會出現一些凹凸。

「吃不吃？是金平糖呢。」

「不要。」

庄九郎雖說還住在這幢房子裡，但他已經不是奈良屋的入贅女婿，而是山崎屋的當家，無法再容忍萬阿以居家女主人的身分揮霍浪費。

「萬阿，把果盤給我。」

庄九郎的語氣多了一份不曾有過的威嚴。

「怎麼了？」

「以後不許這樣浪費了，否則連同金平糖一起扔到院裡砸了。」

「天啊！」

萬阿花容失色，剎那間彷彿天旋地轉。

「庄九郎君，這可是萬阿的家，我想怎麼樣就怎麼樣。」

直到數日前，確實是如此。僅憑一張離婚書，入贅的女婿如果被下令立刻離開的話，就得穿著來時的麻布衣裳隻身離開。

但是現在不同了。

「萬阿，你弄錯了。這個家不再是奈良屋了，奈良屋被大山崎的神人給砸了。大山崎八幡宮重新蓋章的許可證，是給我山崎屋庄九郎的。」

「……」

萬阿臉色變得蒼白。

「從現在開始，這幢房子的主人是山崎屋庄九郎。萬阿是媳婦。」

地位顛倒了。

「那、那要怎麼樣？萬阿只不過是媳婦，您是想讓我出去嗎？」

庄九郎莞爾一笑：

「我要你一輩子跟著我。」

「那又會怎麼樣？」

萬阿的身體開始簌簌發抖。平常按照萬阿的脾性早就勃然大怒了，然而，不可思議的是，庄九郎的聲音和態度卻讓她無法生氣。

萬阿的戰慄來自不安。腳底平穩的大地，突然「轟」地裂了一個大口子。

「我會讓你幸福的，」庄九郎緩聲道：「但是我必須告訴你，既然已經是山崎屋，那麼以前的家風、做買賣的方法、日常起居，包括廚房的炊煮都要改變。——知道了嗎，萬阿？」

「好，好的。」

萬阿心底倍感淒涼。昨天還是京城裡響噹噹的「奈良屋女當家」，今天竟然變得像奴婢一樣畏縮。

「起來！」

「是。」

「拿酒和兩個酒杯來。不要叫下人，你親自去廚房拿。」

「是，是。」

萬阿像是在做夢。恍恍惚惚地出了寢室，跑上走廊。

很快的，她就拿著酒壺和銀酒杯回來了。

「把酒壺倒滿。」

「是。」

萬阿一一照做。連打聽拿酒幹什麼的機會都沒有。

「萬阿，拿杯子來。」

「是。」

「我給你倒。」

庄九郎小心地給萬阿倒滿後，接著又倒滿自己的酒杯。

（……？）

萬阿不安地瞅著庄九郎。

庄九郎目光炯炯地凝視著帳外。

院裡有一盞燈籠。

發出微弱的光。

「萬阿，」

長長的沉默後，庄九郎開口喚道：

「今晚就是婚禮了。」

「什麼？」

（不是辦過婚禮了嗎？）

看到萬阿一臉的不解，庄九郎微微笑了。

「奈良屋關門了，庄九郎作爲女婿當然也離開了。萬阿走投無路時遇見了叫做山崎屋庄九郎的男人，解救了奈良屋，並娶了萬阿。今晚，萬阿就要嫁給山崎屋庄九郎了。」

「啊？」

萬阿竟然有一種獲救的感覺，只能說太不可思議了。

「萬阿重新當上了老闆娘對嗎？」

「正是。」

「但是娘家是哪兒呢？」

「已經消失的奈良屋。」

「到了這家山崎屋？」

萬阿天眞地點著頭，但是房子裡的一切都沒變，這間寢室也是萬阿從小住慣的。

……

「把酒乾了吧。雖然沒有見證人，庄九郎施展了《法華經》的功力，九天的所有菩薩都現身於此。這可是無上的光榮啊。萬阿如果違背了媳婦的規矩，會立刻受到菩薩懲罰的。」

「眞嚇人！」

不是玩笑，萬阿眞的嚇得臉無血色。那個時代，人們最相信佛經、九天菩薩之類的迷信。

不信的也只有庄九郎。庄九郎從小在妙覺寺本山長大，和很多僧侶一樣，根本就不信菩薩的存在和功力。他們只相信，上至天子，下至庶民，都懼怕這些迷信。

「我乾了。」

「我也是。」

萬阿和庄九郎同時飲盡杯中酒。萬阿似乎清晰地看見，帷帳之外遍體金色的九天菩薩，有的屈指念經，有的佩戴寶劍，有的手握金剛杵，都神情莊重地注視著這場婚禮。

之後，這天晚上的歡愛對萬阿來說簡直畢生難忘。

「萬阿，這是我們的新婚之夜。」

庄九郎用他嫺熟的男性技巧，幾度將萬阿送上了巔峰。

「我嫁到了山崎屋庄九郎君家中。」

這一假想，反而讓萬阿感到新鮮刺激，嘴裡不停地叫喚著：

「夫君、夫君，萬阿長這麼大，還從未有過今晚一般的體會。」

「這是佛祖開恩。」

「眞的是恩典啊！」

萬阿沉浸在夢中。不知道菩薩當中的哪一位掌管男女情事。

「夫君，是哪一位呢？」

「大聖歡喜天。」

「他來了嗎？」

萬阿已經神志不清了。

「還沒來，不過庄九郎念經祈禱的話，就會從天上飛下來了。」

「那麼夫君，快祈禱吧！」

萬阿喘息不已。

天台宗和眞言宗都信奉大聖歡喜天，可是庄九郎修行的日蓮宗卻不承認。

庄九郎卻爲了方便而利用了佛法。所謂方便，從文學角度而言，就是爲了進入眞實而被允許的虛構。

庄九郎抱起萬阿坐在自己的膝蓋上，擺出大聖歡喜天的姿勢。大聖歡喜天合男女二佛於一體。男佛有數隻手臂，分別舉著金剛杵、鉞斧、繩索、三叉戟等古印度的各種武器顯示力量，女佛則擺出各種配合的姿勢。

「萬阿！」

「在。」

「你是女佛。」

萬阿也正浮想聯翩。

「我是男佛。」

庄九郎依次解釋男佛手中的眾多武器：

「金剛杵顧名思義是鐵杵，扔向敵人而擊斃之。鉞斧可將敵人腦袋劈成兩半，繩索則可抓捕，三叉戟是刃中有刃的劍。萬阿，你把庄九郎當作男佛吧。」

「……」

這不正意味著要趁天下之亂，手持刀槍野心勃勃嗎？萬阿不禁有些擔心。

「——那麼，」

「嗯？」

「那麼，萬阿是什麼？」

「女佛。」

萬阿騎在男人身上。庄九郎一定會說，大聖歡喜天的女佛姿勢裡透著女人的幸福。

很快萬阿就失去了意識。

（不管了。）

（先跟著這個男佛吧！）

萬阿確實得到了可稱爲天下逸品的奇男子。

然而他會不會帶給萬阿幸福呢？已化身爲歡喜天女佛的萬阿，這一瞬間，已失去了思考的能力。

前往美濃

山崎屋生意火爆。

庄九郎卻心不在焉。

在書院發呆時，萬阿會問：

「夫君，怎麼了？」

有時候他渾然不覺。

有時候則一笑了之，「沒事。」

有一陣子實行「德政」。

這是幕府的慣用伎倆。足利幕府的存在若有若無，據說前幾代的將軍義政連偏房生孩子的費用都掏不出，只好到京城的土倉（當鋪）把盔甲典當了，換了五百貫錢，可見當代的將軍義稙和天子一樣，徒有虛名罷了。

因此，每當足利家經濟拮据時，就會採取「德政」，也就是官令執行「國債」。不言而喻，這一舉措直達百姓，實際上只是爲了足利家的資金周轉，德政只是美稱而已。

商人首當其衝。

「眞受不了。」庄九郎在德政頒佈後的幾天，臉一直拉得好長。

山崎屋現金買賣較多，尚未有太大影響，不過，每年兩次賣給足利家的油，要分兩次收款。

油款正好被抵扣。

眞讓人生氣。

「武士眞是胡作非爲。」

他生氣地對萬阿說。

「將軍殿下的吩咐，也沒辦法啊！」

「哼，將軍！」

庄九郎覺得不快的原因，正是將軍的存在。幕府、將軍到底爲何而存在？

足利將軍家從第一代的尊氏以來已經過了一百八十年之久，這期間同族、重臣之間的紛爭不斷，五十年前的應仁之亂使京都整座城市差點毀於兵燹之下。

顯然他們的存在是「爲了折磨老百姓」。日本史上，沒有比足利幕府更愚蠢、更殘暴的政府了。

還沒有出現「應該滅了它」的聲音。各國的大名、豪族都承認將軍的「神聖權」，尙未走到這個地步。

——只是空有虛位，無害就好。

大家這麼想。

「無害」只是針對各國的大名而言。然而對於庄九郎等京城的居民而言，再沒有比它危害更大的了。

實際上，翻開戰國的地圖就知道，還沒有哪位人物有實力進京成立新政權。

後來，成爲庄九郎女婿，占領京都、揭開近世序幕推翻幕府的織田信長，此時尙未降臨人世。

一天夜裡，庄九郎把萬阿叫到身邊，說道：

「你好好聽我說。」

「什麼事？」

「我想推翻幕府。」

「啥？」

「哈哈。不用這麼大驚小怪。區區一介油商，哪推翻得了幕府？」

「我就說嘛。不要嚇唬人。」

「說的是。不過萬阿，倒也有辦法推倒它。」

庄九郎帶著玩笑的口吻，萬阿也就多了幾分戲謔，耐著性子問道：

「有什麼辦法？」

「先要得到萬阿的批准。」

「我的批准？」

「對，要借萬阿之力。」

「眞有意思，我有那樣的能力嗎？」

「有。」

庄九郎十分肯定地說。

「就算有吧，那又怎麼樣呢？」

「我要去盜國。」

「啥？」

萬阿不明白。

「奪取一國並用它的兵力吞併四鄰，然後整頓百萬大軍直上京城，驅逐將軍而擁有天下。庄九郎的天下，再也沒有魔鬼般的神人，粗暴的德政，商人有樂市・樂座（自由經濟）權，廢除每隔兩里就要收取通行稅的關所，只向百姓收取一定的租稅，進貢天子公卿維持他們的生計。」

「呵呵，眞有意思。」

萬阿認定這是玩笑話。一介油商的丈夫，能做得了什麼？

「怎麼樣，萬阿？」

「不錯啊！」

也只能這麼說。

「是嗎，不錯嗎？」

「……」

萬阿注意到庄九郎的表情嚴肅，慌忙問道：

「夫君，如果不錯的話會怎麼樣？」

「有件事要你幫忙。」

「什麼事？」

「很簡單。」

「你快告訴我。」

「一年。」

「一年？」

「讓我離開一年。就這些。」

「不行！」

「別這樣。萬阿已經答應我了。只要一年，店裡的事交給杉丸和赤兵衛就好了。萬阿只要看看帳本，每天等著我回來就行了。」

「我想問問。」

「什麼？」

「一年後，夫君就會帶著百萬大軍回京嗎？」

無法置信。

「那不可能。」

庄九郎也笑了起來：

「一年之內百萬大軍不可能，不過，能否占領一國倒是可見分曉。一年爲期。」

「一年。」

「對。一年之內，如果庄九郎沒本事，那就回來接著賣油。」

「要是行得通，怎麼辦呢？」

「那就來接萬阿。一年後接你去我在的國家。」

「眞的？」

「庄九郎什麼時候騙過你？」

確實是眞心眞意，沒有謊言。

「一年不見，你會不會忘了萬阿呢？」

「不會。」

也是眞心眞意。

庄九郎足智多謀，但是每次都是眞心眞意。他也清楚地知道，眞心眞意在下一個瞬間是會變色的。庄九郎的眞心，美得就像鮮紅的霜葉。到了師走（譯注：指陰曆十二月）的季節，霜葉也就褪色了。下霜時的紅葉有一種別樣的美，更能打動人心。

「那好吧。」

萬阿只好答應。她甚至有些感動。

「只能一年啊！」

萬阿把雙手放在庄九郎的膝蓋上。

接下來好幾天，庄九郎都待在書院裡，晚上也睡在那兒。他在思考。

稍帶誇張地說，庄九郎已經掌握了足夠的材料，可以描繪出日本六十餘州中各國的國情。

畿內和中國地區，庄九郎都曾親自見聞過，也從到各國賣油的貨郎那裡打聽過。

對偏遠的國家，則留宿行腳僧、巫師、祈禱師、賣藝僧人、人偶師等旅人，聆聽他們的見聞。

他仔細地打聽著各國大名的能力、性格愛好、家臣的情況，乃至家政是混亂或齊整。

（哪個國家好呢？）

反覆斟酌。

最後，他決定選擇「美濃」。

美濃下轄十幾個郡。米產量六十五萬石，不足爲奇。離京都很近，街道四通八達，鄰國尾張直通東海道，從關原附近可連接北國街道、東山道和伊勢街道，乃天下交通之樞紐，是用兵的好地方。

（得美濃者得天下。）

庄九郎看得十分透徹。

庄九郎選擇美濃可以說是具備了天才的眼力。美濃發生的瓜分天下戰役有古代的壬申之亂，和日後的關原戰役。德川時代之所以不在美濃冊封大名，就是害怕此國落入他人之手，一國當中的十一萬七千石由幕府直轄，剩下的六十多萬石則分成小份，目的是爲了讓大名、旗本（俸祿未滿一萬石的將軍直屬家臣，編按）八十家互相牽制，可見它的重要性。

庄九郎最中意的是，從鎌倉時代就被冊封爲美濃國主的土岐家族已經腐朽不堪。

土岐家在足利幕府的各國大名中是赫赫有名的家族，曾經強盛一時。

足利初期有這麼一段故事。

當時的當主土岐賴遠，進京參拜將軍尊氏，在京都的大道上遇見持明院上皇乘坐的轎子。

按理說，賴遠應該下馬，將自己的人馬列隊路邊，並和家臣跪地叩拜。然而當時是足利天下的全盛時期，土岐賴遠則是幕下勢力最大的大名之一。

賴遠佯裝不知，騎馬眼看就要經過。

上皇的隨從提醒他：「下馬吧。」

賴遠頓時勃然大怒，當時的情景在《太平記》中有記載道：

「時下洛中敢叫賴遠下馬的是何等蠢貨。給我把他們一個一個射穿。」賴遠大聲下令。

上皇的先頭人馬和隨從都大吃一驚，以爲是不懂京城規矩的鄉下人撒野，紛紛呵斥道：

「院（上皇）的御駕在此！」

賴遠卻在馬上放肆地大笑道：

「是院還是狗？要是狗的話，馬上射掉牠。」

說完便讓十數騎家丁取出弓箭，包圍上皇的轎子，就像耍狗一樣轉來轉去，並不斷放箭恐嚇。

這件事聽起來雖然可笑，土岐一族曾經橫行一時卻可由此見。

（曾不可一世的土岐家，也被蠶食殆盡了。）

大名及其一族，長年無所作爲，坐吃山空，國政被家老掌控，家老一族也搖身變做貴族後，家老的家老掌握了實權，貪圖安逸，用世人的話來說皆是一群「糞土之徒」。

（正合適。）

庄九郎盤算道。他學過的漢學中，這種已經喪失治理能力的當權者繼續當權乃不義，推翻它才是正義之道。

「萬阿，我決定去美濃了。」

一天，庄九郎喜形於色地走出書院，告訴萬阿。

萬阿也被他的情緒感染，不禁問道：

「決定了？」

「那兒山清水秀。從長良川的堤壩望去是無邊無際的竹林，秋色更是讓人想吟詩作興。萬阿以後也一起去吧。」

「一定。」

萬阿嘴上這麼說，心裡卻很清醒。

（眞的只要一年嗎？）

她深深地凝視著庄九郎。

庄九郎恢復武士的打扮，腰間佩上青江恒次的寶刀，獨自離開了京城。時值大永元年（一五二一）的夏天。

兵荒馬亂的這個年代，就算是武士，獨自一人出行也需要足夠的勇氣。途中，且不說草賊土匪四處出沒，只要覺得對方有錢可圖，就連老實的百姓也可能會搶劫殺人。

出發時，萬阿臉色蒼白，問道：

「眞的不要緊嗎？」

赤兵衛和杉丸也異口同聲地說：

「帶幾個人去吧。」

庄九郎卻笑道：「有誰殺得了我？」便頭也不回地離開了。

確實，無人殺得了庄九郎。

出了京都十九里。

在這座近江的偏僻山中，有個村子叫醒之井。到這裡時正豔陽高照。

（再走一會兒，直接到柏原吧。）

上山的道路險峻，庄九郎仍埋頭趕路。

這一帶如今稱爲梓，當紅松林陸續變爲杉樹林時，庄九郎終於感到疲憊。

太陽開始下山了。

從山口向上望去，有一戶人家。

庄九郎上前敲門：「能借宿一晚嗎？」

從窗外踮著腳尖往裡一瞅，不出所料，有三名土匪在裡面。

凌晨，土匪們躡手躡腳地上前來探庄九郎的口袋，庄九郎立即躍身而起，手裡抓住青江恒次寶刀，越過火爐，猛喝一聲「大膽狂徒」，便以迅雷不及掩耳之勢在土間斬殺了一人，又跳下中庭砍倒一人，剩下的一人則用刀猛摑了幾個耳光，說道：

「松波庄九郎是也。你最好記住。」

丟了一些錢並將他放了。想必是欲讓此人在美濃傳誦自己是何等的英勇。

不僅是庄九郎，當時的習武之人都經常使用這種方法宣傳。

常在寺

「誰？」

寺裡的住持日護上人剛剛抿了一口煎茶。

「遠道來的武士？」

「是的。他說爲了見上人，特地從京都趕來的。」

「叫什麼？」

「沒說。他只說是京都的舊友，就算報了名字，上人也不一定知道。」

前來通報的弟子擦拭著額頭的汗水。

「還眞是想不起來。」

日護上人向庭院望去。院子的對面是長良川。

寺院前高聳在美濃平原的大山，便是稻葉山。正值盛夏，滿山綠蔭。

鷲林山常在寺。

這是寺院的名字。

它不僅是美濃首屈一指的大寺，也是稻葉一帶（今岐阜市附近）唯一一座日蓮宗的寺院。

當時，日蓮宗是最輝煌的宗教，常在寺理所應當地成爲當地新文化的中心所在。

而且，上人還是美濃的頭號實力人物長井豐後守利隆的親弟弟，僅此身分就足以被尊爲「大人」。

年紀尚輕。

面容和善，下顎微寬，山黛色的眉毛，眼神清澈，嘴唇紅潤，讓人聯想到貴婦人的容貌。

「我在京都修行時，和武士沒打過什麼交道呀。」

「但是門口的客人說，和您是莫逆之交。」

庄九郎坐在玄關的石凳上，摘下斗笠放在一邊，一邊擦著汗，一邊眺望著山門對面高聳的稻葉山。

（好奇怪的山。）

寬闊的平原地帶中這座山顯得格外突兀，山勢陡峭，估計攀登起來很困難。

「施主。」

前往通報的弟子回來了。

「上人說想不起來。請問尊姓大名？」

「說了我的長相嗎？」

說到長相，仔細一端詳，發現確實和常人不同。前額和下頜向前突出，雙眼神采奕奕，有一種說不出的高貴氣質。也許來自此人的修養。

「哈哈，也難怪。你就說京都的故人法蓮房來訪。」

「咦？」

報的是僧名，卻是一身武士打扮，弟子有些困惑。

「您叫法蓮房？」

「曾經是。那時，貴寺的上人名叫南陽房，我們都在京都的妙覺寺大本山修行。」

「哦，原來如此。」

弟子不得不又跑一趟去通報。

（早點說不就行了，這人真麻煩。）

然而，對庄九郎而言，畢竟前來拜訪美濃最負盛名的鷲林山常在寺的上人，態度應該不卑不亢。

如果可以的話，最理想的是招呼一聲：

「是俺。」

就大剌剌地進門。

果然，日護上人聽後喜出望外。

「是法蓮房師兄？太好了。和我相差一歲，法臘（出家受戒的年齡）也相差一年，那時，妙覺寺大本山中來自各國的弟子一千多人當中，論學問、智慧、才藝，他都名列第一。不許怠慢，馬上請進大殿。」

年輕的上人，因喜悅而顯得比往常興奮。

「所有人都要好好接待。」

「啊？」

寺院裡有十名弟子，三名學童，加上從長井家派來的兩名侍衛，以及一些雜役，一共將近二十人。

所有人頓時都忙碌起來。

庄九郎脫了草鞋，用水沖淨手腳，起身問道：

「有小廂房嗎？我想整理一下裝束。」

長途跋涉後的衣服沾滿灰塵。行李中有換洗用的衣服。

「這邊請。」

弟子帶他來到一間廂房門口。

換過裝的庄九郎看起來整潔清爽。他不想風塵僕僕地出現在舊友面前。

雖說是遠道而來，一旦給人「髒亂不堪」的印象，卻是長久不會消失的。

庄九郎微笑著塞給兩名前來幫忙換衣的小沙彌各一袋永樂通寶。

「別說是我給的。」

「知、知道了。」

其中一名小沙彌驚詫不已。還從未得到過這麼沉的永樂通寶。另一名小沙彌不禁問道：

「但是，您爲什麼要給我們這麼多錢？」

「我小時候也和你們一樣，別人給的東西，非常歡喜。看到你們，想起了過去罷了。」

「啊！」

小沙彌感動得熱淚盈眶。他們打小就處在大人堆裡，比同齡孩子早熟得多。因此從他們口中往往能打聽到不少人物的消息。

庄九郎跟在小沙彌身後進了大殿。

日護上人早已在此等候。

「哎呀！」

上人似乎回到了南陽房小沙彌的時代，急忙站了起來。

「法、法蓮房，好久不見了。」

「南陽房。」

庄九郎也上前握住上人的手。雖說他精於計算、一貫冷靜，有時倒也情眞意切。此時的庄九郎百感交集，不由得掉下淚來。

臉上卻在笑著。

日護上人也是一樣。不，確切地說，上人的感慨要多得多。

「快，快坐下。說說京城的事，還有一起修行時的那些事。對了，」

上人的神情有些不安：

「你打算待幾天？」

「十天左右吧。」

庄九郎故意說道。

最好能待上兩到三個月，觀察美濃的局勢，再讓日護上人介紹一些美濃的名家和豪族，如果進展順利，一輩子住在美濃也不差。

「十天。太短了，最起碼要住上一個月。美濃有不少好地方。到了秋天，長良川的月色也不錯。」

「嗯。」

「不定下來的話，沒法好好聊。說好了，最少待一個月啊。」

「那就給你們添麻煩了。」

「這就放心了。」

學生時代的密友固然親熱，日護上人的那個年代更是如此。當年的密友，竟然從遠道專程來美濃看自己，簡直不可想像。

而開始計畫「盜國」的庄九郎，在美濃只有這麼一位故人。萬事的開頭，都要依靠日護上人的力量。

「聽說你還俗了。留在佛門定會功德無量，眞是可惜啊！」

日護上人感歎道。

「什麼呀，南陽房，」

庄九郎喚著舊友修行時的法名，說道：

「像我這種出身卑微的小人物，就算身在桑門（宗教界），也成不了大器。比如像你，雖然和我同門修行，但是出身於美濃的權勢之家長井，一離開妙覺寺，就當上這麼大的寺院的住持。一聽到這個消息，我就決定放棄佛門還俗了。」

「這麼說來，都是我的罪過了。」

年輕的常在寺上人露出自責的表情。

「哈哈，哪裡話。只是羨慕你罷了。」

「還不都一樣，爲了補償你，只要是我能幫忙的儘管說。」

菜肴送上來了，還有酒。

「先乾一杯。」

上人端過酒壺。

「南陽房也飲酒嗎？」

「喜歡睡前喝幾杯。出家人本應禁酒，我的原則是只要不喝到胡言亂語就行。」

「你這傢伙從小就認眞。」

庄九郎拿起杯中的酒一飲而盡。

「好喝。」

庄九郎發自內心地稱讚道：

「沒想到美濃的酒這麼好喝。酒美的地方人也聰明，想必美濃人一定很機靈。」

「哪兒呀，一群愚人而已。」

常在寺上人口吐不快。從寺院觀望國家政治，正所謂旁觀者清，能把弊病看得更分明。

另外，美濃的實力人物雖有遠近之分，但大抵都是這位常在寺上人的親戚。因此，他們的能力和日常生活情況，上人自是熟知。

「我說法蓮房，」上人叫著庄九郎的舊名：「聽聞你當了奈良屋的上門女婿，是眞是假？」

「不假。」

庄九郎啜了一口酒。

「奈良屋可是京城有名的富商。我還以爲你享受著榮華富貴，不過看你的穿著……」

「穿著」指的是庄九郎一身的武家打扮。

庄九郎簡單地敘述了前後經過，說道：

「奈良屋被神人砸了後，我又建了山崎屋，生意比以前還要好。但是做商人太無聊了。」

「那麼有錢也無聊嗎？」

「怕武家。」

「嗯。」

「沒有權勢，手裡也沒兵。好不容易攢的錢，將軍發佈一道『德政』就可以賴帳，窮人也蜂擁上街搶砸，我們這些油商，上有大山崎八幡宮，神人打著神權的旗號耀武揚威。松波庄九郎實在是看不下去。」

「然後呢？」

「我想當武士，就出來了。我對你說過，我的祖先曾是皇宮的北面武士，每代都被封爲左近將監的官職嗎？」

「不知道。」

知道才怪。庄九郎特意跑了一趟京都西郊的西岡，在松波家的家譜中寫上自己的名字，才有了上面提到的「血緣」關係。

「這麼說來，法蓮房可是名門之後啊，」常在寺上人不禁動容道：「既然如此，那就應該做回武士光宗耀祖。這可眞出乎我的意料，我一定會幫你。」

「拜託了！」

「我馬上給你引見兄長豐後守利隆。」

「不，我還沒決定是否留在美濃。恕我多言，美濃的國主土岐氏，雖是自源賴光之後的名門，卻長年不勤於國政，手足自相殘殺，豪家子弟也多貪圖享樂。鄰國卻是英傑輩出，這個時候寄身土岐家是不是錯誤？」

「就等著你這句話，法蓮房。」

常在寺上人已有了幾分醉意：

「就因為土岐家這種情況，才需要像你這樣的英雄人物，重起爐灶才有救啊。」

「這可不容易。」

庄九郎一幅沉痛的表情，似乎在擔心土岐氏的前途。

「權勢或家族，一旦開始走下坡路，就很難回頭了。」

庄九郎開始列舉唐土和日本的歷史，娓娓道來。

「太有意思了。」

常在寺上人不禁拍案叫絕。

對有識之士來說，沒有比獨居鄉間更孤獨的了。

庄九郎所講的歷史故事或是歷史觀點，雖談不上出類拔萃，只是談論這種「見識」的機會，自從日護上人離開京都後，就再也沒有過。

庄九郎講了平家的滅亡，又講了源氏鎌倉幕府的衰退，最後提到在室町成立幕府的足利氏，如今只是空有虛名而已。

「救治病人可以用藥。藥卻無法阻止老人死去。」

庄九郎歎道。

「難道，土岐家壽數已到？」

「壽命將盡。從暗結私黨，謀求私利，不顧國家大局上就可以看出。你看唐土和我國的朝廷，每次更朝換代時都是這種情況。」

「法蓮房，你這麼一說，就像冰雹打在身上一般疼痛。你一定要想辦法治好土岐氏的美濃啊！」

「把它看成病人嗎？」

「對，病人。」

「病人，」庄九郎抱著胳膊陷入沉思，不覺中竟透露出名醫的威嚴：「暫且看作病人吧。對此病人用盡內科、外科和針灸治療，也不見得能痊癒。即便是投下毒藥以毒攻毒，也不知道這副病軀能不能承受得住。」

「法蓮房？」

「什麼？」

「你能成爲『毒藥』嗎？」

常在寺上人說的「毒藥」來自上面一段高深的對話，並不是說庄九郎是毒藥。

「拜託了。」

「不行，近江有淺井氏，鄰國的尾張有織田信秀（信長之父），雖說是分家下面的分家出身，卻不可輕視。武士應該投靠這樣的主人。」

「你眞固執。」

常在寺上人擊掌喚了沙彌，下令添酒後，接著說道：

「你先住下來好好看看美濃，和這裡的人打打交道，等你對土岐氏的美濃有了好感，我再和你談論此事。今晚要好好聊聊以前的事，師傅日善上人，還有同門師兄弟什麼的。」

次日，庄九郎起了個大早，去爬稻葉山。

金華山

金華山，抑或稻葉山。

都指的是同一座山。

（固若金湯。）

庄九郎沿著岩石削成的狹窄山道而行，腳底眞切地感覺到岩石的凹凸起伏。

「啊哈哈。」

庄九郎獨自笑了起來。

「眞硬。」

他喃喃自語。岩石的堅硬無礙於對山的定位，庄九郎卻像發現了珍寶一樣。

（還眞不是一般的硬。）

庄九郎像個地質學家一樣，時不時撿起地上的石塊，拿在手中敲擊。

發出「叮」的聲響，像金屬的碰撞聲。整座山幾乎都是矽岩。太古時代用作箭頭，庄九郎的時代則作爲打火石。

（感覺這裡是塊寶地。）

野心家的心底，其實充滿孩童般的天眞。這座山後來被庄九郎攻占，如今的他，只是爲它的堅固而欣喜。

庄九郎與沖沖地登上山。

（喔！）

山谷深不可測。

就像山峰被從中間切開。除了山脊上的一條小道，再沒有登山的途徑。

（築城再好不過了。）

所謂山脊小道，就像瘦馬的脊梁，兩人並肩而行都很困難。

腳下也異常險峻，從半山腰就能感覺到山頂吹來的勁風，似乎能把人掀到谷底。

如果在山頂築城，即使山腳下有百萬大軍包圍，也攻陷不下。

不過，這裡已經有一座城。

這座山城歸日護上人的本家長井氏所有，在山脊處圍有柵欄，懸崖邊則安上粗壯的黑木樁，而且不時可見類似角樓、城樓的建築物。

在這裡駐紮的長井家足輕，屢次阻止庄九郎道：

「不許再往前了！」

每逢此時，庄九郎便出示常在寺日護上人寫的親筆信，才得以放行。

常駐的士兵大約有十幾人，也就是看門而已。

這裡的主人長井氏，平常都住在美濃平原中部的加納府邸中。

「真可惜了這麼好的山。」

其實並不是毫無用處。早在鎌倉時代，二階堂行政在此建城，之後的二百年無人問津。到了足利中期，武將齋藤利永又加以修繕。

如今，說是長井氏的領地，不如說是由長井氏代為管理。

而且，山城已經十分破舊。尚且沒有大規模的戰役利用過這裡的天險。

（鄰國的近江、尾張英雄輩出，美濃卻還沉浸在安樂中。）

有句話叫美濃八千騎，卻都因循守舊，貪圖安逸。如果不重新組合起來建立強大的美濃國，恐怕遲早會變成鄰國的盤中之物。

庄九郎終於爬到山頂。

「是誰？」

看守的士兵探出頭來。

「不要造次。我乃山腳下常在寺的客人，松波庄九郎是也。」

「原來是常在寺上人的相識。」士兵的態度立刻轉變。

可見日護上人在這個國家的威信。

「我來山上看看。」

「哎。」

「不用帶路，我自己看就可以了。」

庄九郎悠閒地四周張望。

天上飄著白雲數朵。

俯首則是一望無垠的濃尾平原。

北邊依稀可見飛驒的群峰，山腳下流淌的便是長良川。

（好一個天險之地。）

庄九郎當然不知道，稻葉山起源於四億年前地球的造山運動，也就是說相當於地球的皺紋。

（這樣的大平原上，竟然會有這樣的山峰。）

可謂奇峰。讓人覺得老天爺為了庄九郎，早在幾億年前就準備好了。

（天命如此。）

天意讓庄九郎爬上這座山，在山頂築城一統山腳下廣闊的美濃江山。

「城就建在這裡了。」

「您說什麼？」

士兵滿臉不解。

「聽到了？」

「沒，沒有。」

好像真的沒聽見。

「沒聽見就好，否則你的耳朵該掉了。」

「是。」
士兵謙卑地附和著。
庄九郎又看了看谷底，觀察一下圓木搭建的城樓，又試著走了一丁（譯注：或作「町」，一丁約一〇九公尺）山脊小道，才信步返回。
他看上去心情不錯。
估計腦子裡已經繪成一幅大城的輪廓圖。
戰國的英雄都擁有一種奇妙的信仰，他們覺得自己是遵照天命才降落人間的。
這是一種誇大妄想症。正因爲有了「天命」，他們的行爲才稱得上是正義，如果沒有這種強烈的正義觀和誇大，是無法完成統一大業的。
甲斐的武田信玄就認定「我負有天命」，把父親趕下台，坐上權力的寶座。奧州的伊達政宗將被擄去當人質的父親輝宗連同敵人一起殺了，也是出自這種思想。
成功者爲了顯示自己是「最靠近天的人」，往往要築起萬丈高城。

之後的日子，庄九郎在悠閒中度過。十天後一個大霧彌漫的清晨，日護上人突然問道：
「法蓮房，下決心了嗎？」
「什麼決心？」
「來美濃做官。像你這樣的大器之才不輔佐朝政的話，美濃是沒有希望的。」
「這……」
庄九郎面露猶豫。
「實話告訴你吧，」日護上人將身子向前挪了挪：
「我和兄長長井利隆說了一些你的事。」
「長井大人？」
庄九郎雙眼射出光芒。
長井利隆住在加納，在常在寺南邊，僅一里之遙。
如今，這兩者都在岐阜市。說到岐阜市，是由庄九郎、即後來的道三的女婿信長建成的，當時還不叫岐阜。

這一帶稱作「加納」。城下長約十幾丁，是連接東山道（如今的國道二十一號線）的重要驛站。

加納城城主長井利隆是美濃的權勢人物之一，也是日護上人的兄長。

年方四十。

庄九郎早就暗中調查過，此人心思深沉。

「長井大人怎麼說？」

庄九郎不放過日護上人的每一個表情。

「他很高興。」

（眞的嗎？）

不能大意。

「是眞的。我把你在妙覺寺本山時的才能、諸般武藝以及經商的手腕等等，都舉例說過了，兄長利隆……」

（利隆怎麼樣？）

庄九郎緊盯著日護上人的眼睛，它們此時正閃耀著柔和的光芒。

「剛開始，他覺得不可能有這樣十全十美的人，後來聽我一說，態度變得積極起來，還說一定要找機會推薦給大名，現在的土岐家正需要這樣的人才。」

「慚愧慚愧！」

庄九郎顯出幾分羞澀，說道：

「你太抬舉我了。你把松波庄九郎描述得太完美了。」

「哪有！」

日護上人連連擺手：

「放眼天下，無人比我更懂以前的法蓮房和現在的松波庄九郎。用不著誇大其詞。對了，去見見我的兄長吧！」

「一言爲定。」

「今天有位稀客要來。」

次日早晨，加納城府邸的一角，長井利隆如此交代侍臣。

長井氏並不是美濃守護大名土岐家的直屬家臣，而是土岐氏的家老齋藤氏的家老。

然而時逢亂世，各種制度鬆弛，有實力者下剋上不足為奇，長井氏就憑藉實力超越了名存實亡的齋藤氏，直接受命於大名土岐氏。

齋藤、長井兩家並未經過武力權術的爭鬥，雖然姓氏不同，原本卻是同族，和主家土岐氏也有血緣關係，均為姻親關係。

就像有實力、有才能的叔叔，不得不照顧同族的宗家一樣，並不像後人所說的謀權篡位。

然而，美濃土岐家在當主政賴這一代，曾因繼位發生過流血事件。

土岐家至此出現裂痕。後來，庄九郎就是乘機從這道裂痕進入的。如果沒有它，天涯一介孤客庄九郎是沒有機會步入的。

土岐家的上一代主公是政房。政房繼位時，也發生過稱為「船田之戰」的家族動盪，這種動盪，似乎會成為慣例。

政房膝下有八男一女。

長子政賴，次子賴藝。

父親政房偏愛次子賴藝，決定讓其繼位為家督（一家之主，編按）時卻發生兵變，國土一分為二，有權有勢的長井一族也分作兩派自相殘殺。

本來，如果此時有英雄崛起，土岐的美濃必將滅亡，多虧日護上人所言的「國內無人才」，京都的足利將軍出面調停後，長子政賴正式繼位。

這場兵變中，擁戴次子賴藝的長井利隆敗北。就像剛才提到過的，兵變只是同族之間的爭鬥，因此也不存在復仇之說。

然而戰敗的長井利隆雖說領地和城池並未損失，卻窩在加納城中悶悶不樂。

「有沒有人才？」

利隆經常詢問弟弟日護上人。

「我想向賴藝大人推薦人才。」

長井利隆推舉的次子賴藝，繼位之爭失利後便在鷺山蓋了一座華麗的宮殿，每天過著歌舞昇平的日子。

長井利隆打心眼裡同情這位身在鷺山的土岐賴藝。

雖說「分家」時拿到了封地，卻還需要強有力的保護人。那個時代的地方貴族，十幾代人碌碌無爲造成的後果是基因變弱，沒有保護人便無法生存下去。

庄九郎就出現在這個時候。

「眞是好消息。」利隆大喜。他讓弟弟傳話中所提的「向大人推薦」，指的就是分家後的土岐「鷺山大人」。

很快的，庄九郎就和日護上人一道進入加納城。

事先庄九郎已經調查過幾次，因此對城裡並不陌生。

雖說是城，也只是低平的矮城，護城河是一條叫做荒田川的小河。東西長四丁，南北長五丁，週邊不大，城牆也不是石塊所砌，而是用泥土疊起來的。

「南陽房，」庄九郎叫著上人的舊名：「你就生在這座城對吧。」

「慚愧。雖叫作城，城牆也只能擋擋洪水而已，打仗時可不管用。但美濃淨是這種小城。」

「爲何不在稻葉山修建大本營呢？」

「稻葉山？」

日護上人面露詫異之色：

「那座山太陡了。」

兩人一路說著話，進了大手門（相當於正門，有些地方又叫追手門，編按）。

馬上有侍衛前來領路，帶到裡間。院落非常儉樸，庭園卻很美。

對面一里開外，稻葉山清晰可見。庭園就是借景而造的。

（稻葉山僅被用作庭園的借景，這個領國太安穩了。）

與其說是這個領國安穩，不如說是庄九郎太不安分了。

長井利隆很快就出現了。

（喔！）

人如其名，果然一身公卿的風範。皮膚白，瓜子臉，腦袋偏小，單眼皮。

仔細想想，上一代大名時期，一條關白兼良等二十餘名公卿、大夫從京都遷至美濃，投靠土岐門下。所生子女眾多，庄九郎也聽說利隆、日護上人的母親原是一條關白兼良的女兒。

「在下松波庄九郎拜見。」

庄九郎伏地叩首。

寒暄過後，長井利隆提議道：

「這裡不方便談話。我在茶亭備了茶水，庄九郎君，這邊請。」

那個時代，正式的坐席上要遵循室町的武家禮數，有些私事不方便交談。茶室則不講究等級階層，只有主客之分。

庄九郎生活的年代，茶道作爲社交場所而得以流行，可以說是對室町幕府制定、繁瑣至極的小笠原流派禮法（譯注：武家禮法的一種，室町時代足利義滿的家臣小笠原長秀制定）的反動。

庄九郎和長井利隆分別按照火爐兩側的主賓之位就座。

利隆的茶藝可稱一絕。

而庄九郎的一一對應，也讓利隆和日護上人欽佩不已。

「到底是京城來的人。」

利隆對文化懷有深深的嚮往。

（小事一樁。）

庄九郎對京都文化早已融會貫通。
無論是學問還是才藝，像庄九郎這樣有「教養」的人物，恐怕天底下找不出第二人。
話題也逐漸轉向文藝。
「聽說您還擅長歌舞。」
「曲舞和亂舞，略通一二。」
「還善於登山。」
「……」
這裡指的是攀登稻葉山一事吧。
「在這兒小住幾日吧！」
長井利隆發出邀請。他想好好觀察一下庄九郎的人品。
庄九郎也有些緊張。第一次見面，相處時間太長反而容易讓人疲倦。
「不，以後再來拜見吧。」
又過了一盞茶的時間，庄九郎告辭後返回常在寺。
（再來就看他們什麼反應了。）

庄九郎盤算著，如果幾日後利隆又來邀請，便大功告成。若是杳無音信，則表明對初次見面的庄九郎印象並不深。
（人生好比起舞時擺動雙手，等待的瞬間或左或右就決定了方向。）
庄九郎在常在寺耐心等待著。

朱唇

（怪了……）

這天，庄九郎一如往常，在常在寺書院的屋簷下睡午覺。

（怎麼還不來？）

院子裡的苦櫧樹忽然映入眼簾。庄九郎的視線順著樹根逐漸爬到樹梢，然後又閉上眼睛。陽光正照在樹梢上，讓人睜不開眼睛。

（想多了也沒用。）

還不來指的是美濃的權勢人物長井利隆的使者。

如果不來，就意味著長井對庄九郎高度戒備，或是認爲尚不足以介紹給該國的貴族社會。

（等著吧。）

庄九郎的處世態度只有做或等二字。等待其實也是重要的行動之一。

到了下午，庄九郎聽見從山門的方向傳來短促的馬匹嘶鳴聲和喧鬧的人聲。

（……？）

接著又閉上眼睛時，小沙彌沿著走廊急急跑過來，通報說：

「松波大人，松波大人，京都的山崎屋（奈良屋）來了兩位客人，叫杉丸和赤兵衛。」

（來得真是時候！）

離開京城時，曾叮囑過萬阿派商隊前來美濃。

（且到門口瞧瞧。）

庄九郎繞過本殿的西側，出了山門。

路上，山崎屋（奈良屋）的貨隊、人馬足足排了有半丁長。運來的都是上等的紫蘇油，護送貨隊的有牢人、店員和下人。

「啊，老爺！」

杉丸激動萬分地急忙趕上前來跪下說，小姐每天都在念叨您，老爺一向可好？

「你都看見了，我很好。」

赤兵衛也擠了過來。臉上浮著招牌式的邪笑。

「看起來不錯啊。」

「你們看上去也不錯。大夥兒留宿的地方找好了嗎？」

「嗯，都住在附近的村子裡。要在美濃一國賣這麼些貨，怎麼也得花二十天。」

「多賺點啊！」

「一定。」

庄九郎也領二人進了自己的房間。

杉丸落座後，馬上從懷中掏出油紙包好的書信，跪著上前遞給庄九郎。

「小姐給您的信。」

「哦。」庄九郎也很想念萬阿。但礙於在二人面前有所不便，便揣進懷裡。

「我要的東西帶來了嗎？」

「帶來了。」

杉丸和赤兵衛將三個裝有沙金的鹿皮袋子擺在庄九郎面前，並補充道，還有二十麻袋永樂通寶放在馬背上的行李中。

「氣勢不小啊！」

可以說，庄九郎在此瞬間變成了美濃最有錢的財主。

「小姐說，爲了讓老爺做番大事業，就算傾盡山崎屋（奈良屋）的家財也在所不惜。」

杉丸說。作爲總管，他確實也是這麼想的。杉丸只知道老爺要到美濃土岐家做官，而僅憑一介油商之身想要盜取美濃，他連做夢都不敢想。

「杉丸，回京城後馬上去一趟堺，尋一些稀罕的唐土之物來。下次要什麼時候？」

「三月以後了。」

「那時帶過來吧。大明的白粉、胭脂和檀香什麼的也別忘了。」

「知道了。」

「朝鮮運來的虎皮什麼的，這裡當朝的都是鄉下人，可能會喜歡。」

「我去找找看。」

「交趾的香盒之類的也不錯。我想起來了，還要大明傳過來的墨硯、紅和藍的顏料、胡粉（譯注：日本畫用的白色顏料）和繪絹（譯注：日本畫用的平而薄的絹織物）。

「畫畫用的東西啊。老爺要作畫嗎？」

「呵呵，我只會在人世間興風作浪，可沒空在絹紙上作畫。」

庄九郎自有打算。到後頭就會揭開謎底了。

「你們就住常在寺吧。」

庄九郎似乎把常在寺當成了自己的家。

「不了不了。」

杉丸推辭道。主人住在這兒就已經麻煩寺裡了，連下人也住的話說不過去。

「無需客氣，這些沙金和永樂通寶都是捐給常在寺的。」

「啊？」

赤兵衛大吃一驚。他原以爲這些沙金是用來賄賂土岐家的各大關口的，沒想到竟然傻到要全部捐給寺院。

「赤兵衛，你原先也是在妙覺寺裡待過的，只有這種悟性可上不了極樂世界啊。」

庄九郎笑道。

杉丸最近受到庄九郎的感化，已經完全變成日蓮宗的信徒，此時更爲庄九郎的這一壯舉而感動，益發覺得他不愧是自己敬仰的主子。

「老爺，做得好啊。日蓮宗在此地只有常在寺一家，這次的布施定能讓香火旺盛啊。」

「正是。」

（奇怪。）

赤兵衛雙眼緊盯著庄九郎。他最清楚，無論是以前的法蓮房還是如今的松波庄九郎，壓根兒就從沒信過妙法蓮華經的功力。

「你們在這兒等著，我讓本寺的日護上人見見你們。」

「日護上人是以前的南陽房嗎？」

赤兵衛畢竟在寺院裡待過。

「是的。不過可不是那時候的學徒了，如今是這兒最大的寺院的上人，可不能輕薄無禮。」

「是。」

赤兵衛忙叩首稱是。

聽說要捐獻，日護上人萬分歡喜，也吃驚不小。他從沒想過，以前的同門師兄弟會捐贈財物。

「法蓮房，」年輕的上人叫著庄九郎的舊名：「多過意不去啊。就算你再有錢，也用不著這樣吧。」

「南陽房，別這麼說。我也是吃佛飯長大的，雖是還俗之身，卻是受了妙法蓮華經功力的恩惠才有今天。就讓我略盡一份報答之情吧。」

「是眞正的布施善行啊。」

上人佩服得五體投地。將自己的財物施捨他人，佛法中稱作布施之善行，是四攝法（譯注：菩薩指引眾生領悟的四大方法，分別爲布施、愛語、利行和同事）的重要修行之一。

但是布施者如果希望得到回報，那就不是眞正的布施。只有一味的施捨，除去天生的執著觀念，才能到達佛法無邊的廣闊境界。因此被看作修行。

「你正是如此。」

日護大人稱許道。法蓮房不愧是才學智慧超群，悟出了佛法的精髓。

而且，當日護大人聽說捐給寺裡的是十匹馬馱來的沙金和永樂通寶時，更是大驚失色。

那個時代仍是以物易物爲主，只有明朝進口的永樂通寶才稱得上是良幣，可它的數量遠遠不夠成爲流通的貨幣。特別是在美濃這種偏僻的地方，永樂通寶本就少見。更何況是十匹大馬馱來的分量，簡直不敢想像。

日護大人立即吩咐寺裡的僧人備好飯菜，招待赤兵衛和杉丸等眾人。

「……？」

上人看見赤兵衛，表情若有所思，似乎在哪兒見過。

庄九郎介紹他的來歷後，上人不禁啞然而笑。

之後日護上人悄悄問道：

「法蓮房，這可不像你。那傢伙在妙覺寺本山可是出了名的惡棍，你要當心。」

「哈哈，南陽房。惡人乃天生私欲旺盛之人，只要用對了就好。比善惡不分的軟骨頭強得多。」

「也就是你的器量可以容忍。不過叫杉丸的管家倒是一臉善相。」

「無論善人惡人，我都能對付。」

「眞服了你了。」

日護上人對法蓮房庄九郎的傾慕，早在妙覺寺本山時就養成了習慣。

❦

話說加納城——

過了兩天後的下午，城主長井利隆一早起來就悶悶不樂，獨自鑽進小書齋：

「忘筌亭」

倚著桌子，手裡把玩著茶壺，嘴裡嚼著煎茶的茶葉。

比起同齡人，利隆看上去皺紋更多，臉色也不好，或許是長期患有胃疾的緣故。他酷愛飲茶，包括嚼茶葉。

利隆在美濃以好學出名。如果不是生在戰亂年代，又當上小城之主，或許早就出家遁世，舞文弄墨爲生了。

（眞的假的。）

他喃喃自語。

他的鬱悶有緣由。聽說幾天前見到的松波庄九郎給常在寺捐了不少錢物。

心裡不痛快。

倒不是針對庄九郎，而是對自己。

那天見到庄九郎，此人太聰明、太引人注目了，反而讓人生畏。

（會不會有謀反之嫌？）

利隆熟讀過的中國古典史書中，這種富有魅力的男子，往往會顚覆一個國家。

（最好不要接近。）

利隆下定決心。

因此，他嘴上雖說「下次再見」，卻遲遲不派人前往常在寺。

利隆的「預見」卻落空了。今早，聽說此人向常在寺布施了大筆錢財。

（向寺院布施，可不像聰明人所爲。莫非此人只是貪圖美名？）

利隆不由得這麼想。或許此人只沉迷於聲譽，並不像看上去那麼精明。他反過來又想，如果只是這種程度之人，推薦給土岐大人也無妨吧。

（總之，此人只是仰慕鎌倉以來土岐家的世代英名，爲一代名家的沒落而遺憾、感傷，於是想略盡一己之力，即多愁善感、看重名聲之人。）

況且，此人以布施爲樂，搞不好是個怪人。怪人不好聽的話，就是那種仗義出手之人——總之是天生的忠義之人。

他也許會成爲上天派給土岐家的得力總管。

（而且才華出眾。——）

（這麼說，是我看走眼了。想不到我也會有這一天。）

長井利隆終於安穩了情緒，命人立即備馬。

「去常在寺。」

逕自出了城門。僅帶十名隨從。按照習慣，眾人都戴上護甲、手持弓箭和長槍出發了。

其中一騎先行趕到常在寺通報，等長井利隆趕到時，上人已率眾等候在外。

「弟弟，」利隆向上人打過招呼後急忙問道：「松波庄九郎在不在？」

「你說的是法蓮房吧。他說在美濃已經待膩了，今天開始到處購買土產，準備回京城呢。不管我怎麼挽留，他只是笑，也不聽。」

「那、那可不成。留住他，這種人才可不能流落他國。弟弟，你一定要留住他。」

「長兄您考慮的時間太長了。過於愼重是您的缺點。」

「說什麼呢，不過我一旦下決心就不會動搖。」

隨後，常在寺的茶室中日護上人和利隆、庄九郎分別按賓主之位落座。

「聽說您要離開？」

「我嗎？」

庄九郎放下茶杯：

「京都的內人來信了，讀了後讓我急不可耐，想盡快趕回去。」

「庄九郎君的夫人一定是才色兼備的女子。最近京城的書信流行什麼樣的書體？」

「還是青蓮院流派爲主。有些人喜歡道風（譯注：小野道風，平安時代的貴族、書法家）。不過內人不屬於這兩者。」

「哦？」

長井利隆湊上前來。一說到京都的事，這名武士就什麼都忘了。

「可以看一看嗎？」

「其實也不是什麼見不得人的信，當然沒關係。不過，長井大人看了一定會笑話我的。」

「怎麼會笑話你呢。我想知道京城時興什麼樣的。」

「那好吧。」

庄九郎從懷裡掏出一封書信，就是杉丸轉交的那封。

「請看吧。」

說著就給了長井利隆。利隆接過後，雙手小心地鋪開，開始靜靜地瀏覽。

庄九郎始終端坐不動。

「……」

長井利隆臉脹得通紅。

信箋上沒有隻字片語。

只在紙中央印上一記紅紅的唇印，分外鮮明。

「還有這個。」

庄九郎又遞過來一個紙包。

「這種風格也有人喜歡。」

「啊？」

已無法思考的長井機械地接過，只見一束細長的東西。

「這，這是什麼東西？」

「陰毛。」

庄九郎表情並不輕浮。

長井長長地歎了一聲氣，鄭重其事地包好後交還庄九郎。

「太失禮了。勝過千言萬語甚至是王羲之的名筆啊。庄九郎君娶了個賢妻啊。」

「……」

「請收好。」

長井的神情有些落寞，想必受到很大的刺激。

但是，卻徹底改變了長井利隆對庄九郎的印象。

（如此沉迷女色，看上去很謹慎，原來也是個放浪之人。）

之後的很長一段時間，利隆也對別人這麼評論庄九郎。

毫無疑問，這是庄九郎耍的手腕。他早就心知肚明，對付長井利隆這種人物，用這種辦法一定能造成上面的印象。不過，這些東西千眞萬確是萬阿送來的。

直到深夜，長井利隆一直試圖說服庄九郎，最後雙手合十央求他留下。

「我現在總算明白了蜀國劉備三顧茅廬請諸葛亮出仕的心情。庄九郎君，如果沒有你的幫助，美濃土岐家怎麼也無法振衰起敝。」

長井利隆一旦中意，就喜歡引經據典，往往過度自負。隨著使用的辭藻逐漸華麗，反過來又受到自己言辭的感染，覺得庄九郎簡直就是諸葛孔明再世。

「那好吧。」

庄九郎終於點頭時，夜已深了。

「太好了！」

長井利隆和日護上人兩兄弟一齊拍手叫好。

深芳野

世事難料。

這種讓人似懂非懂、沒有任何現實意義的詠歎情緒，庄九郎生來不曾有過。

他相信：

（明天會發生什麼，只要據理分析就能預料。）

「庄九郎君，可以出發了。」

常在寺的日護上人在居所門口與庄九郎告別。

出了山門，庄九郎翻身上馬，揚鞭直奔加納而去。

美濃的秋意正濃。

（江山秀麗，遲早會歸我所有。）

庄九郎的人生有明確的目標。他覺得有目標才稱得上人生，人生的意義在於朝著目標前進。

若需行惡，也無需猶豫。

若需行善，多多推行則可。

（總之要前進。）

庄九郎策馬揚鞭。

風馳電掣一般。

（馬不停蹄，就像我的一生。蹄下踩死的不管是螞蟻還是猛犬，都無需理會。就讓弱者去念佛吧。）

庄九郎很快就進入加納城。

長井利隆已經做好同行出發的準備。

「還挺快的嘛。」

長井走下大門口的石階。下人趕緊拿過草鞋換上。

兩人並駕齊驅，直奔鷺山。

「庄九郎君，鷺山的大人聽我說您要來，已經迫不及待要見您了呢。」

「糟糕！」

庄九郎突然勒馬停下。只見路上躺著一隻禿毛犬。

「果然是待過佛門的，對畜生也如此憐憫。」

「習慣而已。倒也不是什麼憐憫。」

「眞謙虛。」

長井利隆已經爲庄九郎所傾倒。

不久就到了長良川畔。

庄九郎勒馬下了河灘，尋找較淺的地方開始渡河。

「庄九郎君，像我這種本地人才知道什麼地方較淺，你是從京都來的，怎麼能一下就找到呢，眞是奇怪。」

「從水的顏色、潮水的動靜看得出來。」

「不愧是奇人異士啊！」

兩人都跳上了岸。

途中，長井利隆略爲說明稍後要覲見的「鷺山大人」的情況。

「他值得擁護。」

長井利隆說。

鷺山大人，也就是土岐賴藝，並不是美濃國主（守護職）。

守護職（室町幕府的武家職位，一國的軍事指揮官、行政官，編按）是他的哥哥土岐政賴，駐守在美濃的中心川手城（今岐阜市正法寺町）。

幾年前，賴藝和哥哥爭奪家督之位，甚至掀起戰事，最後敗退至鷺山城，每日沉溺在玩樂中。長井利隆就是在那時候歸順賴藝的。如今事無大小，他都是賴藝的保護人。

「支持鷺山大人（賴藝），不僅是他的亡父政房大人的託付，在下認爲只有賴藝才是土岐家第十代繼位人的合適人選。」

「那眞是太傑出了！」

「在下是說，比他哥哥（政賴）要強些。」

「是這樣啊！」

不出庄九郎所聞，當代的守護職政賴果然碌碌無爲。

「直到現在，在下還是覺得，」長井利隆語出驚人：「鷺山大人應該當上美濃國主。」

「哦？」

庄九郎不禁把目光轉向長井利隆。

長井卻平靜如常，滿是皺紋的臉上帶著微笑。

（是想利用我的才能除去政賴，扶持賴藝當上守護職嗎？）

長井利隆的表情卻不露痕跡。

「鷺山的賴藝大人，是位什麼樣的人物？」

雖然庄九郎事先已經周密地調查過，還是想從長井的話中得到確認。

「擅長作畫。」

「哇，」庄九郎心生敬意：「很拿手嗎？」

「就算不及唐土的徽宗皇帝，也不遜色多少吧！」

確實，賴藝人如其名，生來就具有極高的藝術天分，如果生在其他朝代，也許能夠留芳千古。

尤其喜好畫鷹。

而且他只畫鷹。畫師需要按照客人的要求作畫，賴藝身爲大名，自然可以隨心所欲。

物專則精，他畫的鷹古今無人能及。

直到今天，還有「土岐之鷹」的稱呼，有幾幅名作保留了下來，古美術界視之爲珍品。雅號洞文。

「不只是畫，還精通舞曲音律呢。」

（看來每天除了這些之外，便無所事事了。）

「庄九郎君如能獻上一曲京都之舞，大人一定會十分高興。」

「哪裡。一介油商，哪敢獻醜。」

說著話，兩人進了鷺山的城下町。

說是城下町，也不過是五十家左右的住戶和農家，僅能維持這座小城的生計而已。

山丘上有一座白色城堡，大手門朝向東方。

二人進了城。

「好華麗的宮殿！」

庄九郎抬頭望著城樓。

本殿、角樓和側門等的外牆都刷上雪白的漆，所有屋頂都鋪蓋著燒成青黑色的美濃瓦，莊嚴整潔。

「城雖不大，樣子還不錯吧！」

長井利隆說道。

（眞不錯。等我得到這個領國後，就在此隱居好了。）

庄九郎睜大眼四處張望。他的言行雖然恭敬有禮，眼光卻銳利似劍，難怪後來會被稱作蝮蛇道三。

庄九郎被安排在小房間等候，利隆先進去了。

（不會被當作下人對待，讓我到院子裡拜見吧？）

庄九郎的自尊心決不容忍。雖然他歷經學徒、牢人，沒有半分值得誇耀之處，然而以己爲貴的性格卻是與生俱來的。

「松波庄九郎大人，」著裝光鮮的兒小姓跪在門外的走廊上：「我來給您帶路。」

庄九郎來到殿前，隔著門檻俯首叩拜。

賴藝正面端坐著。

長井利隆則在下座。

「這位是，」長井利隆剛要介紹，賴藝噗哧笑出聲來：「油商是吧。」

賴藝正百無聊賴。聽說有個油商要來，便來了興致，而並不是對庄九郎本人。

「我第一次見到油商。相貌還眞是與眾不同，油商都長這樣嗎？」

「不是。在下不是因爲要當油商才長得這副模樣的。」

庄九郎一本正經地直接回答。

「不不，大人，」長井利隆忙接過話說：「此人乃北面武士松波左近將監的子孫、藤原氏之後，倒也不是無名之徒。」

「是嗎？」

賴藝身分顯赫，自然未聽說過油商。

長井利隆上前耳語了幾句後，賴藝方才醒悟過來：

「噢，原來是日護上人的同門啊！」

言語已不似方才那般輕浮。

「在下與上人，同在京城的妙覺寺本山修行佛典。」

「日蓮宗在我國可謂稀罕。聽過日蓮宗排除其他宗派，甚至干預朝政，此事當眞？」

「不敢。妙覺寺本山的學風並非如此。大人請明察日護上人的御德。」

「那怎麼評價日蓮宗？」

「此土入聖。」

「什麼意思？」

「其他宗派都信奉大徹大悟後才能成佛。淨土宗、淨土眞宗要念誦南無阿彌陀佛，死後才能通往極樂世界。眞言、天台宗則宣揚即身成佛。──它們都視現世爲穢土而否定，只追求死後去往西天。日蓮宗則教導此身此時，活在現世便能修成正果。」

「倒是挺狂妄自大的！」

「正是。」

庄九郎點頭道：

「人如果不自大什麼也做不成。正因爲女子覺得自己美，才會變得更加美麗。才子相信自己有才，才能發揮出十二分的能力。有臂力的人認爲自己力氣大，才能不斷湧出力量。南無妙法蓮華經的妙處便在此。」

「經你這麼一說，連我這樣不喜歡《法華經》的，都好像有點明白了。令人力氣倍增對吧。」

賴藝饒有興致地說道。面前的客人想法卓爾不群。

「喂，庄九郎。」

「在。」

「你對人挺有研究的嘛。我從小就喜歡打聽各種事情。你來得正好。」

賴藝打開了話匣子：

「庄九郎，人死了會去哪兒？你說說看。」

「交給和尚好了。其他什麼也不想，這就叫做大徹大悟。」

「交給和尚？」

「如果人能夠到達這一步，就徹底領悟了。死後交給和尚，生前高高興興過日子，這才是聖人的做法。」

「還挺深奧的。」

賴藝聽得入了迷。

旁邊的長井利隆面帶微笑。他一定覺得自己推薦的人選不錯。然而，庄九郎卻在內心暗自想：死後交給和尚，生前倒不如交給我。

他覺得，笨人唯一的出路是依靠聰明人。

「有意思，上酒吧！」

就地擺起了酒席。

賴藝賜了附近的坐席給庄九郎，並親手斟酒。

庄九郎分成三次飲盡。

用餐時筷子的用法等，都遵循室町幕府制定的武家禮數之一的小笠原流派的風格。

「庄九郎，今天不醉不休！」

賴藝說了好幾次，並不停打聽著京城的事情。

庄九郎的話很有意思。從京城街頭巷尾的傳聞、某位公卿府邸的奇聞，到和尚打破色戒等等，講得繪聲繪影。

「呵呵，就像身在京城一樣。」

賴藝感歎萬分。對地方豪族而言，正因為自己永遠都不可能住在京都，才懷有更強烈的憧憬。

比如，庄九郎說到「二位尼御前（譯注：平清盛之妻）前往二元寺南邊的行宮」時，賴藝立刻拍腿道：

「對，旁邊就是有栖川。往南是北小路堀川。再往南的話，就能看見村雲大休寺的圍牆了。」

當然，賴藝從未去過京都。然而，通過傳聞和書本，他已經掌握了這座城市的地理。

酒過三巡，有人靜悄悄地拉開門。

（……）

庄九郎目光頓時定了格，但立刻覺得不妥，又重新低下頭去。

先是俯首屏氣，回過神後才懷疑自己剛才的所見是不是眞的。

（太少見了。）

其實曾經聽說過這個人。

土岐賴藝的寵妾深芳野，貌可傾城。

深芳野——

這名女子自打出生後就可謂命運坎坷。

她的身分並不低賤，乃丹後宮津城主一色左京大夫之女。

當時其父四十二歲，傳說厄運之年所生之子命薄，還會給娘家帶來禍害。

由此，她作爲姊姊的陪嫁許給了賴藝。

姊姊是正房，深芳野便作了妾。即使在戰國亂世，姊妹同侍一夫的例子也並不多見。

此事也傳到鄰國，近鄰的大名都羨慕賴藝豔福不淺。

「庄九郎，見過深芳野。」

賴藝介紹道。

「哦。」

庄九郎方才敢抬眼。

眼光卻炙熱得像要吞了她一般。

深芳野也凝視著庄九郎。

很快的，深芳野烏黑的美目一眨，收回了視線。

她有些抵擋不住庄九郎火熱的目光。

細長的脖頸也稍微染上羞紅。

「在下松波庄九郎。」

「深芳野，」賴藝喚道：「昨晚我跟你提過的。」

「是。」

深芳野答道，又瞟了一眼庄九郎。

（昨晚，是在床上吧。）

庄九郎望著賴藝，後者顯得若無其事。傳聞賴藝貪戀於深芳野的美色，荒廢國政。

（在床上提到了我——）

庄九郎又盯著深芳野。

「倒酒伺候。」

賴藝吩咐道。

深芳野端起銀酒壺。

庄九郎膝行來到深芳野跟前，舉起塗著紅漆的酒杯。

酒靜靜地注入杯中。

庄九郎視線穿過酒杯，直直地射向酒壺那端的眼睛。

（我要你——）

庄九郎心底發出叫喊，而深芳野竟似聽見了一般，看著庄九郎輕輕地搖了搖頭。

「庄九郎君，酒已經滿了。」

怪不得搖頭。

「啊！」

庄九郎一驚，狼狽退後。

回座後，庄九郎舉起酒杯送至唇邊，先抿了兩口後一飲而盡。

放下酒杯時，前額已經爬滿密密一層汗珠。

西村勘九郎

這天，深芳野雖然沒有飲酒，卻有了醉意。頭隱隱作痛。

（眞是個奇怪的男人。）

松波庄九郎熠熠生輝的眼神深深印在深芳野的腦海裡，即使夜裡閉著眼睛，也能清晰地浮現。

（討厭。）

雖不至於厭惡，情緒卻受到影響。就像房間裡混進一隻夜行的走獸，從某個角落一眨不眨地盯著自己看。

（他看上我了。）

深芳野本能地察覺到了。區區一介油商，初來乍到，看人的眼光竟然如此無禮。

深芳野的身體不自覺地打了一個寒顫。

賴藝對庄九郎很是賞識，第二天一大早又派人到常在寺，請庄九郎前來爲他解悶。

庄九郎以夜裡受了風寒、身體不適爲由推辭了。

然而賴藝的人幾乎每天都來。

庄九郎一一回絕了。理應如此。隨叫隨到，豈不成了賣藝的僧人。

推辭的理由，也總是稱病。

「今天也不太舒服。」

並讓日護上人替自己打發。

庄九郎自身，或讀讀書，或望著院子發呆，有時候也練練刀法。

「法蓮房，你想怎麼樣？」日護上人終於按捺不住了：「裝病不去，對太守的弟弟是不是太失禮了？」

「不想見。」

「看來你的怪脾氣一點兒也沒改。不喜歡賴藝大人嗎？」

「覲見貴人是很辛苦的。同樣只能活五十年的話，盡量不想招惹這些事。」

庄九郎口是心非。

這番話，從日護上人那兒傳到賴藝的耳中。

「對功名看得很淡薄啊。」

賴藝反而覺得意外，更看重庄九郎的人品了。

於是，他傳來加納城主長井利隆，商量如何才能把庄九郎留在美濃。

「當然還是封官封地吧。」

「這個庄九郎，會接受嗎？」

「不知道。」

兩人心裡都清楚，庄九郎在京都擁有萬貫家產。京城裡生活得如此富裕的人，怎麼可能會到地方上俯首稱臣？

這兩人雖然身爲貴族，畢竟都是地方出身的人，對京城來的庄九郎顧慮得太多。

「有個妙計。」

長井利隆說：

「讓他入嗣西村氏如何？」

「對！」

賴藝也拍手贊成。

西村氏是美濃的名門望族之一，和守護職土岐氏是姻親，與長井氏同屬一族。

前幾年，西村的當主西村三郎左衛門病死後，無人繼位，眼看就要消失。

西村氏的牌位和領地，至今仍由親屬身分的長井利隆代爲保管。

「對，讓他繼西村之後。這件事利隆你去辦吧。」

「不妥不妥。唯獨這一件事，要請大人親自告訴庄九郎。這樣他才會感恩圖報的。」

庄九郎另有打算。

一直不去覲見鷺山大人的原因，是因爲京都的禮品還沒送到。

總算是到了。

（一味地討人歡心，只會被瞧不起。）

所以他下令四處採購禮品。他雖然只是個無官無職的商人，心裡卻覺得和太守的弟弟土岐賴藝是對等關係。甚至，氣勢上他已經蓋過了賴藝。

從京都送來的馬也到了。

是一匹紅沙馬。一看就是匹上好的駿馬，兩耳高聳，眼睛充滿神采，臀部富有彈性，四肢健壯有力。

在打發了鷺山大人的下人後第二天，庄九郎便指揮常在寺的眾人搬運行李，朝鷺山出發。

庄九郎上身穿著淺色的窄袖和服搭配灰綠色夾衣，下身穿著寬大的褲裙，佩戴著時下正流行的腰刀，威風凜凜地跨坐在配著蒔繪漆飾馬鞍的紅沙馬上，遠遠望去，還以爲是哪個地方的小名。

賴藝早在鷺山城裡等得不耐煩了，不時從窗戶俯瞰大手門的動靜。

不一會兒，出現了一隊人馬漸漸由遠而近。

馬蹄聲矯健有力，帶有一股懾人的威嚴。

「深芳野，過來。」

賴藝催促道。

深芳野走到窗前。

「你看，那人來了。」

賴藝看得入迷。

庄九郎的身影逐漸變得清晰，很快就到了大手門前，將要進來的這個男人將會給賴藝和深芳野帶來什麼樣的命運，恐怕只有上天才知道。

賴藝端坐大堂當中。——

庄九郎跪行上前，將禮品單呈給長井利隆。

賴藝逐個過目，不時發出孩子般的歡呼聲。

拜見過後擺上酒席。

深芳野也被喚來同坐。

庄九郎躬身上前獻上另一份禮品單。

「這是給您的。」

他緊緊地盯著深芳野的眼睛。當著主人的面送東西給他的妾，臉皮也確實夠厚的。

深芳野的手有些發抖。不知爲何，只要庄九郎一看自己，身體就有反應。

「不知道您是否中意？」

庄九郎詢問道。

唐錦
蜀錦
胭脂
白粉

這些進口的東西，只有從堺的港口才能買得到。當中竟有土佐產的紅珊瑚。

「……」

深芳野抬頭注視著庄九郎。她拚命掩飾著臉上的表情，微微低下頭。

庄九郎俯首叩拜後，退回自己的座位。

「庄九郎，」賴藝親切地微笑著：「我想順便說件事。」

「請。」

「能不能進我的門下？當然，作爲條件，我會把西村氏的家業賜給你。」

「……」

庄九郎望向長井利隆。

「這件事，就由長井大人做主吧！」

這麼一來，作爲介紹人的長井利隆也覺得很舒服。

「庄九郎君，這可是史無前例的事啊！還不快謝恩。」

「是。」

庄九郎俯首叩拜：

「古語說，士爲知己者死。在下不才，願意爲主公大人盡忠。」

「這我就放心了。那你從現在開始，就叫西村勘九郎吧。」

「西村勘九郎。」

庄九郎一生中共用過十三個姓名。每改一次，身分都有所提高。其中，齋藤道三這個名字一直流傳後世，是他晚年用的名字（爲了避免引起混亂，筆者在本作品通用庄九郎這個名字）。

「庄九郎，啊不，勘九郎君，」長井利隆插話道：「你變成西村勘九郎，也就和我們長井家是親戚了。拜託了。」

「那，那不行。」

庄九郎有些倉皇失措。說實在的，他自己也沒想到會受到賴藝和長井如此的厚待。

「不用客氣。我會找個時間把族人叫齊，向大家宣佈此事。」

「實在是不敢當，」庄九郎一個勁地謙虛道：「說是親戚，不如當作家臣使喚。加納城那邊，我也會盡心盡力。」

「嗯，庄九郎，」賴藝接過話：「你要來鷺山城奉公。加納城要搶你，我可不答應。」

「看來大人嫉妒了。」

長井利隆苦笑道：

「不過，正如大人所言，由你擔任鷺山土岐家的總管，以後常來加納城做客就行了。」

酒宴重新開始。

「深芳野，給大家跳一段助助興吧。」

賴藝興致益發高漲了。

深芳野垂下眼簾，又抬頭幽怨地望著賴藝，向賴藝傳達著不情願。

「幹嘛磨磨蹭蹭？你不是經常跳給我看的嗎？」

（不嘛。）

深芳野的眼裡寫著一萬個不願意。

（今天無論如何不願意跳。）

在擅長京都舞曲的庄九郎面前，當然不情願。

「……哦，不方便是嗎？」

（正是。）

深芳野忙用眼神回應。

有肉體關係的男女才能心領神會。

庄九郎看在眼裡，心裡酸酸的。

「那這樣吧。」

庄九郎爽快地說。

在下獻上一曲吧。不知哪兒湧起一股衝動。

「哇，你要跳。那簡直是太好了。」

……………………

賴藝心下大悅，立刻吩咐歌者伴唱與樂手擊鼓伴奏，又對深芳野下令道：

「吹笛吧。」

庄九郎表演的是曲舞「敦盛」。

庄九郎手持摺扇站立。要舞給女人看，十六歲便被熊谷仇殺的平家公子這一段是最合適的。

庄九郎附和著歌曲和伴奏的節拍開始起舞。

……平家浮沉二十年，
不過夢幻轉瞬間。
壽永秋葉舞狂風，浮州臥浪未夢歸。
籠鳥戀雲離歸雁，旅衣對空歎歲月。
又是歸來春花開……

庄九郎打著七五拍子，翩然起舞。

人美，藝更美。

一曲舞畢，音樂戛然而止，賴藝還久久沉浸在舞曲中。

「太精彩了！」

賴藝緩過神來，拍手剛要誇讚，庄九郎卻立即道：

「下面就有勞深芳野夫人了。」

「對了！」

賴藝看向深芳野。庄九郎徐徐向前行進，指了一下深芳野手中的笛子，伸出兩手要接。深芳野只好將笛子放入他手中。

庄九郎道謝後，朗聲道：

「在下來獻醜吧。」言語間不容猶豫。

深芳野只得獻藝了。

她舞的是吉野天人。

庄九郎平吸一口氣，將尚留有深芳野唇香的笛子小心翼翼地舉至唇邊。

仙樂悠揚。

深芳野舒展身肢翩然起舞。

庄九郎的眼光緊緊跟隨著她，笛聲配合得天衣無縫。

舞中的深芳野覺得似乎要窒息。

（他在看我。）

細細的汗珠從髮際滲了出來，記憶中從未如此過。

庄九郎每天都前往鷺山城奉公。

說是奉公，倒不如說是陪賴藝打發時間。

他關注著深芳野的一舉一動。

很快的，庄九郎就打聽到，每個月十九號的太陽落山前後，深芳野都會到城裡的念持堂待上三十分鐘左右。

（可能是母親或什麼人的忌日吧。）

一打聽，還眞是。看來這女人挺重感情的。

然而，按照庄九郎的性子，不可能偷偷摸摸地暗渡陳倉。

他覺得，女人不能靠偷，而是要光天化日之下堂堂正正去愛的。
眞的能夠嗎？
（先不去想能不能，一步一步做了再說。）
第一步，先要讓深芳野知道自己的情意。
一天，庄九郎在黃昏時分溜進念持堂，點亮燈後焚上香，然後躲在佛壇後靜候。
不久，觀音門徐徐打開，緊跟著又合上。
（……）
深芳野的腳步突然停了，也許她從明亮的燈光和微醺的香氣中覺察出異常。
不久，她在蒲團上跪坐下來。
傳來低低的誦經聲。
很快就念完了。
深芳野直起腰身。
就在此刻，庄九郎繞到佛壇前，出現在深芳野面前。
她嚇得忘了喊叫。

「有件事要告訴您。」
庄九郎坐在板凳上。
「什麼事？」
深芳野似乎用盡全身力氣才問出這句話來。
「我會向大人把你要過來的。」
「……」
庄九郎轉身離去。
金華山的上空，星星閃耀著淡紅色的光芒。

京之夢

來到美濃已過七個月。

大永二年（一五二二）春天，西村勘九郎、也就是庄九郎前往鷺山大人處請安，向賴藝懇求道：

「請恩准在下回一趟京城，處理家產。」

「想回去了？」

賴藝拉長了臉。

「勘九郎，回去這個詞可不妥，你的本籍不就在美濃，還不打算在美濃定下心來嗎？」

「在下用詞不妥，應該說進京才對。」

「何事？」

「在下剛才提到，要整理在京城的家產，請恩准。」

「整理家產，騙人的吧？」

「何出此言？」

「你不說，我也知道你在京城有家室。」

（被揭穿了。）

庄九郎不由得瞟了一眼深芳野，他可不希望讓她聽見。

深芳野馬上垂下眼睛，但是從她肩膀的細微動作中，可以看出她很關心這個話題。

見此，庄九郎立刻從狼狽中恢復過來。看來這個女人比自己想像的還要在意自己嘛。

「此事不假。」

庄九郎點頭應道，雖然並不情願。

「內人叫萬阿，是奈良屋家的閨女。」

「萬阿想必生得很美吧。」

「是啊，京城的女子嘛。」

庄九郎點著頭，卻不見笑容。

「我就說嘛。」

賴藝嘲笑道。

深芳野抬起頭。

她努力裝作若無其事，望向庄九郎。

「想老婆了吧。不會想變回油商吧。」

賴藝暗含諷刺。

「勘九郎，那就把萬阿接過來吧。」

「還有山崎屋的鋪子呢！」

「怎麼，還想賣油？」

「呵呵，如果山崎屋關門了，京城裡的寺院、公卿、民家都沒油點燈，京城一到晚上就黑成一片了。」

「這麼厲害？」

「千眞萬確。」

「把鋪子賣給別人呢？」

「賣掉店鋪？」

那可不好賣。老鋪子並不值錢，頂多只有大山崎油神人的專賣權可以換點錢。

「反正你要把店裡的事放下，專心奉公才行。」

「在下惶恐。西村勘九郎的俸祿有限，在下雖低賤之身，卻奢侈慣了。要斷掉生財之道，萬萬不可啊。」

「勘九郎，你是否無心奉公？」

「怎麼會呢。恕在下直言，堪九郎胸懷大志，絕不限於二、三十貫的俸祿。」

確實是眞心話。

「是嗎？」賴藝同意地點點頭：「不過，我可沒有領地封給你，剛才好像話裡有話。」

「大人明察。」庄九郎會心地接話道：「絕對不存在無心奉公之事。」

「那這樣吧。京都的家室維持原樣，在本地再另娶妻安身下來。你喜歡什麼樣的女人，我給你安排也行。」

「啊？」

庄九郎微微皺眉，似乎沒聽清剛才的話。

「請大人能否重複一遍剛才的話？」

「當然可以。」

賴藝又重複了一遍。

庄九郎拍手贊成，說道：

「我會請求大人安排的。大人可千萬不能食言。」

「決不食言。」

庄九郎策馬踏上回京的路。

隨行的有二名騎兵、十名步兵，扛著長槍和行李。

路過粟田山腳順著蹴上的坡道而下時，京城正沐浴在春日霧靄中，庄九郎懷念之情油然而生。

到了山崎屋。

杉丸和赤兵衛都嚇了一跳。

而最吃驚的，當然要數萬阿了。

庄九郎坐在久違的家門口地板框上，一邊讓美濃跟來的下人洗著腳，一邊回頭喊著：

「萬阿。」

萬阿呆呆地跌坐在地板上。意外的驚喜讓她無從思考。

「約好的一年還沒到，我已經在美濃當上小地頭（地方下級官吏，主要職責爲管理土地，徵收租稅，行使警察權等，編按），還當上土岐守護職分家的總管，所以就提前回來了。」

「好、好啊。」

萬阿覺得此時的自己笨嘴拙舌。

不知道是否爲心理作用，只覺得庄九郎有些陌生。脖頸和肩膀似乎更粗壯了，舉止中流露出一股威嚴。

庄九郎命令杉丸和赤兵衛召集所有的店裡人，再叫上從美濃帶來的家丁，說道：

「你們都同爲我的手下，沒有商家、武家之分，好好相處便是。」

之後便擺酒接風。於此，京都的山崎屋和美濃望族的「西村家」成爲一家人。

身後的萬阿聽見這番話，百喜交集。那自己豈不就身兼京都、美濃兩家的夫人了？

眼前的世界似乎開闊無比。

旅途勞頓的庄九郎吩咐道：

「馬上備水洗漱。」

土間的婢女僕人這才醒悟過來，趕緊忙進忙出。眾人都沉浸在主人歸來的喜悅中。其實，是萬阿主子的歡喜感染了他們。一名婢女絆倒了，裙子翻起來，粗麻內褲下的風景一覽無遺。

「嘻嘻。」

發出笑聲的人並不是庄九郎，而是摔倒的婢女自己。自己笑自己總無妨吧。

平素不苟言笑的庄九郎不禁也噗哧一聲笑了。

「到底是自家好啊。」

他穿過走廊。家裡的一切都和離開時一模一樣。雖說只隔了短短七個月，卻覺得自己在這裡當家已是很久遠的事情了。

庄九郎離開人群，進入一間幽暗的廂房躺下來小憩。趁著下人準備熱水的空檔驅除一下旅途的勞累。

很快就睡著了。

睡了將近一個時辰。

庄九郎做了個夢。

美濃的夢。深芳野也在，坐在庄九郎身邊，不停地爲他斟酒。庄九郎的對面則坐著侍臣們，中央有個人揮著扇子跳著「小督」舞。

是個年輕的女子。

當然不是萬阿。自然也不會是坐在自己身邊的深芳野。

舞者的手很美。

「小督」舞起源於一則故事。據說平家早期，小督局因畏懼清盛的權勢而躲避到嵯峨野後，仲國領了聖命騎馬去尋找她的下落。在一個月明之夜，傳來「想夫戀」的笛聲，於是仲國順著聲源尋找，果然吹笛之人就是小督，順利地完成君命。

只是，「小督」的舞者似乎未曾相識。

庄九郎醒了。

（奇怪，那個女子到底是誰呢？）

沒有一點兒印象。但是夢中的庄九郎毫無疑問是寵愛著那名女子的。

庄九郎胸口似乎還留有一抹淡淡的殘香。

（想必是幻影吧。）

庄九郎習慣性地下了結論。

但肯定不是神。

庄九郎向來不信神，更不可能會夢見。

庄九郎意猶未盡，又在腦中重溫一番女子的模樣。這名女子——可以肯定地說，就是庄九郎未來的化身。庄九郎對「未來」懷有強烈的信仰，他一個勁地朝著光輝燦爛的「將來」前進，帶著祈禱。如果說庄九郎相信哪個神，那麼非此莫屬。

（對了，當時萬阿在不在啊。）

好像在。給自己斟酒的女子，既像是深芳野，又像是萬阿。

「洗澡水準備好了。」

萬阿的聲音在鑲著金粉的紙門外響起，隨後門開了一條縫。

庄九郎瞇起眼睛。

奇怪，從門縫中並未有光亮照進來。

（已經到晚上了嗎？）

人生不也如此嗎？庄九郎邊想邊起身，盤腿坐好後撫了撫臉。只小睡了一會兒太陽就下山了。人遲早要死。

但是，庄九郎又想道：只有勇敢壯烈地活著，才不枉到世上來了一遭。

（那些一知半解的諦觀主義者，總像生活在薄暮中。而我要隨心所欲地生活在陽光之下。）

「老爺，還在睡嗎？」

萬阿的聲音再次響起。

「醒了。」

庄九郎站了起來。

萬阿手舉蠟燭領著庄九郎走過幾塊墊腳石，穿過中庭出了柴門，進入倉庫旁邊的澡堂。

在外間脫去衣服，僅剩股間的一條束帶，庄九郎下了三級石階，拉開澡堂的門。

浴槽裡熱氣騰騰。汗水涔涔而下。浴槽採用伊勢風格的蒸浴。

「萬阿，給我搓搓泥吧。」

庄九郎要求道。

萬阿穿著價值不菲的和服，甚至沒挽起就進來了。

「我可沒那麼大的力氣，美濃的泥油多厚啊。」

萬阿愉快地笑著。

「京都的水加上京都的女人，一搓就掉下來了。」

庄九郎緩緩地轉過背來。他的皮膚很白，肌肉卻很結實。晶瑩的汗水順著鼓起的肌肉流淌下來，更顯得背部魁梧健壯。

萬阿拿毛巾浸了水，用力擰乾後，並未攤開，就直接擦向庄九郎的身體。

一擦，果然擦出不少泥垢來。

萬阿略帶嫌棄地嬌嗔道：

「這些都是美濃帶來的泥吧。」

「也有路上的塵土積的。」

「一定在美濃幹了不少壞事吧。」

「哈哈，你對這些泥垢有意見嗎？」
「如果這些泥垢長了耳朵長了嘴，我倒想聽聽你在那邊有沒有其他女人。」
「怎麼會呢？」
庄九郎抬臉笑了起來。
「那邊自然有常在寺的喝食（寺小姓，寺院中的雜役，編按）幫我搓泥。勘九郎在美濃可是出了名的不近女色。」
「勘九郎？」
「呃，萬阿，我改名叫勘九郎了。」
「松波勘九郎嗎？」
「不是。」
「那姓什麼？」
身爲妻子，卻連自己的丈夫什麼時候改了名字都不知道，說來也怪可憐的。
「你猜猜。」
「猜不出。」
能猜出才怪呢。
「姓西村，」庄九郎說道：「京城裡的武家都知道。西村這個姓在美濃可是有來頭的。再說，西村家是土岐家的遠親，當然不是想改就能改的。」
「萬阿不明白。夫君最早叫法蓮房，後來叫松波庄九郎，隨後是奈良屋庄九郎、山崎屋庄九郎，又回到松波庄九郎，這回又變成西村勘九郎，一共變了六次不是嗎？」
「名字不過是符號而已。」
庄九郎雖然說得輕鬆，但他絕對沒把名字看成單純的符號。每改名一次，他的穿著、身分、職業、財產幾乎都有變化。
「真讓人眼花繚亂。」
「有那麼亂嗎？」
「呵呵。哪像我，從生下來到現在一直都叫萬阿。」
「但是人身總會變吧。」
「才沒有。血還是一樣紅的，人也還是一樣單純。」

「真能吹牛。」
「你在美濃肯定有別的女人了。」
「別忘了我以前可是和尚。」
「那才更可怕。」
「說不過你。」
「我還要說。每晚我有多怨恨，你們男人怎麼會懂呢？」
「過一會兒我就給你消消氣。保準讓你明天起不了床。」
「討厭。」
萬阿向後退了退。庄九郎的手不老實地伸過來了。搓完了背。
萬阿想給庄九郎沖沖背，走到澡堂角落的大缸旁。有兩個大缸。
一缸是滾燙的開水，另一缸是滿滿的涼水。
萬阿假裝用水桶舀開水，實際上舀滿了涼水。
「把臉轉過去。」

萬阿命令庄九郎道。
「嗯。」
庄九郎順從地轉過身去。
萬阿把滿滿的一桶涼水，「嘩啦」一下倒了下去。
「哇！」
庄九郎打了個寒戰，跳了起來。
「萬阿你！」
「懂了嗎？」
萬阿吃吃地笑起來。一副幸災樂禍的樣子。
「這是幹嘛啊？」
「七個月的怨恨——」
萬阿又拿著水桶伸向涼水缸。
庄九郎趕緊逃開。逃跑時的姿勢過於滑稽，萬阿的笑聲響徹澡堂。她又拎著水桶出去了。
看來還要挨幾桶冷水。

萬阿問答

萬阿的枕頭歪了。

淡淡的月色照進床頭，萬阿正咬著下嘴唇，想著心事。

紅羅帳隨著萬阿的身體搖晃著。已經七個月沒有這麼搖晃過了。

「萬阿，我要報被你澆涼水之仇。」

庄九郎一副耍賴的模樣，輕咬著萬阿的耳垂。

（好可愛的女人。）

雖說是妻子，卻讓他著迷。她的身體好像與生俱來就是爲了取悅男人的。而萬阿自己好像並沒有意識到。

「夫、夫君，我好高興。」

萬阿有些神志不清。

「我也高興得很。」

庄九郎也是發自內心。

「求你了。」

「什麼？」

「我想要個孩子。」

「當然。你要不給我生孩子，就算當了國主天子，也後繼無人啊。」

「那好，求你了。」

萬阿嘴裡說著，四肢緊緊地纏著庄九郎。繁衍後代時的夫妻是距離最近的，身體靠近再靠近，最後融爲一體。庄九郎、萬阿同屬的這個列島的種族，自太古時代就堅持著這一信仰。夫妻之間的愉悅被供奉在祭壇之上。兩具軀體糾纏發出的呢喃聲中，似有光芒四射的火焰熊熊燃燒著，就像是神靈前供奉的燈火。

庄九郎曾是日蓮宗的和尚，求子的心願自然地化爲經文。

「百千萬億、那由佗、阿僧祇國、導利眾生、諸善男子、於是中間、我說然燈佛等、又復言其、入於涅槃、如是皆以、方便分別、諸善男子、若有眾生、來至我所、我以佛眼……」

在庄九郎低沉有力的聲調中，萬阿彷彿置身於一個巨大的絢爛無比的法華世界中，已經記不清有幾次攀上了巔峰。

終於，兩具軀體停止動作，紅羅帳也停止晃動。

「萬阿，我播種了。」

「太好了。」

萬阿雪白的胳膊勾住庄九郎的脖子。

「你已置身在《法華經》的功力中。只要念剛才的經文，多寶佛、十方的諸佛、眾菩薩，日月星辰、漢土和日本的善神都會聚集在此聆聽我們的心願。不信你看看，你這裡透著紅暈。」

「騙人。」

萬阿羞澀地捂住一對乳房。萬阿的手掌，竟然蓋不住那裡的隆起。

「萬阿，說說以後的事兒吧。各路神仙菩薩都庇佑著我們呢。」

「眞的嗎？」

萬阿連忙環視一圈薄薄的紅羅帳。這麼一看，黑暗中確實有幾處晃動著淡淡的神秘光芒。

其實不過是月光的投射而已。

「說給我聽嘛。」

萬阿的腰身又靠上前來。

帶著炙熱的溫度。

庄九郎的身子不禁一顫。萬阿的身體裡，就像住進了精力無限的歡喜佛。

「我會當上將軍的。」

「哦？」

對萬阿而言這根本像童話一樣。不過爲了臥室的對話更愉快，不妨打打拍子、敲敲鼓或吹吹笛什麼的。

「不騙你。」

對庄九郎來說這可不是什麼童話，而是有十二分的現實感。

「萬阿，我可不是只會做夢的人。做夢的人總是站在屋簷下望著天，等待天上掉下金子來，時不時還向空中扔些香錢求求菩薩。」

「那，夫君你也在做夢啊？」

「此話怎講？」

「剛才，你不是也念經求佛了嗎？」

「那不是祈求，是命令。神仙菩薩都聽命於我，爲我工作。要不我會責罵他們。罵也不管用的話，我就把佛像、佛閣和社殿之類的砸了，讓他們滾回西天去。」

「眞嚇人。」

「我正在施展功力。剛才念了經文，把我的功力輸到萬阿體內了。我一直站在大路上。」

「不是屋簷下嗎？」

「不，是大路上。站在大路上的人才能成大事。就算路長千里，我也步步前進。每時每刻不分晝夜地行走。如果說離將軍的寶座還有千里，我已經走完了一里。再怎麼說都是個美濃的小地頭了。」

「西村勘九郎對嗎？」

「名字以後還會變的。」

庄九郎伸手去搆枕邊的小罐子，拈了一顆鹽豆放入嘴裡。

嚼碎了。

「夫君，不管還要換幾次名字，永遠都做萬阿的庄九郎好不好？西村勘九郎，聽起來像外人似的。」

「是這樣的，萬阿，」庄九郎神情嚴肅：「西村勘九郎住在美濃。」

「哦？」

萬阿不明所以。

「那在這裡的您是誰？」

「山崎屋庄九郎。」

「咯蹦」一聲，又嚼了一顆鹽豆。

「那，不就成了兩個人嗎？」

「我就是身兼兩人。美濃的西村勘九郎是想得到天下的大竊賊。」

「啊？」

萬阿屏住呼吸。

「沒什麼好奇怪的。總之，美濃的西村勘九郎與天下的名門土岐氏同源，和長井氏、齋藤氏、明智氏、不破氏等一樣，都是美濃鼎鼎有名的武家。繼承西村氏衣缽的勘九郎不僅是美濃守護職土岐家分支土岐賴藝公的總管，同時也擔任美濃各諸侯中封地最多的長井利隆家總管。」

「那很了不起啊！」

萬阿長長地舒了一口氣。不過，剛才說的了不起的人物，不就是眼前這個半裸的庄九郎嗎？

「是不是嘛？」

萬阿想要確認。

「當然不是，」庄九郎板著臉：「和萬阿躺在這裡的，是山崎屋的主人庄九郎，也就是萬阿的丈夫。」

有點兒混亂。

「你的意思是？」

「沒錯，也就是說西村勘九郎也會娶妻納妾。在美濃成家立戶合情合理。」

「……」

「庄九郎我要給勘九郎也討個老婆。有好女人的話我會安排。」

「你等等。」

萬阿想整理清楚頭緒。

庄九郎卻不給她時間。

「萬阿你也要配合。受到勘九郎的囑託，你的庄九郎才特意越過美濃、近江和山城三國回到京城。」

「我不懂。」

「萬阿，這個世界和宇宙都是二者合一、相輔相成的。按照密教學的說法，宇宙分爲金剛界和胎藏界，兩者結合才成其爲宇宙。正所謂天上有日月，地下有男女。萬物皆有陰陽之分，陰陽相斥相吸，萬物始動。宇宙萬物如此，人亦分爲陰陽二體。且不論庄九郎和勘九郎孰陰孰陽，總之這兩個人儼然在世。萬阿，你要是不信可以去美濃看看，確有勘九郎此人。」

「但是……」

「啊，但是庄九郎以山崎屋主人的身分在此與萬阿同床共寢。還眞有趣。」

對萬阿而言，卻毫無樂趣可言。

「不，不行。」

「萬阿，」庄九郎繼續嚼著鹽豆：「我以前對你說過要當將軍的事對吧？」

「對。」

「那就行了。要當將軍，光憑我一人赤手空拳的可不成，得兩人一起齊心協力。萬阿這麼聰明，一定明白我的意思吧。」

「是。」

萬阿無奈地點點頭。

（不過——）

心裡還是悶得很。

「還有什麼問題？」

「有。假如庄九郎君當上將軍，那將軍夫人會是誰呢？勘九郎的夫人，還是庄九郎的萬阿？」

「哈哈哈，還眞爲難。」
「萬阿可不覺得好笑。」
「那倒也是。我還沒想到那麼遠。到底是勘九郎得天下，還是庄九郎得天下？總之也許勝者的妻子會成爲將軍夫人吧。」
「也許？」
萬阿不由得氣餒。
「不，不是也許，應當如此。」
「那他們當中誰會得到天下呢？」
「哈哈哈，會是誰呢，還眞期待啊。」
「壞傢伙。」
「你說的是哪一個？」
萬阿已經被弄糊塗了。不過，她越是想，就越覺得生氣。
（這個人眞是胡攪蠻纏。）
她心想。
（是不是在妙覺寺本山學了些不知所以的東西，腦袋不正常了？不管是勘九郎還是庄九郎，胯下的玩意兒不都一樣嗎？）
一想到這兒，萬阿心中益發火大，不由得伸手到庄九郎的胯下狠狠地擰了一下。
「啊！疼死我了，幹什麼呢？」
「夫君，」萬阿在月光下笑得十分甜美：「剛才叫疼的，是庄九郎還是勘九郎呢？」
「萬阿。」
庄九郎也不示弱。
他從被窩中伸出兩隻手，在空中劃了個圓。
「看我的兩隻巴掌。」
「看著呢。」
「好。」
庄九郎「啪」地擊掌一聲。
「聽見了嗎？」
「嗯。」
「聽見什麼了？」

「啪的一聲。」
「那麼，是右掌發出的，還是左掌發出的呢？」
「……」
他又要胡扯了，不同的是萬阿覺得有些好奇。
「哪隻手掌？」
「右邊的？」
「你覺得是右就是右，覺得是左就是左。左右合一發出的聲音。這就是佛法的精髓所在。」
「不可思議。」
「對了，就是不可思議。不過眞如（宇宙絕對唯一的眞理）不外乎如此，萬阿。」
「……」
「說話啊。」
「哦。」
萬阿心不在焉。
「兩隻巴掌發出的聲音是眞理的話，那麼有一樣東西，能夠把勘九郎和庄九郎合二爲一。」
「是什麼人嘛？」
萬阿不禁緊張起來。
「聲音呀。」
「什麼？」
「左右兩掌相擊的聲音呀。萬阿想當將軍夫人的話，當這個絕對眞理的聲音的夫人就好了。」
「聲音在哪兒呢？」
「空中啊。只要拍掌，空中就會發出聲音。」
「那你讓它到萬阿面前來，抱抱萬阿。」
萬阿倒想看看庄九郎的能耐。
「哈哈哈。」
庄九郎大笑起來。
「你笑什麼？」
「聲音就像人放的屁，抓不住的。」
「我就說嘛。那你還要詭辯。」
「才不是詭辯呢。我在認眞地給你講佛法的精髓。你還不明白？怪不得連釋迦牟尼都說，女人太難超度，無法領悟。」

「眞是胡扯。」

萬阿發脾氣了：

「釋迦菩薩這麼說了嗎？照這麼看，豈不太偏心男人了？」

「看來你還是沒明白。」

庄九郎嘴裡咯蹦咯蹦地嚼著豆，說道：

「聲音只是一個比喻，爲了向你解釋眞理才用的。眞理就在庄九郎這裡。庄九郎是萬阿的丈夫，也是聲音。」

「聲音？」

「二者合一。勘九郎的外在就是庄九郎，庄九郎就是勘九郎的化身。《華嚴經》裡就是這麼寫的。雖然有點兒難，但是懂了這個道理也就大徹大悟了。」

「你想教萬阿叫什麼華嚴的東西嗎？」

「對呀。爲了教你，我大老遠地越過三國回來了。」

眞要命——。

萬阿心想。

第二天一早，庄九郎儼然變回山崎屋庄九郎。

他在旁察看手下人榨油。看到木製的榨油機太舊，馬上叫來京城近郊的工匠重新製作。

他也到洛中洛外四下走動，觀察貨郎走街串巷賣油。遇到口舌笨拙的，便自己親自上陣示範。

他還親自表演前面提到過的向永樂通寶的孔中倒油。油從斗中匯成一股細流，穿孔而過，同時嘴裡喊著：

「大家快看這些油啊，要是穿孔時灑了，就免費送給大家。」

還唱了幾首時下流行的幽默小曲。

那些重要的神社寺院、商家和公卿府邸，他也都一一登門拜訪，並恭敬地打招呼：

「在下經常出門在外，疏於問候，還請多照顧。」
他拜會的這些人自然不會想到，這個賣油的商人竟然當上美濃的地頭。
「您太客氣了！」
大家也都大方地接受。庄九郎給每家都奉上禮品，對方自然感到高興。
庄九郎還特意去了一趟大山崎八幡宮，並裝上滿滿一車的美濃紙當作禮品，發給所有的宮司、社家和神人的頭目。
「你經常出遊，萬阿多可憐啊！」
宮司表示同情。庄九郎伏地跪拜，巧妙地回答道：
「出遊是在下唯一的愛好。」
確實是名八面玲瓏的油商。然而宮司也未曾意識到，這傢伙竟在美濃策劃盜國的大事。
庄九郎回來後，油鋪的生意蒸蒸日上。下人也都受到感染，更加賣力地幹活。

（還是得時不時回來啊。）
庄九郎深有感觸。

槍法「一文錢」

就在庄九郎正準備收拾行裝回美濃時，京城裡來了個裝束怪異的人。

「是個怪人。」

杉丸從街頭巷尾打聽了回來。

「怎樣一個人？」

「是修驗道的行者。」

「山伏嗎？從大和吉野來的？」

從地理上看，京城的行者一般都來自吉野。

「不過好像是出羽的羽黑山來的，一身山伏的裝束。」

此人腦門上紮著頭巾，暗紅色的衣服上搭了一件麻布上衣，本是山伏的平常打扮，卻另披了一件鷹羽織成的短披風，看起來像是傳說中的中國仙人。

不僅如此，據說他還在二條室町小巷旁的廢屋中搭了小棚，每天都出現在京城的街頭巷尾展示自己的長槍技法。

「長槍技法——」

庄九郎興致來了。

當時正處戰國的鼎盛時期，戰場上使用的武器也發生巨大的變化。

用來揮舞殺敵的長柄薙刀已經逐漸被長槍取代，長槍成爲集體戰的主要武器。

然而，長槍的使用還沒到能稱爲技法的地步。

順便一提，奈良興福寺被封賞兩萬五千石的分院寶藏院的覺禪和尚胤榮，應被視作槍法史的鼻祖。槍法的各大流派基本都出自寶藏院，戰國中期流傳下來的技法直到幕府末期都沒有大的改變。

而寶藏院流派在這時尚未出現，難怪庄九郎會覺得新鮮。不僅是庄九郎，京城裡足利家的武士、三好家的家臣，以及各國進京的地侍和牢人，恐怕都覺得新鮮。

首先，那個時代打仗時，騎兵和步兵使用長槍僅僅是個人的技術較量，並未形成槍法。而羽黑的這名行者，修煉到了「槍法」的地步，可見實力不容小覷。

京城的人們對此津津樂道，就連老實的管家杉丸也被吸引住。

「而且，」杉丸接著說：「小人還聽說，每天都有幾個人和羽黑的行者比試，剛一交手不是被刺穿大腿，就是被挑斷手筋，甚至丟了性命。」

「看來挺厲害的嘛！」

庄九郎覺得佩服的是，此人能把只有戳刺功能的單一武器，獨創出一套技法來。

「這人有意思。杉丸，把赤兵衛叫過來。」

「是。」

很快有人開門進來了，探進頭來的是一臉兇惡的赤兵衛。

「赤兵衛，你聽說了二條室町巷口有個耍槍的人嗎？」

「我去看了。那人不用出家的名號，叫什麼大內無邊。一身修驗道山伏似的奇異裝扮也是爲了引人注意吧。」

「你這幾天入他的門下。好好盯著，我再出手。先看看情況再比試。」

「這，這個……」

赤兵衛意在阻攔。好不容易有了今天的地位，何必把命白白斷送在一名行乞藝人手裡呢。

「你先別管了，去吧。」

庄九郎雖然精於算計，卻也有血氣方剛的時候。

（這可不行。）

庄九郎心想。不管那個在二條室町巷口自詡「開創日本槍法」的大內無邊是什麼來頭，在日本開創槍法的應該是我庄九郎才對。

（狂妄之徒，看我怎麼治你。）

這裡要提到庄九郎的往事。

自打從京都妙覺寺本山當雜役（喝食）開始，他就獨創了一套槍術的練法，法蓮房時代也堅持練功，直到現在，只要有空就練習不怠。

他練功用的槍是橡樹枝做成的，在二間（一間約一·八公尺，編按）長的槍身末端套上金屬，鑲上五寸長的釘子作爲槍尖。

竹林是他的練功場。

之所以選擇竹林，是由於在交戰中四周會有敵我雙方的人馬，就像群生的竹子。在竹林中練功，自然就會在用槍時考慮到四周的情形。

下一步就要練眼力。

挑一棵竹子，在樹枝上掛一枚永樂通寶。

目標就是幣孔。

有記載如下：

剛開始時手法不準，常常刺不中，然而兵法也稱貴在專心，終於可千發而無一落空。

庄九郎的得意招數，與永樂通寶有很深的淵源。從斗中倒出的油穿過永樂通寶的孔穴而過，槍術的練習用的也是永樂通寶。不愧是商人出身的練功方式。

來看看他的槍法。

他可以靈活自如地刺中懸在空中左右搖擺的永樂通寶，即使從二、三十間距離外衝過來也可以命中。隨後，他又在竹林中到處懸掛永樂通寶，就像七夕節時樹枝上掛滿寫滿祝福的紙條一樣。

庄九郎把它們當作「亂軍」，不僅眼疾手快，還能保證進退自如。

恐怕日本首創槍法這一名譽，應該賦予松波庄九郎，也就是日後的齋藤道三才是。

話說大內無邊，出生於出羽的羽後地區橫手。身分是農民或者漁民，那一帶是秋田氏的家臣、武士戶村十太夫的領地，也有可能是他的手下。

橫手即今天的秋田縣橫手市，地處盆地，遠離海岸。

然而羽後最大的河流雄物川，其支流的源頭便來自橫手一帶。

在此特意介紹地理知識，是由於從秋季至早春時期是鮭魚的產卵期，逆流而上的鮭魚多得把雄物川的顏色都染成鮭紅色。這些鮭魚從雄物川的河口一直溯流到二十里外的橫手。

大內無邊到了這個季節便撐船下水，同持一根與庄九郎相同的橡樹枝，在枝頭上綁上釘子去刺水裡的鮭魚，刺中了就縱身躍起扔入船中。

同樣的動作不斷重複中，大內突發奇想，編成槍法試試。

鑽研一番後他掌握了訣竅。但是如果對外宣稱是捕鮭魚的心得，未免無趣，於是便模仿當時各種武藝的流派，借助神威，謊稱是跪拜羽州仙北的眞弓山神明時夢中顯靈，由此而創出的。

他還起名爲無邊流派，走遍天下各國從未失手。

這次來到京城，便是爲了揚名天下。

當時，京都是日本的資訊匯集地。在此成名的話，也就等於天下第一。

稍後的時期，宮本武藏也曾頑固地向京都第一道場吉岡憲法的門族挑戰，就是出於這一點。打贏吉岡，就能名揚天下。

山中鹿之助亦是如此。他生在比庄九郎稍晚的戰國中期，終生都爲了復興主公尼子家而奮鬥。而他之所以能成爲天下豪傑，名震關東、九州並流芳後世，也是由於他曾經流浪京都，出入公卿和各大名家的府邸，還時常在城裡一顯身手，才負有盛名至今。

再次重申，戰國時期的京都，是各種傳聞的發祥地和集散地。

大內無邊正是利用這一點，才在二條室町的十字路口向眾人展示他的「槍術」。

「大人，您還是別去了。」

赤兵衛回來後臉色都變了。

「這人確實是個妖怪。」

他說。

倒也不假。人的各種技能中「藝」是最不可思議的。赤兵衛長這麼大還是頭一回看見槍術，其中的變幻無窮，簡直就像是仙術。

庄九郎詳細地詢問。

還讓赤兵衛拿著長槍模仿。

「眞是神奇啊。反覆這樣刺的話，兩間長的槍看上去竟然像只有一尺來長。」

「所以才叫做藝嘛。沒什麼大驚小怪的。」

第二天，庄九郎在裡屋擺弄一整天的長槍，到了傍晚，停下來寫了封信，交給赤兵衛道：

「給大內無邊送去。」

寄信人寫的卻不是京城油商山崎屋庄九郎，而是美濃土岐家的家臣西村勘九郎的名字。而且，故意沒有寫上城裡的住址。

日落後，赤兵衛趕了回來，報告說：

「那個人說知道了。」

信裡寫道，還在後天巳時（上午十點）人多的時候，在三條加茂川的河灘上比試槍術。
「眞的不要緊嗎？」
赤兵衛和杉丸都感到不安。雖說赤兵衛從浪人時代就追隨庄九郎，卻從未見識過他的槍術。
「幹嘛，不用擔心。」
庄九郎毫無懼色地笑道。
他希望在京都贏得槍術的名聲，然後傳到西村勘九郎所在的美濃國中。否則，心高氣傲的庄九郎，怎麼會甘心與一介賣藝的武士比試高低呢。
晚上，庄九郎召集從美濃跟過來的隨從，簡潔地下令道：
「後天巳時前回美濃，大家做好準備。」
連出發的準備也精心地佈置好了。
按照庄九郎的意思，隨行的家丁要先經過三條橋，然後到粟田口去等他。
比試當然是庄九郎孤身前往。不過難保勝了後，大內無邊的門下弟子不會隨後追來。

……………………………………

「後天就要走了嗎？」
萬阿最後一個才知道。
「是啊。我還會回來當山崎屋庄九郎的，不用難過了。」
「出了山崎屋的大門，您就變成美濃國的西村勘九郎了。萬阿並不怕在這裡等候，只是傷心您變成別人了。」
萬阿答道。
「總有一天，我會回來當將軍的。」
「什麼時候呢？」
誰讓自己找了一個這麼麻煩的人當丈夫呢。
「也可能就是這一兩年的事。總之你放心地等著就好了。」
「您當上將軍後，也繼續在山崎屋賣油嗎？」
「這個問題有意思。」
庄九郎撫膝而笑。
「萬阿，聽你這麼一說我倒有個想法。等我當了將軍就在京城裡蓋宮殿，白天當征夷大將軍，晚上當山崎屋庄九郎，你看怎麼樣？」

「……」

萬阿一點兒也不覺得好笑。嫁給這樣的夫君也只好自認倒楣了。

「夫君。」

萬阿強打精神。

「什麼？」

「將軍夫人只能是我萬阿。不許忘了。」

「那油商山崎屋庄九郎內人的位置不就空了。讓誰來當呢？」

「就從美濃帶過來吧！」

雖是玩笑話，但似乎萬阿已經同意庄九郎在美濃娶妻了。更貼切地說，萬阿的心境更近似於無可奈何。

這天，快到巳時，庄九郎帶了一名隨從扛著長槍，一身武士打扮出了山崎屋的大門。

京都的習慣是往東的客人要送到粟田口，庄九郎卻不喜歡。

他交代萬阿和店裡眾人：

「不用送了。」

油鋪的店員送別一身武士裝束的「店主」西村勘九郎，的確有些不倫不類。

「保重。」

庄九郎站在門前，望著萬阿點頭示意。

都說出門時流眼淚不吉利，萬阿拚命地忍著淚水，強裝笑顏，心想回到房間後可以好好哭一場。

庄九郎的背影漸漸遠去。

萬阿仍佇立在原地。也不知道是幸運還是不幸，再過三十分鐘庄九郎就要到三條的河灘上比試槍術，而這件關係到生死的要緊事，萬阿並不知情。

——千萬別告訴萬阿。

庄九郎特意叮囑過赤兵衛。

庄九郎上了加茂川的西岸。
當時還沒有河堤。河流的寬度也比現在京都的加茂川寬上許多，每次洪水氾濫時就呈現出湖水一般的景觀。平時雜草茫茫，望不到盡頭。
三條大道從京極寺往東，也是一片草原。由於是河床地帶，不少地方都積了水。
庄九郎靈敏地左右跳躍，避開地上的水坑。
他接過隨從扛著的長槍，命令他到橋對面的東岸等著。
這段時間一直沒下雨。
河水都乾枯了。三條附近，有三股細流將河床分割爲幾塊淺灘。
大內無邊等在中間的淺灘上，後面跟著五名弟子。
「……」
庄九郎看了看河的上方。上面只搭了一塊簡陋的木板橋，連欄杆都沒有。
這就是三條橋。

橋上擠滿看熱鬧的人，讓人擔心會不會把橋壓塌了。
（這些人是無邊叫來的吧。）
其中有商人。
還有和尚、行走賣藝的、武士、公卿家的年輕家丁、粟田口一帶的鐵匠等，三教九流的人幾乎都聚齊了。
對庄九郎來說，這些人極其重要。他們會把這一刻的所見所聞傳揚出去，不出一日就會傳遍城內，一個月之內就能越過東海、山陽傳到山陰。
此一傳聞的價值難以估量。
槍術在當時還很新鮮。

槍、槍

眼前便是淺灘。水很淺，河底的小石頭在陽光的照射下，顯得五顏六色。

庄九郎挽著槍，弓下身子，縱身一跳，穩穩站在淺灘的沙石上。

自稱開創無邊流派槍術的大內無邊，站在對面中間的淺灘上。他已經持槍而立。

「……」

庄九郎望著他。

庄九郎和無邊之間，還隔著一道淺灘。雖然水很淺，距離卻有五間左右。

（跳得過去嗎？）

不過，要是跳的話，恐怕就像奧州雄物川逆流而上的鮭魚一樣，腳還沒著地就被對方的長槍刺中。

「無邊，你過來。」

庄九郎喊道。

無邊嘲笑道：

「美濃喚作西村勘九郎的傢伙，你過來。是不是怕了？」

習武之人一貫的輕蔑口吻。

庄九郎向來注重品位和格調，當然不打算和對方多費唇舌。

「還不懂嗎，無邊。你那邊無法分出勝負，上這邊來。」

庄九郎語氣鎮靜。

三條橋上看熱鬧的人們，剛開始還捏著一把汗，漸漸地等得不耐煩了。

兩邊淺灘上的人影，絲毫不見動靜。

無邊企圖激怒庄九郎上自己這邊來，幾名弟子也出言不遜地挑釁。

庄九郎卻不爲所動。

「不著急，等著你過來。」

庄九郎放下槍，盤腿坐在草地上。

庄九郎和無邊一樣，盤算著在對方過河的時候下手。

無邊的人開始破口大罵，稱庄九郎是膽小鬼、懦夫、假武士、歪門邪道、妖怪云云。

看熱鬧的人一看這情形，更加不耐煩了，於是附和著無邊等人也開始叫罵。

無邊傲然站立，當然是做給眾人看的。賣藝的人十有八九是爲了名聲。

當時，刀法已有中條、小田、神道、鹿島神等多種門派，各自都有秘笈並招收弟子，甚至有人借修行之名行走天下，此類人庄九郎也見過不少。這些人的相同之處，包括對面的大內無邊也不例外，都是打扮怪異，蓄著鬍鬚。庄九郎早就看透了他們。

無非都是些淺薄張揚之人。

對這些所謂的江湖刀客，戰國武將的評價參差不齊，例如織田信長就毫不看重，不會因爲會哪門武藝就招募於門下。豐臣秀吉也是一樣。

武田信玄在這方面，好惡並不分明。上杉謙信卻喜好劍術，自己也熱中於學習。德川家康也愛好這種武藝，甚至傳染到各個諸侯，以至在德川幕府初期出現劍術的黃金時期。如果豐臣家的天下沒有滅亡，相信劍術史會大大改觀。

武田信玄手下的猛將高坂彈正曾對信玄說：

「戰國的武士不懂武藝也無妨。天下太平時使用木劍練練功就行。而我們這些生在亂世的武士從一開始就要投入殺戮中，自然也就練功了。」

槍術也是如此。

作爲「藝」根本得不到重視。因此，舞槍弄刀的習武之人，只能到處宣傳自己的存在。

…………

言歸正傳。那個時代的人，或許比現在要有耐心。

太陽已經下山。

河灘開始出現暮色，天黑了下來，人的臉有些分辨不清了。可是橋上看熱鬧的人群不但沒有散去，有些人甚至還點起火把。

庄九郎仍然紋絲不動，保持著端槍的姿勢。

無邊有些沉不住氣了。

他單膝跪坐在淺灘邊上，把槍夾在腋下警惕地注視著庄九郎的動靜。他的身影看上去就像個鬼魂。

他的弟子開始左右忙乎，很快就點起一堆篝火。

由於篝火在無邊的身後，襯得無邊的身影益發昏暗，形勢顯然對庄九郎不利。

（糟糕——）

庄九郎心想。不過他還是按照原先的計畫，對著橋上的人掏出錢袋喊道：

「大家快看啊。」

他搖晃著錢袋，發出錢幣碰撞時清脆的響聲。

「凡是搬來柴火、稻草生火的人，每人可以領到一百文錢。」

話音剛落，橋上立刻下來二十餘人，拎著柴火跑過來堆在庄九郎的身後，點著了火。

庄九郎眼睛始終盯著前方的無邊，把錢袋扔給其中一個最年長的人，說道：

「分給大夥兒吧。剩下的都歸你。守在那兒別讓火滅了。」

「好嘞！」

那人好像是個地痞。

很快的，庄九郎身後的火堆足有無邊的三個那麼大，火焰猛得竄上天。

「老兄。」

庄九郎對男人喊道：

「能聽你使喚的有幾個？」

「嘿嘿，這些人都聽我的。」

「好極了。我再賞你一袋錢，你帶人繞到對面那幫人後面，拎水桶把他們的火滅了後趕緊逃跑。」

「這，這個。」

「怎麼，害怕了？」

庄九郎笑了起來。

這些地痞，每逢京城裡打仗或火災、發生暴動時立即跑出來趁火打劫，這幫人沒什麼幹不了的事。

「喂，老兄。這是最後一袋錢了。不過，中間的那幫傢伙還有。」

「真的？」

年長的男人好像立刻明白庄九郎所說的意思。

「五名弟子，加上無邊一共六人，也就有六桿槍。都歸你們。再把衣服扒下來。雖說都是些麻布衣服值不了幾個錢，總比沒有好吧。」

「但是，武士大人……」

年長的地痞稍有遲疑。前提是庄九郎打得贏這六個人才行。

庄九郎也看出了對方的猶豫，說道：

「不用擔心，我會贏的。萬一要是輸了，就從我的屍體上扒下衣服、拿走刀槍好了。不過對方有六個人。照我看，其中有三個人帶的都是好刀，把他們打敗了更划算吧。」

「話雖這麼說……」

「我是法華行者，身上有《法華經》的功力，不會輸的。老兄，下面我要講戰術了，好好聽著。」

「好嘞！」

年長的男人興奮地搓著手。大概很久沒有遇到這麼豐盛的獵物了。

庄九郎仍緊盯著對面，仔細地向男人口授作戰的方法。

緊接著，二十名地痞的身影從庄九郎身邊消失了。

很快，大內無邊的身後出現一名地痞的身影，他敏捷地蹚過河，「嘩」地把滿滿一桶水潑在火堆上，火苗頓時滅了。

前面一片漆黑。

就在這時，庄九郎背對著自己這邊的篝火迅速地蹚過河去。

五間的距離。

庄九郎的身影在身後火堆的光亮的掩護下，大內無邊想要發現實在有些困難。

庄九郎的槍接踵而至。

剛一落腳，庄九郎便握著槍柄的下端，就像揮舞魚竿一樣對準大內無邊的腰部，從左向右橫掃過去，這一招大大出乎大內無邊的意料。

（此人根本不懂用槍。）

大內無邊有些狼狽。

怎麼可能不懂呢。別忘了庄九郎的槍法，他能跑著用槍頭刺進幣孔裡。但是，正所謂兵不厭詐。

庄九郎只不過是詐了一回。

交手兩個回合下來，無邊不愧有兩下子，開始占了上風。

庄九郎扔了槍，躍到無邊身旁。

無邊嚇了一跳。

「哇！」

太近了槍反而不好使。剛想後退，庄九郎傳自日蓮上人的護身寶刀數珠丸恒次已經凜然出鞘，直挺挺地朝著無邊砍下去。

庄九郎收劍回鞘，重新撿起槍，刺倒撲上來的一名弟子後，朗聲喊道：

「取日本槍術創始人大內無邊性命者，美濃居士西村勘九郎是也。」

與之呼應，地痞們舉著火把紛紛蹚河過來。

他們瞄準剩下的四名弟子，掄著手裡的火把扔了過去。

火把掉落在四人的腳下，他們的舉動頓時清晰地映在庄九郎的眼中。

不過這幾個人好像打過幾次仗，到這個時候也都豁出去了。

「刺死你！」

有人嘴裡罵著舉槍衝上前來，然而到了庄九郎這裡，就像小孩玩家家酒一樣。

幾乎立刻就被刺倒，每倒下一個，地痞就蜂擁著觀看。

還剩兩人。

庄九郎起了惻隱之心。

「你們兩個蠢貨，還不趕緊扔了刀槍，脫光了逃跑。不要命了？」

庄九郎說道。

兩人頓時恍然大悟，急忙扔了槍，對著追上來的地痞又扔刀又扔衣服，連滾帶爬地跳到河裡。

（眞噁心。）

人的反應都有心理規律，只要掌握這種規律的要害，就算是對付一群人也花不了什麼力氣。

（人其實都是傻瓜。）

庄九郎蹚過河，上了東岸。

到了粟田口，翻身上馬。

前面的逢坂山黑乎乎的一片。庄九郎吩咐隨從點了燈跟在後面，眺望著星空朝東馳去。

「走夜路一直要走到大津的落腳處。到了那兒，大家休息兩天找女人玩玩吧，先加緊趕路。」

「哇。」

一片譁然，沒有比這個命令更振奮人心的了。眾人就像敲響戰鼓奔赴戰場的步兵一樣，邁著輕快的步伐越過逢坂。

第七天，回到了美濃。

庄九郎忙著到處登門造訪。當然沒忘了給每個人送上精心挑選的禮物。送給加納城主長井利隆的是一把粟田口鐵匠鑄造的太刀，鷺山城的土岐賴藝則是程君房（譯注：明代製墨的代表人物）的墨，據說一匁（譯注：約三．七五公克）比金子還貴，還給深芳野帶了大明進口的白粉。土岐家的本家和美濃的豪族也無一遺漏。

前去鷺山城向土岐賴藝請安時，賴藝的欣喜之情超過以往的任何一次。

「你總算回來了！」

眼眶竟然紅了。

美濃之大，有教養又能合賴藝心意的，也只有庄九郎一人而已。

「勘九郎，我第一次嘗到什麼叫孤獨。」

賴藝感慨道。

「怎麼會呢，大人這麼高貴的身分，還會有什麼不滿足呢？」

庄九郎搖了搖頭，明知故問。

賴藝業餘愛好的繪畫都能流傳幾百年至今，可見他的學問在美濃這種鄉下是多麼的出類拔萃。

這也是賴藝的不幸之處。

無人可以對話，與同族的男子也多半話不投機，吟詩作畫也沒有知音，無人能與他站在同一高度談論或者言笑。就像被關在監獄的單間裡。

在庄九郎出現之前，他還沒有意識到這種寂寞，然而庄九郎的到來使他發覺原來自己一直很孤獨。

因此，身爲家臣、下官的庄九郎倒不如說是賴藝的朋友。

見到程君房的墨，賴藝愛不釋手，眉飛色舞地說：

「勘九郎，你還真是有心。不過我最高興的是，你竟然知道最好的墨是程君房的。對我來說，這比程君房的墨要有價值多了。」

「不敢當。雖說墨是中國徽州宋代的好，但是聽說太新的反而生澀，顏色缺乏雅趣，太舊了又乾透了，墨會褪色，所以我推測墨齡三十年到八十年的應該最好，幸好差人在堺找到了。像我這種粗人，哪懂得舞文弄墨之事。」

「說什麼呢，」賴藝喜不自勝：「你太謙虛了。剛才聽你的話也能猜出修養不錯。勘九郎，以後別走了。」

「遵命便是。」

這天，深芳野始終沒有出現。庄九郎便把給她帶的禮物交給賴藝。

「連深芳野你都這麼上心。」

賴藝笑逐顏開。

（還用說嗎？我看上的人。）

庄九郎翻了翻眼珠繼續端坐。

一個月後，西村勘九郎在三條加茂河灘上擊敗日本第一槍術名人的消息傳到美濃。

自然也傳到賴藝的耳裡。

（——厲害啊！）

聳人聽聞。

（武功竟然如此了得。看來此人深不可測。）

雖有些不是滋味，但轉念一想，倒也可以依靠。

（找機會問問本人。最好能親眼看看。）

賴藝眼中的庄九郎，就像變幻無窮的山嶽。春天的霞光中望去，霧靄重疊極富雅趣，從秋霜初降的城裡眺望，山頂已是白雪皚皚、冬意正濃。

（此人的才能取之不盡。）

賴藝益發傾慕庄九郎了。男人之間的傾慕，有時比喜愛女人的後果還要可怕，當然，像賴藝這種養尊處優的貴族是無法意識到的。

水馬

關於庄九郎，還有一則有趣的傳說。

當時的人也都相信確有其事，這裡順帶一提。

一天，鷺山大人土岐賴藝出去獵鷹狩獵，發現郊外一座狹小的草庵外種著竹子。

有隻老鷹偶然停在竹子上，賴藝覺得很稀奇，便問家丁：

「那裡怎麼會有竹子？」

家丁也不明所以，答不上來。這時，有人上前說：

「這裡是西村勘九郎的舍下。」

出乎眾人的意料。

賴藝也吃了一驚。雖說他極其寵愛勘九郎，但身爲美濃守護職土岐家長大的公子哥，他從未想過勘九郎住在哪兒的什麼樣的房子裡。

「這也太小了。」

也難怪吃驚。除了廚房，就只有一間草房，就像歸隱後居住的陋屋。

「把勘九郎叫來。」

賴藝吩咐家丁。

庄九郎出來後，繞到賴藝騎的馬的左側，屈膝跪下。

「勘九郎，那些竹子是幹什麼的？」

「哦，那些是槍。」

「槍？」

賴藝聽不明白。他又問是不是竹槍，庄九郎苦笑著答道：

「不不，屋子太窄了沒地方放槍，只好削了竹節把槍套在裡面，這樣就淋不著雨了。」

話且說到這裡。庄九郎從京都回到美濃後不久，加納城主長井利隆曾說過：

「我正在考慮你住的地方。」

「……」

庄九郎臉上卻掛著無所謂的笑容。

「你怎麼想的？」

「現在就很好啊。」

庄九郎沒有固定的府邸。幸好日護上人的常在寺地方寬敞，家丁都住在裡面，後來，日護上人又幫忙要來附近的這座草庵，稍微整修後就住下了。

齋藤道三傳說中的「裝槍的竹子」裡提到的草庵，想必指的就是這裡。

本來，庄九郎繼承了西村家的衣缽後，在本巢郡輕海村擁有一塊小小的領地，還有一幢古舊的老宅子。

他卻不願意住進去。

長井利隆屢次勸他說，主人不定居下來，家丁和下人也都沒有著落。他卻執拗不聽。

理由是：

「我繼承了美濃西村家的名號，就足夠了。考慮到西村家的體面，領地我可以接受，但是房子我不能住。否則，大家會覺得我搶奪了西村家還據爲己有。」

「勘九郎，你太沒規矩了。」

長井利隆聽後直搖頭，卻也拿他沒辦法。後來，這個問題就一直擱置下來。

這回，長井利隆又舊事重提。

「你進京的時候，我和鷺山的賴藝大人商量好了，距離鷺山城下大手門一丁處有塊地，你就奉主公之命趕緊蓋房住下吧。」

君命難違，何況是一向謹慎從事的庄九郎。

這塊地大小約有上千坪。

鷺山大人賴藝也發話說：

「從飛驒（美濃、飛驒現在同屬岐阜縣）請工匠來吧。雖說是城下的府邸，可以和封地同等，掘護城河築高牆，造得氣派些。」

「唔。」

庄九郎嘴裡應道，心裡卻不這麼想。

若干年後，庄九郎親自設計、營造了有天下名城之稱的稻葉山城（金華山城、岐阜城），可見他的建築才華之高。然而，庄九郎來美濃，目的當然不是爲了蓋房子。

他的目的是盜國。

這種野心和志向，如今不能讓他人有半分覺察。

「謝主隆恩。」

庄九郎領命後，卻在封地種滿桃、栗、梅等果樹，建起果園。

他在樹林中蓋了兩棟狹長的房屋供家丁居住，卻沒蓋自己住的正房。

長井利隆聽說後，又驚又怒：

「勘九郎，你搞什麼名堂？」

「稟告大人，」庄九郎早有準備，不慌不忙地答道：「像我這種出身的人，這些就足夠了。種果樹是爲了賣錢，分給封地本巢郡輕海村的百姓，作爲納稅的獎賞。」

（這人眞是不求名利。）

長井利隆心下想道，然而自己的一片好心被白白辜負，自然不太高興。

「勘九郎，我可要告訴你。武士的宅邸作事（建築）要細心才行。院子應該保持空闊，盡量不擺設石頭不種植樹木，才能防止刺客藏身，這些都是避免忍者潛進屋內的細節。你看看你，不蓋牆也就算了，還在林子裡蓋茅草屋，這是最不可取的。白天有敵人要攻進來，弓箭手只要用樹林做掩護，輕而易舉就能成功。這簡直就像爲敵人蓋的。——哎呀！」

長井利隆接著抱怨道：「我本想看看你兵法上的才能，你太讓我失望了！」

「在下惶恐，」庄九郎答道：「如果讓我爲大人築城，那麼我西村勘九郎一定能蓋一棟銅牆鐵壁、足以抵禦千軍萬馬之城。但是我的身分實在沒有必要考慮敵人的進攻，還不如種些果樹，享受開花結果之趣。」

「……」

這麼一說，倒也覺得庄九郎言之有理。

長井利隆啞口無言。

同時他又感到欣慰。自己親自向鷺山大人推薦的這個人，才華橫溢，而且沒有絲毫私心。

周圍的評價也都不錯。

不言而喻，除了分家後的土岐賴藝，以本家的土岐政賴爲首的幾乎所有分散在美濃一國的土岐一族，都對這名來自京都、身分不明的油商沒有好感。

他們冷眼注視著庄九郎的一舉一動。

（此人到底有何居心？）

大家都在揣測。

而且，讓土岐賴藝置軍政於不顧，從遊藝上討取主子歡心的這種做法，是美濃各地大大小小的貴族最不能容忍的。

（佞臣。）

大家下了定論。

這名奸佞之徒果然是吃喝玩樂的商人出身，才會蓋那種毫無防備的房子。

（也就如此而已。）

輕蔑之餘，還暗自慶幸不用擔心了。評價不錯指的是這個意思。也就是說，此人雖無用，倒也無害。

大永六年（一五二六）的秋天。

金華山上的落葉樹開始泛紅，清晨，一抹白雲浮在峰頂上。

庄九郎策馬出了果園。

碧藍的天空下是美濃國十數個郡的山河大川，還有數不盡的房屋城池。

（秋色美不勝收啊。）

庄九郎陶醉了。

隨從解下馬韁，取了槍，拎著草鞋。——今天要上鷺山城。卻不知爲什麼，提不起精神。但也沒什麼特別的理由。

（啊，身子發沉。）

感覺氣血上湧。對野心家來說，最近這段日子過得太風平浪靜了。

庄九郎極不習慣這種平穩。不幹點什麼，鬱血難散。

「權助，拿槍。」

他從隨從手中接過那根引以爲傲的兩間槍。

「中午再登城。你們也回去歇息吧。」

說完，重新繫上韁繩，扛槍策馬而去。

往南是長良川，還有相當的距離。庄九郎的目標是河岸。

現在，從鷺山到長良川，直線距離半里左右，當時的水流卻比現在偏北（距離一．五公里），庄九郎騎馬只需片刻便到。

（玩會兒水馬吧。）

庄九郎想。

他策馬進了河灘上的蘆葦中。

靈巧地操縱著韁繩，避開淤泥，人馬步入淺水中。

河水漲得滿滿的。上游源自郡上的群山地帶，叫做郡上川，順著山谷綿延南下，途中吸收板取川，並和武儀川、津保川合流後轉向西南，到了美濃平原時已是滔滔大河。

這條河遠在比庄九郎時期更早的古代就以放養鸕鶿而出名，到了晚上更是漁火輝煌。

嘩啦，庄九郎驅馬潛到水中。

馬足已不能探到河底。

在庄九郎的頻頻吆喝下，胯下寶馬靈活地划水前行。

馬會不會游泳，要靠手握韁繩的主人鼓勵和協助。

水馬卻極爲不易。

馬這種動物，只要口鼻露出水面就能游泳，只是支撐不了太久。

（累了吧。）

庄九郎心下思量，敏捷地轉過槍，當作拐杖一般伸進水裡，噗地紮在河底的泥沙中。

馬頓時騰空浮起。這一瞬間，馬可以得到放鬆。

如此重複下去。

這種槍杖式水馬，據說是源平時代坂東武士（譯注：生於關東的武士，以勇猛著稱）的秘技（當時是薙刀），戰國時代的美濃武士根本不會。

可以說是庄九郎的獨創。

不久，就游到了對岸。

歇息片刻後，庄九郎又飛身上馬，下了河灘。

又同樣地游回來。

這一情景堪稱絕技。

不久回到北岸，庄九郎把馬繫在河邊的榛樹上，藉著蘆葦的掩護，脫下濕衣服擰乾。

除了股間的束帶，一絲不掛。

肌肉發達健美。

這道風景，盡數落在他人的眼裡，離庄九郎僅有十間的雜樹林中。

一向眼神鋒利的庄九郎全神貫注於水馬之中，竟未察覺。

（好冷——）

庄九郎有些受不住，四下尋找周圍有無點火的柴火，淨是些枯枝落葉，派不上用場。

無奈，他只好上了矮堤，走到雜樹林裡去拾。

「……」

眼看著赤裸的庄九郎越走越近，雜樹林中的二人嚇了一跳。

「小國，怎麼辦？」

皺眉的那名女子，正是深芳野。

聽說這片離城不遠的樹林裡長了很多蘑菇，深芳野便帶著隨身的老女（女侍之首，編按）來此秋遊。

小國是從深芳野的娘家丹後宮津城主一色家陪嫁過來的老女，和庄九郎很熟稔。

庄九郎做事滴水不漏。早就送了小國不少禮物，收買人心。

其實，最早發現庄九郎練習水馬的是小國。

——那不是西村勘九郎大人嗎？

小國提醒深芳野。

兩人走到離河很近的樹林邊上，躲在老栗子樹的後面，偷偷看著渡河的庄九郎。

（好帥啊。）

眼前的男子在大自然中恣意探索著生命的極限。

深芳野被他的男性美深深地打動了。

「小姐，沒想到那個人武功這麼厲害。」

小國說道。深芳野卻一點也沒有聯想到武功。她感受到的是大自然中這名男子旺盛的生命力。

怔怔的，深芳野掉落了手中裝滿蘑菇的籃子。

就在這時，

她做夢也沒想到，僅用一條束帶遮羞的庄九郎，赤身裸體地進入雜樹林。

「天啊！」

深芳野想要逃離，卻已經晚了。

庄九郎炙熱的目光牢牢地扣住深芳野，讓她寸步難移。而且，他並未施禮，只是微笑著。

「我現在這個樣子，」庄九郎低頭看了看自己，苦笑道：「有所冒犯，請勿怪罪。」

他直挺挺地站立著。
林子很深。枝頭透過來的陽光，爲赤裸的庄九郎染上一層光暈。
「在小國面前也失禮了。」
他打著招呼。
小國本來就受了庄九郎的好處，此刻更是笑著誇讚他：
「您在練功，如同戰場，不用多慮。」
「哪裡哪裡，實在是多有冒犯。在這裡遇到我的事，回城後千萬不要洩漏才是。」
小國雖然覺得不至於要保密，還是順從地點頭答應了。
「其實是因爲太冷了，」庄九郎接著苦笑道：「所以才想暖暖身子烤乾衣服，尋些枯樹枝。」
「勘九郎大人，我給您生火吧。」
小國爲了報答庄九郎平時的關照，立刻在附近拾了些枯枝落葉，生起一堆火來，火苗竄得有五尺高。

「太感謝了。」
庄九郎伸手烤著火，仍然光著身子。
深芳野窘得不知道看哪裡才好。她甚至可以看見庄九郎股間的束帶下露出的陰毛。不難想像，裡面棲息著一頭雄偉的猛獸。
（怎麼樣。）
似乎在向深芳野驕傲地展示。不僅是陰毛，在火焰的熱度下，束帶似乎開始鼓脹起來。
深芳野腦中一片空白，覺得無法呼吸。

林中

深芳野蹲在火堆前，凝視著火苗。

火勢越來越猛。好像火裡有松脂。

（羞死人了——）

深芳野恨不得自己此刻是個瞎子。

隔著火焰，對面的庄九郎赤身站立在深芳野的眼前。

似乎在說：

「不讓我抱抱嗎？」

深芳野素來篤信娘家丹後宮津城裡持佛堂的愛染明王，據說是能給女子帶來幸福的印度神仙。愛染明王腳底就踩著火焰，像極了眼前的庄九郎。

老女小國覺察到，便尋了話題問道：

「勘九郎大人，講講京城裡的事情吧。」

「講什麼好呢？」

庄九郎也洞察入微：

「小國的故鄉丹後宮津，雖然離京都三十里，卻自古與京都往來密切，備受京城文化的薰陶。倒是我西村勘九郎才是鄉下人。」

「您可真會誇人。」

小國高興得咯咯直笑。

「深芳野小姐更是一色家的千金出身，勘九郎哪裡敢在這裡賣弄？」

一色家是日本武士門第中屈指可數的名門望族。

先祖一色太郎入道道猷是足利家的姻親，尊氏取得天下後，被任命爲九州探題（譯注：鎌倉、室町幕府時代的官名，在遠離京城的要地管理當地的政治、軍事和裁判等），後來又成爲足利幕府的四大官員之一，在室町時代繁榮一時。

一色家族中有不少任各國的守護（後來的各國大名），前面提過，深芳野娘家從二百年前就一直任丹後的守護。

這個古老的家系其間雖歷經盛衰，卻在戰國亂世保住家運，駐守在日本海沿岸的宮津城。

不過，作爲武士門第的威風，卻也和美濃的土岐家一樣，已經大不如從前。

現在的當主無能無德。深芳野的父親一色左京大夫義幸在四十二歲的厄運之年（譯注：容易遇到災難或麻煩的年份，男性爲二十五、四十二歲，女性爲十九、三十三歲）才生下深芳野，怕給家裡帶來災難，便在姊姊出嫁到土岐賴藝家時將妹妹深芳野作爲偏房陪嫁，可見有多麼迷信。

古老的家族因循守舊，在這種家庭中長大的孩子也不會有大出息。

生在甲斐守護職武田家的武田信玄，可以說是例外中的例外。

足利以來的所謂名門的守護大名的當主，喪失了活躍的思考能力，被家臣或敵人搶去領地，或是名存實亡。

只是，女子卻例外。

深芳野就是個出色的例子。這名尚是少女年紀的女子身上，煥發著延續兩百年的名門閨秀獨有的優雅氣質。

當然她已經是土岐賴藝的女人。在庄九郎眼中，她身上有一種無法形容的妖豔，讓人無法抗拒。

「深芳野小姐。」

庄九郎的聲音從火堆的那端傳來。

（怎麼了？……）

深芳野狐疑地抬起眼睛。

「久居城中憋得慌吧，經常像這樣出來郊遊嗎？」

「是的。……」

深芳野又垂下眼瞼。

「春天和小國一起去摘剛長出的七草葉……到了秋天，和主公來看這條長良川的魚鷹。」

「在宮津城裡住的時候怎麼樣呢？」

「您說的是？」

「出去郊遊嗎？」

「嗯。」

話題突然轉了個彎。

（眞費勁。）

想讓深芳野開口說話。

「也摘蘑菇嗎？」

「不，這種蘑菇我也不太清楚，宮津城一帶好像沒有。」

總算打開了話題。

「宮津離海很近吧。」

「嗯，很藍。」

「海水嗎？」

「是。」

深芳野的腦海裡，浮現出故鄉晚霞滿天時令人難忘的景色。

「一到春天，」深芳野注視著膝蓋旁的橡樹葉，有一隻螞蟻在爬：「就到海邊去撿貝殼。」

「眞有意思。那邊的海岸上波浪穿過礁石時，到處能撿到鮑魚和海螺吧。」

「怎麼說呢。……」深芳野第一次露出笑容：「那種危險的地方，小國從不帶我去，我哪能知道。」

「哈哈，有小國這樣忠心的人在，您一定很無聊吧。」

「說什麼呢，勘九郎大人。」

小國也開起了玩笑。

「瞧您說的，好像小國欺負了小姐似的。」

「我有那麼說嗎？」

庄九郎對著小國微笑。

「正是。」

「那麼，」庄九郎的笑容籠罩住小國：「小國一定後悔自己太忠心，反而限制了小姐的自由了吧？」

「喂，」小國舉手亮掌：「庄九郎大人，我可要動手了。」

「還眞厲害，」庄九郎嘴裡說著，眼睛卻一直盯著小國：「小國，有件事要你幫忙。」

「什麼事？」小國顯得很愉快。

「現在，哪怕是一瞬間，給小姐一點自由吧。」

「你的意思是？」

「不能言傳。」

庄九郎撿起腳底的枯樹枝扔進火堆裡。

……

「……？」

小國不解地望著他。

庄九郎走開去拾四周散落的樹枝。一邊拾著一邊四處張望，確認樹林裡外都無人之後，抱著樹枝走近深芳野。

「……？」

深芳野也目不轉睛地注視著庄九郎的一舉一動。

風吹過樹梢。

小國和深芳野都像被庄九郎吸去了魂似的，一瞬間，萬物靜止，似乎全世界只有一個庄九郎。

庄九郎緩緩地伸出手來。深芳野不由自主地站起身來。

他的手悄悄地挽上她纖細的腰，攬她入懷。

「啊。」

深芳野剛發出一聲低低的叫喊，就被庄九郎堵住了嘴唇。

他的舌頭野蠻地攻擊著她的，在她的櫻唇中肆意糾纏、攪動，似乎要汲取她唾液中所有的芳香。

小國呆呆地站著。

眼前上演的這一幕，簡直讓人難以置信。從未有一刻像現在這樣，小國開始懷疑自己的眼睛。就好像已經習慣的世界，突然天翻地覆變了樣。深芳野試圖掙扎，卻無濟於事。有一股電流，從被庄九郎緊扣的腰部湧遍全身。甚至她覺得自己就要昏厥過去。

稍帶誇張地說，等到深芳野回到城裡自己的居所之後，才緩過神來。她覺得自己像是第一次被男人愛撫。庄九郎結實的肌肉和男性氣息，第一次喚醒了深芳野體內原始的反應，即雌性迎合雄性時的潤滑潮濕。

然而，當時她的意識虛空渙散，庄九郎對自己做了些什麼，她竟什麼都記不起來。

她踮著腳尖站立，身體後傾，只剩下呼吸的能力。她的裙裾，似乎也從腰間被解開了。

風刮過老栗子樹，簌簌直響，就像是低低的哭泣聲。

天空一下就烏雲密佈。庄九郎離開後，她跌坐在地上，覺得眼前頓時一片黑暗。不是身體不適，只是像有什麼東西，奪去了她眼前的光亮。黑暗中夾著瑩瑩的綠光，就像要被吸進地底去一般。

深芳野回過神來時，天空又恢復碧藍色。而自己，正躺在小國的膝蓋上。

庄九郎早已不見人影。

「小姐——」

小國禁不住地哆嗦：

「小國什麼忙也沒幫上。請饒了我吧！」

「算了，」深芳野總算能夠開口說話了：「就當作——病了一場吧。對，就這麼想吧。小國，你也要這麼想才是。」

深芳野話說得像是喃喃自語。這也是後來小國告訴她的。

深芳野的居室雖同在鷺山城內，卻和本殿、偏殿、角樓等分開而建。

稱作一色館。

從郊外回來後，深芳野連嘴唇都失了血色，立刻吩咐下人鋪了被褥躺下。

小國靠近床邊想陪陪她，她卻搖頭拒絕了。

她只是覺得累。從頭到腳，似乎耗盡了全身的力氣。她體內的元氣好像都被庄九郎吸走了。

她已經無力思考，只是覺得羞恥。不是因爲被侵犯這件事本身，而是直到現在還繼續被侵犯。不，不是侵犯，而是誕生。誕生的產物仍舊在深芳野的體內蠕動，堂而皇之地呼吸著。也許這才是她感到羞恥的原因。

天黑了，小國小心翼翼地拉開房門，端來滋補的湯藥。

「那是什麼？」

深芳野像個無邪的少女一般望向小國，眼睛水汪汪的。

（小姐比任何時候都漂亮。）

連小國都爲之心動。

「是吉野的葛湯。」

「眞好啊。」

深芳野從床上坐起身來，眼裡春波蕩漾。

「小姐，發生什麼事了嗎？」

「沒有啊。」

深芳野尚未注意到自己的變化。

她端起冒著熱氣的藥湯，輕輕吹三下後啜了一小口，朝著小國笑道：

「好燙啊。」

她看上去並無羞赧，只是天眞無邪地笑著。小國雖然從深芳野出生就一直跟隨她，卻從未見過小姐這個樣子。

之後，兩人相對無言。誰都不敢也不願提到那件事情。可是，出乎小國的意料，深芳野還是主動開口了：

「小國，那件事情……」

「小姐指的是烤火的事吧？」

小國暗暗得意自己的巧妙回答。

「對，烤火的事。不許對任何人講。」

（這還用說。）

小國緊張地點點頭。就算不叮囑，這種事也說不出口的呀。先不論賴藝有多寵愛深芳野，這件事傳出去，會給賴藝的名聲造成巨大的損失。

「奴婢不敢。」

小國說。對深芳野來說，小國就像是自己身體的一部分。

深芳野搖了搖頭道：

「我一點兒也不害怕。就像做了場夢一樣。」

「但是西村勘九郎眞的不尋常。我開始還以爲眼花了呢。等回過味來，發現開不了口，手腳也動不了。現在想想都害怕。全日本有哪個武士敢對主公的女人做出那麼大膽的舉動。而且，後來一想，他還光著身子……」

「小國！」

深芳野著急地打斷她。她不想讓自己的體驗由於小國的無法接受，而被小國嘶啞的聲音在世俗的道德標準衡量下重現出來。

「那件事以後不要再提了。」

「是。」

小國雖不解深芳野加重的口吻，卻順從地點了點頭。

「還有，」深芳野接著說道：「不要對西村勘九郎大人有成見。」

「爲、爲什麼呢？」

「我還沒明白到底怎麼一回事。總之，像以前那樣對待勘九郎大人就好了。」

「是。」

小國也只能順從。

……………………

話說那天的庄九郎，回到寓所後只說了一句「我受了風寒」，便一頭栽進房間，沒去給賴藝請安。

「是不是有點做過頭了？」他有些後悔，但轉念一想：「早知道會那樣，不如就在小國眼皮底下占有深芳野。」

體內還在蠢蠢欲動。

雖說庄九郎一向很克制自己，卻無法抗拒深芳野。

（遲早的事——）

要堂而皇之地把賴藝身邊的這位寵妾弄到手。庄九郎幾乎是咬牙切齒地發誓道。

天澤履

秋意漸濃，風有了寒意。

一個晴朗的早晨，庄九郎上鷺山城向賴藝請安。

進了大手門，前面是一塊能容納五十匹坐騎的平地，後面是大岩石削成的石階。

庄九郎拾階而上，石壁上有一棵參天古松，蒼翠欲滴。

（天氣眞不錯。）

應該會發生點什麼事吧，庄九郎有種預感。

按照庄九郎的脾氣，不是發生什麼事，而是他要做出什麼事。準確地說，他預感到今天自己會有所作爲。

賴藝正在殿內飲酒作樂。深芳野撫琴在一旁伺候。

「喂，庄九郎，」賴藝高興地招招手：「你來得正好。我正好無聊得很。」

「大人怎麼會無聊呢，深芳野夫人不是也在嗎？」

庄九郎接過賴藝的話，不無諷刺地回答道。

無聊，豈不是侮辱深芳野嗎？

賴藝有些尷尬。他本就很懦弱。

「不是的，深芳野也感到無聊呢。」

「對誰呢？」

話到嘴邊卻嚥了下去，庄九郎只是淡淡地微笑著。

「勘九郎今天看上去心情不錯嘛。」

「在下的眼珠子，今天是綠色的吧。」

「眼珠子？」

「對。今天早上的天空萬里無雲，放眼望去城裡一片綠色。在下一直相信，這種時候一定會有好事。」

「有意思。早上進城時就能知道今天的命運嗎？人到底有沒有命運這一說呢？」

「有。」

庄九郎撒謊道。

庄九郎根本不相信命運。他覺得，從唐土傳來的所謂的命運哲學，只不過是弱者的自我辯護和自我安慰而已。

庄九郎認爲命運要靠自己創造。如果唐土人們所說的命運眞的存在，那麼庄九郎恐怕到死也還是兩手空空。

（絕不會那樣。）

庄九郎在心底不屑一顧。

然而像土岐賴藝這種無所事事的貴族，談論命運卻是種高雅的娛樂。他還時不時用易經占占卦，或是叫來陰陽師（中務省陰陽寮的官職。以陰陽五行思想爲基礎的陰陽道，從事占術、咒術、祭祀、祈禱、曆法制定、天文觀測等，編按）算算八卦什麼的。

「確有命運之說。」

庄九郎只不過是投其所好罷了。

對庄九郎來說，賴藝相信命運無疑是對自己有利的。以後無論發生什麼事，賴藝都會認爲「這就是我的命」而自我妥協的話，那就再好不過了。

「勘九郎，今天你給我講講易經吧。」

「那恐怕深芳野夫人要無聊了。」

「那就算卦吧。你剛才說天氣好心情也不錯。天象、人相都很吉利。今天你給我算算卦吧，一定很準。」

「那就用最簡單的辦法占一卦吧。」

「就這麼說定了。」

賴藝立刻吩咐下人準備。

不一會兒，小姓就搬來塗著朱漆的案几，上面放著道具。

庄九郎向賴藝行過禮，朝北面向案几而坐。

共有五十支竹籤。

庄九郎取出其中一支，插入青銅製的圓筒中。

這支籤是太極（宇宙大元靈）的意思。

庄九郎左手握住剩下的四十九支籤，呈扇狀攤開，用右手的四指壓住，大拇指按住內側，舉至額頭，屏氣收腹，閉眼調息後低喊一聲，將手中的竹籤一分爲二。

隨後就是常規的動作。先把右手的竹籤輕輕放在案几上，抽出一支夾在左手的小指和無名指之間，這代表「人」。左手剩下的竹籤是「天」，右手中的是「地」。將天人合一，各數八根，最後剩下不到八根的數字就是端數，從端數來算卦。

「您看，是天澤履（譯注：易經占卦的一種。意爲戰戰兢兢，如履薄冰，不過有驚無險）的卦。」

他窺視著賴藝的臉色。

賴藝點點頭，像他這種閒人，倒也懂得天澤履大致的含義。

——老老實實地待著，事情就會有轉機。

算得上是小吉吧。

庄九郎卻好像從「天澤履」中讀出特殊的含義，表情複雜地看著賴藝。

「怎麼了，勘九郎？」

「恭喜大人，大吉大利啊！」

「哦？從何說起？」

「大人言笑了。您怎麼可能會不知道呢？您想想自己就能知道了。」

「眞著急。這不是給我算的卦嗎？別猜謎了，快快說來聽聽。」

「在下一說就道破天機了。您自己想想吧！」

「天澤履。」

……眞是費解。

到了晚上，賴藝還在苦思冥想。

庄九郎告退時小聲透露的話，似乎能解開謎底。

「您的兄長主公大人。」

僅此而已。

兄長指的是美濃守護職土岐政賴。

（我兄長怎麼了？）

政賴住在美濃國的首府川手城（今岐阜市），任美濃的太守。

是個平庸無趣的男人。

以前他們的父親政房不喜歡政賴，想傳位給賴藝。由此美濃國的豪族分裂爲兩派爭權奪勢，長井利隆等人擁立賴藝。

後來紛爭越演越烈，京都形同虛設的足利將軍出面調停，認爲應由長兄繼位，於是政賴就進駐川手城當上守護職。

賴藝心裡自然不是滋味。

與半路出家的大名不同，賴藝與生俱來就生在貴族家，對領地根本不感興趣，他看重的只是名聲。對物質越是淡泊，反過來對名利就越是在乎。

他自認自己才是守護職的人選，自然不對哥哥政賴施君臣之禮，也不上川手城拜謁。

鷺山城裡花天酒地的生活，一是爲了向兄長示威，二是除此以外，沒有其他辦法可以排解心中的憤懣。

美濃的武士多半對賴藝這種近似於自暴自棄的生活深表同情，不少人看到他時，都在心裡憐憫他。

可見賴藝的心裡有多憋屈。

（西村勘九郎說的就是這個吧。）

如果眞是這樣，那可是大事。賴藝連忙翻出周易占卦的書籍查找。

還眞是大吃一驚。「天澤履」竟有驚人的含義，即「繼先人之位」。

（趕走哥哥賴政自己當守護職嗎？）

而且卦中要求凡事聽從長者的指揮。這裡的長者，應該可以理解成庄九郎吧。

（這卦可了不得！）

賴藝似乎揭開了謎底。

本來，卦裡還有「女人裸身之象」的意思。也就是說自己的妻妾中有人不貞，賴藝卻根本沒往那方面想，他對自己有足夠的信心。

翌日，賴藝告訴庄九郎。

「勘九郎，我知道謎底了。」

「是嗎？」

庄九郎故意裝出不解的樣子。

「您說的什麼事？」

「喏，」賴藝反而有些著急了，因爲他悟出的「意思」，事關重大：「你怎麼忘了？昨天你給我算的卦啊。」

「啊，我想起來了。」庄九郎面帶苦笑：「在下惶恐，不過是席間助興而已。大人好像很喜歡《易經》啊。想了很久嗎？」

「是啊，後來又查了書，想了很久。」賴藝完全沉浸在這種知識遊戲裡，毫無城府地湊近過來：「勘九郎，我說給你聽聽。」

「大人，請稍候。」

庄九郎抬手阻止了。

「怎麼了？」

「別再提了，事關生死。」

「什麼？」

賴藝滿臉驚愕。不過是取樂的遊戲而已，還能發生什麼事？

「勘九郎，」賴藝試圖緩和庄九郎的嚴肅表情：「不過是你在席間助興，我又查了一下而已，你就當作樂子聽聽好了。」

「我當然明白，只是別人都能像勘九郎一樣明白嗎？」

「勘九郎，不過是說著玩兒的。」

「大人，易經是聆聽天的聲音。您當作玩笑對待，也就是愚弄了天意。」

「勘九郎，你剛才不也說是席間助興嗎？」

「沒錯，勘九郎的確是爲了助興，但算的是大人的卦。因此，不管什麼卦，對您來說都是天意。您要是輕率地說出來，弄不好會危及生命的。」

「……」

確實如此。同樣的卦因爲不同的解釋，便會被認爲是造反。

「好了，勘九郎，我不說便是。」

養尊處優的賴藝此刻像被訓斥的孩子一樣點著頭。

「您懂了嗎？」

「懂了。」

「勘九郎要向大人請罪。受到大人如此的知遇之恩，卻未能察覺大人心中所想，實在是羞愧難當。」

「……」

賴藝茫然地看著庄九郎，他聽不懂眼前此人到底在說什麼。

「勘九郎，什麼意思？」

「在下謹言，」庄九郎悲痛地望著賴藝：「西村勘九郎即使肝腦塗地，也一定完成大人的心願。」

「喂……」

這時小姓進來了，賴藝立刻緘口不言。

庄九郎乘機退出大堂。

接連好幾天，庄九郎稱病而不上鷺山城參見。

相反的，他卻連續出入加納城長井利隆的府邸，利隆也招待他到茶室用茶。一天，庄九郎露出萬分苦惱的表情向利隆開了口。

「在下有難言之隱。」

他指的就是算卦之事。

當然，他換了一副口吻，說土岐賴藝以易經的「天澤履」一卦爲由，把自己想當守護職的野心透露給自己。

長井利隆本就是賴藝的支持者，立刻表示贊同。他滿臉悲憤道：

「看來大人並未死心啊。」

「看來是由來已久啊。」

「倒也不是。先前的守護職主君本想傳位給賴藝大人，並直接命令我擁立他，我也想盡了辦法。然而美濃卻由此一分爲二，後來將軍出面調停，賴藝大人只好作罷。以賴藝大人的人品而言，如無此經過，應該並無心繼位守護職，是微臣等人造成的結果。現在這樣子反而讓人不痛快。」

「在下惶恐。」

「有話請直說吧。」

「美濃守護職之位，依您所見現任守護職和賴藝大人誰更稱職呢？」

「那還用說，我等一致推舉賴藝大人，才會發生船田之戰（父輩政房的繼位之爭）。美濃國應該歸賴藝大人才對。」

其實在庄九郎看來，賴藝和政賴誰任守護職都差不了多少，只是賴藝更有涵養一些。利隆的看法是，哪怕兩人一樣無能，也要選一個更有教養的。

「在下懂了。」

庄九郎並不追問，結束了這個話題。因爲再繼續追問，或是自告奮勇的話，長井一定會顧忌到美濃的分裂而拒絕道：

「不行，不能亂來。」

因此目前只能停留在閒聊的程度。

（只要長井利隆心裡有數就行。）

之後，庄九郎依舊上鷺山城參見。

「身體好了嗎？」

賴藝很關心。

「尚未痊癒。」
「讓大夫看看吧。要不，我把曲直瀨良玄叫來？」
賴藝說的是自己的專用醫師。
「不，恐怕良玄大人的藥也治不了在下的病。只要大人的大願實現，在下的病也就好了。」
「大願？」
「就是天澤履的卦呀。」
庄九郎故意漫不經心地轉移視線，隨後立即提高聲調換了一個話題。

虎之瞳

十天後的一個早晨，庄九郎在自己的寓所中。

他在向陽的走廊上鋪了坐墊，聽著園子裡樹叢中的鳥叫聲，喝著熱煎茶。

園子裡多是些果樹，吸引了很多小鳥。

這些鳥，多半是從金華山飛過長良川棲息在此的。

「我說，天氣不錯啊。」

他對著林中說道。不過庄九郎還沒閒到和小鳥對話的地步。

很快的，小鳥安靜下來，樹叢中現出一條身影，悄無聲息地踏著草地走過來，跪在走廊下。

「耳次聽命。請主人吩咐。」

「嗯。」

此人身材矮小。只是人如其名，耳垂像兩顆大蘑菇一樣突兀得很。

讓人感覺他的耳朵不是長在臉上，而是由於耳朵太大，需要用臉把它們連接起來。

年紀大約二十五、六，樣子並不很機靈。

他出生在鄰國的飛驒，原本是建這座園子時雇來看門的。

那個時代，日本人的勞工費比起歐洲國家來驚人地便宜。稍晚後來日本的傳教士在向本國的報告中也提到，這個國家只要有米就能建城。

武士的家庭有米，只要願意提供米，雇幾名普通百姓根本不成問題。有心計的武士往往選出一些人培養成自己的郎黨（武士的隨從和私兵，編按）。後來成爲大名的福島正則和加藤清正，就曾是秀吉一手栽培的郎黨。

耳次十分聽話。

而且沒有野心。這種性格作爲郎黨再合適不過了。

耳次的聽覺尤其靈敏。不僅如此，還有一項絕技：他跑得比任何人都快。

一天可以跑上二十里。

庄九郎看中他的這些本領，便訓練他用作密探。

「耳次，赤兵衛怎麼還沒到啊。」

庄九郎啜了一口茶說道。

「噢。」

耳次側了一下腦袋。

他此次奉庄九郎之命進京，通知赤兵衛「速來美濃」。

（聽到了。）

耳次又側耳傾聽。

「赤兵衛大人這就到了。」

「你聽見了？」

庄九郎很賞識這種有特長的人。

很快，門前響起馬的嘶叫聲，夾雜著赤兵衛嘶啞的大嗓門。

赤兵衛的聲音不斷臨近，不久就停留在房門口。

「京都赤兵衛求見。」

他跪地而拜。

「來了，進來吧！」

「遵命。」

長著一副兇悍面孔的赤兵衛出現在眼前。

庄九郎打發了耳次，坐了回來。

「赤兵衛，別來無恙吧。我突然很想見你。」

「大人真是重情重義啊。」

赤兵衛輕浮地笑著。此人最大的缺點就是太張狂，凡事喜歡露於言表。

此刻他的表情，與畫中的惡人並無二致。

「赤兵衛，看見你這副兇相，我踏實多了。」

「哦？」

赤兵衛抬起臉來：

「您這是誇我嗎？」

「哈哈。誇你呢。佛祖不是說，每個人身上有兩個自己，善人和惡人。赤兵衛，你就是我那個惡人的分身。」

「惡人的分身？」

「沒錯。」

「那，善人的分身是誰呢？」

「當然是杉丸了。」

「哈哈，倒也有理。杉丸心地善良，一直把您奉作菩薩呢。」

「那是因為我身上有讓他信服的地方，和我有緣，所以我估計他就是我身上善人的分身。」

「先不說杉丸了吧。剛才您說見到我就踏實了，也就是說您身上的惡人終於找到同伴了？」

「可以這麼講吧。」

「那太榮幸了。這次，是您的那位惡人召喚我嗎？」

「善人不可能找你。」

庄九郎只能苦笑。

「真是可惜啊。剛才我看大人的氣色，精神不錯。想必您又想出什麼毒計了吧？」

「看得出來嗎？」

「太明顯了。您說來聽聽。」

「赤兵衛，這個月你就待在美濃吧。你要做的就是對面那座川手城。」

「那不是美濃國的府城嗎？美濃守護職土岐政賴就住在那兒吧。」

「要拿下那座城。」

「誰？您嗎？」

「哈哈哈，還爲時尚早。就算我現在能拿下來，美濃國的大小武士也不會答應。我打算讓守護職的弟弟賴藝大人篡位。對了，赤兵衛。」

「是，我要做的是？」

「攻城的那天，你和耳次到城裡放火。在那之前，你要裝作什麼事也沒有，接近守城的士兵，和他們混熟。至於要怎麼做就隨便你了。」

「要花銀兩打點嗎？」

「這點要慎重。反而容易引起懷疑。」

「我自有辦法。」

沒這點功夫的話，怎麼稱得上是庄九郎的分身呢。

庄九郎半生都在謀反篡權，手法之細緻簡直將謀反變成一門藝術。這次是第一個回合。

不久，鷺山城的賴藝召見了庄九郎。

賴藝照例喝得酩酊大醉。

周圍沒有家臣。只有深芳野一人伺候著。

（天賜良機。）

庄九郎暗喜。

話題談到武功方面。

「勘九郎，」賴藝習慣了這麼稱呼庄九郎：「你老說有機會演示一下你的槍法，光是說說而已，今天就讓我看看吧。」

「那得請大人先賞酒。」

「我倒給忘了。深芳野，趕緊給這位名槍手斟酒。」

——是。

深芳野挪動膝蓋。

「不敢當。」

庄九郎深深地看了一眼深芳野，很快舉起杯讓她斟滿。

一飲而盡後，上座的賴藝吩咐道：

「勘九郎，換大杯喝。」

（那就不客氣了。）

庄九郎默默施了一禮，從手邊分爲三層疊放的杯子中，挑了塗著朱漆的大杯。

庄九郎喝酒可是海量。

但是大杯中的酒下肚後，臉上竟也泛起紅暈。

「在下……要醉了。」

「醉了能使槍嗎？」

「這點酒算不了什麼。」

說著，卻緊張地喘了一口氣。他故意裝醉。

「哈哈，想不到勘九郎也會醉。你看看那個。」

賴藝指著對面紙門上的畫。

「畫上有隻老虎背負山脊，咆哮寒月。你能不能用槍刺中牠的眼珠？」

「如果刺中，大人有何賞賜？」

「你想要什麼？」

「哈哈，就怕大人吝嗇。我勘九郎可是天生的大方，恐怕不合適呀。」

「說這什麼話！」

賴藝顯出孩子氣。正是他的本性。

「怎麼會呢，眞蠢，有誰比我更大方？」

「那好，大人。」

庄九郎湊近過來。

「快說說看。」

「如果我刺中了那隻老虎的眼珠，請大人把深芳野夫人賞賜給在下吧。」

「……」

賴藝沒有說話。

他脹紅了臉，厚重的嘴唇也耷拉下來。庄九郎的這個要求實在膽大包天。

「勘九郎……」

他開口剛想拒絕，庄九郎立即堵住他的話說：

「大人果然是吝嗇。」

說完，他將視線轉向深芳野。

太可悲了。若狹國主一色左京大夫的千金女兒，如今卻被當成一件賭注。

深芳野此刻的心情如何呢。

她並未表現出厭惡的表情，與其說是對庄九郎超出了關心，倒不如說也許是因爲庄九郎幾次三番加以暗示，自己才會有今天的局面，並不出乎意料。

她甚至覺得，眼前的這一幕，似乎在夢中也出現過。

「意下如何？」

庄九郎目光犀利地看著深芳野。

商人選貨時的目光就是這樣的吧。

「大人請決斷。」

「可以。」

賴藝此刻的表情，就像喝了一大口苦藥似的。

深芳野驚異地望著賴藝，臉上寫著失望和悲傷。

每晚委身的這個男人，竟然就這樣把自己給賣了。

「眞有意思。」

賴藝試圖用語言來振作精神。

他故意搖晃著膝蓋，顯得心神不寧。

「今天打的賭可是前所未聞啊！有意思。勘九郎你拿去吧。」

「還是算了吧，對大人太不忍心了。」

「用不著你同情，我太無聊了。」

沒有比這個賭更讓人刺激的了。

「大人，」庄九郎的好戲還在後頭：「如果在下刺不中，就借大人您庭院的一角當面切腹自盡。」

「你要拿命來賭？」

「爲了讓大人開心。」

「說得好。爲哄主子開心不惜性命，太忠心了。我還從未見過人切腹呢，過癮。」

「我還準備了一樣東西爲大人助興。」

「噢噢。」

賴藝益發興奮了。

「還要下賭呀？」

「在下若是輸了，切腹自盡當然是一了百了了，但若是贏了，得到深芳野夫人，然後……」

庄九郎故意停頓了一下。

「然後呢？」

「若是贏了，得到深芳野夫人，然後……」

「眞囉嗦，快講。」

「爲了報答大人賞賜深芳野夫人之恩，我將奉上美濃一國。」

「啊？」

美濃國主可是哥哥政賴，這傢伙竟如此口出狂言，賴藝一時驚得說不出話來。

「大人，您要胸懷大志啊。一個月內，西村勘九郎一定爲您獻上美濃國主的寶座。」

「這、這——」

「這也是喝酒助興之一，大人。」

「哦，酒興——」

酒興之下篡位，對無聊得要死的貴族來說，沒有比這更刺激的了。

「動手吧，勘九郎。」

「遵命便是。」

庄九郎隨手甩下套在肩上的外褂，取長槍在手。

他一把推開身旁的拉門，道過一聲「得罪」，便走到外間，中間隔著被打開的拉門。

又把外間的拉門也打開，「嗖嗖嗖」向後退了幾步。

他將長槍夾在腋下，併攏雙腿站立。

太遠了。

離那幅畫實在是太遠了。

庄九郎要躍過這段距離，用長槍刺中老虎的眼珠。

槍長九尺。這支槍是以前賴藝聽從庄九郎的建議下令做的。

槍身上鑲著貝殼，槍尖的柄用的是肥州天草產的上好橡木，剛好握在掌心，分量很沉。

舉著這麼重的槍，躍過這麼長的距離，想要刺中老虎的眼珠，就算是高手也難以辦到。

「勘九郎，哈哈，不過是助興而已，算了算了。」

善良的賴藝，也許是對賭上性命的庄九郎起了憐憫之心，擺了擺手。

庄九郎注視著賴藝，肅然而立。

深芳野臉色蒼白，緊盯著二間開外站立著的庄九郎。

她心裡湧起對庄九郎的好感。

眼前的這個人，爲了得到自己不惜賭上性命。如果這是求愛方式的一種，恐怕古今中外，沒有比它更悲壯的了。

而賴藝呢。雖對自己百般寵愛，被庄九郎一激，就輕易地把自己許諾爲賭注。

（賴藝大人靠不住啊。）

鎖在深閨的深芳野也懂得這個道理。

「勘九郎，你，你不要命了？」

賴藝急得直拍膝蓋。

（勘九郎，你一定要贏啊！）

深芳野在心底祈禱。

此刻，她彷彿已經忘了自己的命運，沉浸在這場賭注中。

賴藝也是如此。

只有庄九郎鎮靜自若。他調勻呼吸，眼睛睜圓，左腳向前踏出一步。

……提槍在手。

智取深芳野

庄九郎槍頭朝下。

還在調整姿勢。

剛才睜得溜圓的雙眼逐漸瞇起來，面無表情，放鬆了肩膀和雙臂的力氣，氣沉丹田，固定在腰部。

（眞不賴……）

深諳歌舞的深芳野，也爲庄九郎肢體的美感暗暗叫好。

土岐已將酒杯舉至唇邊，卻像定格似的，一動不動地看著庄九郎。

「……」

…………

庄九郎動了。

他敏捷地挪動著雙足，似乎踩著拍子。

轉眼間，他已跨過第一道門檻。

緊接著第二道。

說時遲那時快，他猛一躍身，槍尖帶著一道白光掠過賴藝和深芳野的眼前。

只聽見庄九郎大喝一聲。

一個鯉魚彈跳，槍尖向前滑去，不偏不倚地刺進金色虎眼的黑眼珠正中。

畫上的猛虎，好似在咆哮一般。

「請大人過目。」

庄九郎把槍收在身後，屈膝跪地。賴藝站起身來。

深芳野也不自覺地跟著站起來。

「喔！」

賴藝湊近到老虎面前察看。

簡直難以置信。虎眼的正中央有個小孔，就像剛被銀針穿透似的。

「勘九郎，好身手啊。」

賴藝不得不稱讚道。

「不敢當。那麼這一次下賭，是在下勝了？」

「不錯。」

「在下勝了的話，請大人守約，賜在下——深芳野夫人。」

庄九郎握住深芳野的手。

「跟我來。」他牽著深芳野，徐徐退下，與賴藝相隔一定距離後，再次跪拜叩謝。

深芳野也緊挨著庄九郎跪下，抬起失去血色的蒼白的臉，定定地看著賴藝。

此刻的賴藝，差點就要哭出聲來。

「深芳野夫人，您這是做什麼？」

庄九郎故意說得很大聲，足以讓賴藝聽見。

「還不快低頭謝恩，感謝大人這麼多年來的垂愛。」

「是——」

她的聲音帶著哭腔。

「大人，深芳野——」

「哦，」賴藝有些坐不住了：「深芳野，你想說什麼就說吧。」

他緊張地吞了一口唾沫，巴不得這時候深芳野能夠尋死覓活大發脾氣。這樣他就可以勸庄九郎這次只是個玩笑，不用當真。

「快說啊。」

「是——」

深芳野細細的頸項瞬間脹得通紅。

雖然滿懷怨恨，她卻不知道如何化作言語。

算了，說些別的吧。

不得不說。賴藝的種子已經植根在深芳野纖弱的身體中，還不到三個月，就連侍女小國也被蒙在鼓裡。但是同床共枕的賴藝卻是知曉的，難道他把這件事給忘了？

深芳野想說的是這件事。

「……」

卻是話到嘴邊，又難於啓齒。還是索性就伏地痛哭呢？

奇怪的是，此時的她欲哭無淚。對賴藝怨恨至極，彷彿連哭的力氣都被抽空了。

「大人，」

庄九郎平靜地開了口：

「雖說在下勝了，深芳野的賞賜之恩，定銘記在心，沒齒難忘。此後通過深芳野，定能君臣一體……」

庄九郎語帶嘲諷。也就是說君臣二人通過同一具女體得以結合，難免太露骨了。

「如此，在下就算粉身碎骨，也要保全忠義。——深芳野夫人。」

「哦，是。」

「以後就叫你深芳野了。在大人尚未改變心意之前，還不快退下。」

庄九郎向後挪動著膝蓋想要退下。

賴藝的臉有些扭曲。

「深芳野。」

他喊道，正要從座位上探起身來，庄九郎清脆的聲音卻響了起來：

「此時要決斷才是。武門棟梁之才，豈能爲兒女之情所困，謀反才是男兒的大志所在。幾日後在下會再次登城求見，解開其中奧秘。」

「這樣啊？」

賴藝無力地點點頭。他被庄九郎凜冽如鋼的目光震懾住了。

庄九郎緩和了語氣：

「大人，正如在下剛才所言，西村勘九郎雖是大人您的心腹之臣，卻並非譜代（數代侍奉同一個領主家族的家臣，編按）之家臣，也並非血緣姻親之家門。而這樣的勘九郎今後要輔佐大人共謀同門也不能洩露之秘事，最終奉上美濃一國給大人。在下一直苦惱於與大人淵源淺薄，想必大人也懷有同感。此次拜深芳野之賜，與大人結下之因緣濃重甚於血緣姻親，今日當眞是……」

庄九郎再度俯首叩拜：

「恭喜了。」

庄九郎指的是君臣通過女體之情，比血親更濃。

賴藝本就生性懦弱，一聽此言，倒也生出幾分喜悅之情，動容道：

「勘九郎，下賜深芳野於你，可要一世忠誠啊。」

「哈哈哈哈。」

庄九郎爽朗地大笑起來。他想扭轉眼前賴藝和深芳野造成的酸溜溜氣氛。

「你笑什麼？」

賴藝睜大雙眼。

「在下是喜不自勝，簡直要流口水了。從今以後，在下每晚都要憐愛深芳野，聊著大人的事情。」

說畢，他一臉大義凜然的神情，利落地退下了。

庄九郎和深芳野離開後，賴藝再度踱到那張老虎的畫前，湊上去仔細端詳。

有個小小的孔。

他又用手摸了摸。

（簡直神了！）

此人的槍法。賴藝發自內心的感歎。而庄九郎憑另一項絕招巧妙地奪走深芳野，賴藝到了晚上才回過神來。

庄九郎把深芳野帶回自己果園中的寓所。

這一天，深芳野的命運發生翻天覆地的轉變，她甚至沒有開口說話的力氣。

（就像花盆裡栽的一株花，輕而易舉就被連根移走。）

然而此時，深芳野還未感覺到憤怒。環境變化之劇烈，已經奪走她思考的能力和體力。

「這是我住的屋子。」

庄九郎領著她在園子裡轉了一遍，一一介紹赤兵衛、耳次等郎黨，甚至打雜的小廝。更有趣的是，他還帶著深芳野到果園裡，一棵接一棵地拍打著樹幹，告訴她：

「這是桃樹。」

「這是栗子樹。」

「這是柿子樹。」

深芳野剛開始還一一點著頭，後來也漸漸覺得好笑，臉上浮現出笑容。

「你皺眉的樣子很好看，但是笑起來更美。我帶你來園子，是要告訴你有棵大樹，可遮天蔽日，堪稱美濃第一樹。」

「在哪兒呢？」

「遠在天邊，近在眼前。原名叫松波庄九郎，現在叫西村勘九郎。」

「……」

「不管發生什麼，你跟著我就行了。」

不是甜言蜜語。

這個男人全身透出一股堅定和剛毅。

正是賴藝缺少的東西。

庄九郎分了一間房給深芳野，老女小國也有一間。

這麼一來，房子就感覺有些狹小了。看來需要馬上擴建。

同一天，這座房子裡最吃驚的人要數從京都趕來的赤兵衛了。

「京城裡的夫人怎麼辦？」

「萬阿嗎？照原樣就好了。山崎庄九郎的妻子從來就只有她一個。」

「那我就放心了，不過這件事回去後要保密的吧？」

「不用。」

「沒關係嗎？」

「我已經和萬阿說過了。深芳野是美濃武士西村勘九郎的女人，和萬阿沒有任何關係。這世上有兩個我。」

「什麼？有兩個？」

赤兵衛瞠目結舌。

「那，我們應該怎麼稱呼那位小姐呢？」

「叫深芳野小姐便可。」

「不能叫夫人對吧？」

「哦，隨你的便吧，叫什麼都無所謂。」

「也對。」

偏房而已。

庄九郎只是把賴藝的寵妾要來做偏房，並不打算立爲正妻。

娶別人的妾爲正妻，心高氣傲的庄九郎是無法忍受的。

「這倒是奇怪得很。弄來賴藝大人的寵妾，也不打算扶正？」

「那還用說。正房都是政略婚姻，不是男人心裡想要的女人，偏房才是。原本，正房、偏房就不應該有上下之分。」

「那麼，老爺，也就是說將來還會迎娶正房嗎？」

「你說的是哪個老爺？山崎屋庄九郎已經娶了萬阿作正房。」

「我說的是美濃的。」

「呃，勘九郎對吧。你還沒明白嗎？怎麼可能深芳野剛到手就急不可耐地立爲正房呢？空著那個位置才有好戲在後頭呢！」

深芳野也是一片茫然。舉不舉行婚禮，今晚又要睡在哪裡？……

「小姐，眞是奇怪啊！」

小國壓低著嗓子說。

深芳野一直沉默著。一日之內命運被改變，她還無暇思考這些。

夜幕降臨。

深芳野躺在嶄新的綢緞褥子上。

（會來嗎？）

她想著，然而疲倦襲來，她很快就睡著了。

醒來已是深夜，這才發覺原來庄九郎躺在身邊。

「是我。」

庄九郎溫柔地抱她入懷。然而手腕卻逐漸變得有力，深芳野的纖弱腰肢像要被折斷似的。

他的唇覆蓋上她的。

「呃，我快喘不過氣了。」

「呵呵，這就是我示愛的方法。大人不這麼親你嗎？」

深芳野搖搖頭。突然，她低低地呻吟了一聲，好似一道閃電穿透她的全身。和賴藝有著天壤之別。

「很快就會習慣的。」

「哦。」

「深芳野，我終於得到你了，就像一步登天。你也要高興才是。」

深芳野漸漸褪去羞澀。她體內潛藏著的某種東西被喚醒，開始劇烈掙扎著。

深芳野的長髮散亂在榻榻米上，隨著她身體的起伏而彎曲滑落。

「深芳野，舒不舒服？」

「很好。」

「給我生兒子吧。」

這天夜裡，屋簷上方美濃的天空中劃過很多流星，看到的村民都私下嘀咕，恐怕天下要大亂。誰也未曾想到，深芳野和庄九郎的交歡，將會給美濃帶來不斷的變故。

庄九郎從深芳野的身上下來後說道：

「我要爲你蓋房子。還會給小國發俸祿。西村家保證讓你住得舒舒服服的。」

深芳野把臉深深地埋進庄九郎的胸前。她分不清楚這是不是幸福，但能肯定的是，此刻很溫暖。身邊的男人熱情似火。

川手城

深芳野到手後，庄九郎還剩下一個目標。

奪取美濃的府城川手城。

攻下城趕走國主（守護職）土岐政賴，讓其弟賴藝繼位。這是他答應賴藝的。

換言之，就是他得到深芳野需要付出的「代價」。

庄九郎第一次和深芳野男歡女愛後，把她纖細的小指含在嘴中愛撫，讚道：

「古語說傾國傾城，你就是。」

傾國傾城的意思是，帝王沉溺於寵妃的美色而荒廢朝政，最終國破人亡。——可見這裡指的女子美得驚人。

「我嗎？您說的我不明白，什麼時候敗國了？」

「不不，我說的不是這個意思。」

也難怪，仔細一想，這個詞並不符合現在的情況。

沉迷於深芳野美色中的是庄九郎。他並不是帝王。

作爲深芳野交換的代價，要趕走一無所知的美濃國主土岐政賴，然後雙手奉給他弟弟，不正是「敗城」嗎？敢情政賴才配這個名銜。

「這只是打個比方。自古以來，傾國、傾城、國色等等，都是對美人最高的形容。」

川手城——

也寫作革手、河手。

庄九郎把能查的都查過了。

川手城建於土岐氏的全盛時代，鎮守著美濃、尾張和伊勢三國百數十萬石的領地。可謂規模宏大。

「大人，地形圖畫出來了。」

十天後，赤兵衛和耳次將他們親眼觀察的川手城城內的道路、各大關口和房屋都畫了下來。

「政賴住在哪兒?」

「就在本館御花園裡面，房頂鋪著瓦，後面是土牆。」

「辛苦你們了。」

庄九郎放進懷裡收好。

接下來，他想親眼證實一下城裡的情況，一天，他作爲賴藝的使者，帶著獵鷹時抓到的獵物，前往川手城拜見政賴。

這座城的遺址如今位於岐阜市南郊某女子高中的操場。只有一棵老冬青樹，勉強能讓人聯想起古城舊址。樹旁立著一塊石碑，刻著「史跡川手城址」的字樣。而當時周邊的護城河境川，如今只剩河溝。

然而映入庄九郎眼簾的川手城，卻是另外一番風景。到底是府城。

（果然華麗。）

庄九郎策馬徐行，來到護城河對岸。

河水很深，蹚過去很難。河對面是土牆，不是岩石堆砌的，而是用挖河的泥土砌起來的。想必沒什麼防禦能力。

與大手門之間搭了一座木板橋。庄九郎下馬徒步過橋。

門衛立刻放行。

「辛苦了。」

最近庄九郎在美濃名聲大噪，門衛用看見某種珍稀動物似的眼光，饒有興趣地盯著庄九郎。

而庄九郎泰然自若，環視著四周。

（看來，土岐家的泰平時間太長了。）

他切實地感受到這種氣氛。從足利初期至今，經過賴康、康政、賴益、持益、成賴、政房數代的守護職，直到現在的政賴。

城裡的房屋都華美精緻，看不出其中有用來作戰的。

其實，當時地處平原地帶的大名府邸大都如此，在作戰這一點上表現出巨大進步的，要到庄九郎即後來的齋藤道三建築的稻葉山城（金華山城．岐阜城）之後。

（中看不中用。）

庄九郎從建築設計的眼光，審視城裡大大小小的房屋、配置和道路。房屋的名稱和作用，事先已經讓赤兵衛和耳次調查過，庄九郎進而又把這些房屋的後面察看了一遍。

這種中世時期風格的老式城樓還有一個弱點。

打仗的官兵不常駐在城裡或城下，高級武士都各自在自己的封地建起小城居住。有事時派人去通報，或是聽到命令出陣的螺號、鼓聲等才出城作戰。

這一習慣由來已久。自武家興盛後，從平清盛、源賴朝到足利尊氏，都沒有另外建城，也沒有把部下將領都集中在城下。

（以後的時代可行不通，需要建一座防守用的巨大城樓才行。）

庄九郎腦中浮現出一座灰白色石灰岩結構的巨大城池。相形之下，眼前的川手城顯得幼稚多了。

跟隨門衛走沒多遠，迎面來了一名武士，看上去像是政賴身邊的武士頭目。此人開口說道：

「您就是西村勘九郎大人吧，主公正在等你，請隨我來。」

庄九郎跟隨其後。

（政賴很討厭我。）

他早就知曉這一點。

政賴曾經說過自己是「奸詐之徒」，還說：

「弟弟賴藝接納這種人並允其沿襲西村一族，我可不上當。休想靠近我的地盤。」

但是這次作爲賴藝的使者前來，政賴也不得不接見。

（政賴會是何種態度呢？）

庄九郎在心底暗暗猜測著。

城裡政賴的府邸偏向東南而建，大門面北。

當下流行的書院結構。

（玄關到了。）

帶路的武士卻不領他走正門，而是打開屋角一側的籬笆，領他進入院子。

到了院裡。

「請在此等候。」

武士頭目刮過鬍鬚的下巴泛著青白色，好像有些於心不忍。

庄九郎席地坐在白色沙地上。這一招有些意外，是下人的待遇。

武士頭目自報了家門。

「我是本國明智鄉之主明智九郎賴高。」

「呃，您就是赫赫有名的明智大人嗎？」

明智是土岐氏的分支，也是美濃的望族之一。庄九郎曾試圖接近他們。

（原來此人就是明智九郎賴高。——）

果然儀表堂堂，頗有武者風範。

九郎賴高之子明智光秀，後來拜道三爲師，這是後話。

「西村大人，還會有機會見面好好聊的。」

明智好像對庄九郎頗有好感。

「在下也十分期待。」

庄九郎爽朗地笑著。明智賴高也報以微笑。初次見面，彼此都似乎感覺到志趣相投。

明智賴高迅速離開了。

只剩下庄九郎獨自一人。

抬眼望去，正前方有幾級帶有扶手的台階，上方是屋簷。裡面是供身分高的人使用的上座。

庄九郎原地等候著。

等了一個多時辰，也不見守護職土岐政賴的身影。

（故意的吧。）

庄九郎向後一仰躺了下來。

他把胳膊枕在腦後，心中盤算，既然對方態度如此，我就要用我的辦法對付他。如果還順從地坐著，那對方這個鄉下的貴族恐怕要更看輕自己了。

不久，屋簷下傳來凌亂的腳步聲，政賴的家臣十五、六人來到走廊上坐下。

「西村勘九郎，還不快起來！」

其中一人呵斥道。

緊接著，隱約傳來榻榻米上走動的摩擦聲，庄九郎把眼睛睜開一條縫。

（此人就是土岐政賴了。）

年紀三十左右，和弟弟賴藝不同的是，此人十分肥碩。

「這可是在守護職面前！」

庄九郎這才睜開眼，不慌不忙地整理好衣服跪地請安。

「在下西村勘九郎。」

「沒聽說過。你不是在我弟弟賴藝那兒混飯吃的京城油商山崎屋庄九郎嗎？」

他的聲音高亢單薄，與他肥胖的身子極不相稱。

「確有其名。」

「我接見的是山崎屋庄九郎，所以安排在院裡。」

「大人，您可是要買油嗎？」庄九郎傲然說道：「如果美濃太守要親自買我一升油，我也會賣的。」

「還不快閉嘴！」

「大人剛才不是說接見的是油商嗎？不買油還能有別的事嗎？」

「放肆，勘九郎！」

說話的是政賴的家老長井利安，和賴藝的家老長井利隆同族，美濃人稱他爲守護代或小守護大人。此人也看不上庄九郎。

「哎哎，剛才你叫我西村勘九郎了？西村勘九郎是賴藝大人的家臣。這次奉主命前來拜見，你們卻將我當作下人、罪人對待，在此沙地等候。」

庄九郎加快了語速：

「在下重複一次。西村勘九郎乃主公的代理之身，拒在下於門外，也就等同於拒貴國國主弟弟賴藝於門外。小守護大人，是這樣嗎？」

「你、你敢愚弄我？」

「被愚弄的應該是在下吧。算了算了，今天此番遭遇，可見賴藝大人已經被視作下人，在下所言不假吧？」

話語中透著威脅。

「小守護大人，請回答在下。」

對方無言以對。

「在下主公受此羞辱。古話說臣寧死不容君受辱，在下剛才躺著時一直在想，西村勘九郎是不是應該就地拔刀爲主公雪恥呢。小守護大人，依您之見呢？」

「你如此出言不遜……」

「且慢，在下還有話說。此國的城鄉到處皆有傳聞，雖不知守護職政賴大人有何存念，說是要對弟弟賴藝洩心頭之恨，在某個月明之夜殺進鷺山城一決勝負，確有此事嗎？」

庄九郎這一謊言是爲了給以後的行動埋下伏筆，傳聞是由赤兵衛和耳次四下散佈的。

政賴和長井利安一眾自然是頭一次聽說。

「西村勘九郎，休得妖言惑眾！」

「那也要看時間場合。此事關係重大，無法坐視不理。」

「你聽誰說的？」

「還用得著是誰嗎？國中百姓無人不知。剛開始，在下還付之一笑，根本不信。但是今天受到如此冷落，在下不得不信。」

院中的男子，儼然變身爲質問的立場。

「西村勘九郎已置生死於身外，請賜教。」

「……」

長井利安湊近政賴耳邊，說了幾句話。

不久又回到原位坐下，說道：

「勘九郎，此話毫無根據，有機會再詳細道來，今天就到此爲止吧。把你領到院裡，一定是什麼地方弄錯了。總之，以後我會安排你重新拜見大人，今天就請回吧！」

和方才的態度判若兩人。

守護職土岐政賴陰沉著臉站了起來。

家臣尾隨其後紛紛退下。

庄九郎也站起身來。

就快天黑了。

庄九郎被領到一間屋裡，吃了碗泡飯。先前的明智賴高陪坐一旁。

「再來一碗。」

庄九郎將空碗遞給小姓。

小姓連添了六次。

「大人好飯量啊！」

明智賴高看呆了。

「你可不知道，說了那麼多話，肚子都空了，剛才五碗下肚都沒感覺。」

最後一碗飯落肚後，庄九郎將手撐在大腿上伸伸腰，換了個坐姿。

「您這是？」

「如果放了毒，這會兒應該有反應了。我剛才試了試胃裡的感覺。」

「佩服佩服！」

剛才庄九郎狼吞虎嚥時，明智心底便暗自敬佩。

如果想要下毒，這個機會再好不過了。

庄九郎一定也心存顧慮。即便如此，他還能泰然自若地吃下六大碗飯，膽量可非同尋常。

小姓撤下碗碟。

乘此時機，明智賴高迅速湊近他耳邊說了一句話。

「你說什麼？」

庄九郎貼上耳朵，左手撫膝。

「回去的路上有埋伏？」

「噓，小聲一點。我只是提醒你注意，沒說有。」

「對對。」

庄九郎從懷中掏出牙籤，開始剔牙。

明智賴高已經被此人的氣度完全折服。

火焰劍

明智賴高在庄九郎耳邊說的那句話是：

「回去的路上要小心。」

並不是嚇唬他。

川手城已經做好暗殺的準備，殺手的頭目叫可兒權藏。權藏是後來作爲講談豪傑在立川文庫登場的可兒才藏的父親。

「聽好了，權藏。」肥胖的守護職土岐政賴直接下令：「聽說對方是耍槍的高手，你可不能大意。」

「請主公放心。」

可兒權藏掩飾不住滿臉的興奮，拍著膝蓋保證。

當時的武士界都有這種習俗，無論是暗殺還是奉命討伐，只要主君選中自己就是一種榮耀。不像德川時代講究忠義仁孝，而是視個人的名譽如命。美濃國主看上自己的勇猛，就是權藏至高的榮譽。

權藏把手下都留在自己的封地可兒村了，於是從「小守護大人」長井利安那兒借了十個人。

他帶著眾人出城，藏在城外的三丁松原附近。

那時，庄九郎剛吃完泡飯，從懷裡掏出牙籤正在剔牙，不時發出「嗞嗞」的聲音。由於下巴比較突出，剔牙時看上去像在笑。

不久他扔下牙籤，擊了擊掌。伺候著的兒小姓跪在門廳聽命。

「把我的隨從叫來。」

很快，赤兵衛和耳次來了。

「赤兵衛在此。」

「耳次參見大人。」

「我有話說，你們過來。」

兩人應聲湊上前來，庄九郎把城主想暗殺他的事情說了。

「他們應該會有這一手，我早就預料到了。」

庄九郎愉快地笑著，又掏出一支牙籤開始剔牙。

「耳次，你先去探探路，看看敵人來了多少，有沒有帶弓箭，我出城時向我報告。赤兵衛，你到城裡的街上買兩輛貨車、兩口大鍋、十捆柴火、兩斗紫蘇油到城門口等我。快去。」

二人領命而去。

而庄九郎爲了拖延時間，叫來兒小姓，說要請大夫。

「我肚子疼。」

他佯裝不適，倒頭睡下了。

不久，大夫來了，給庄九郎把了脈、煎了藥。庄九郎靜靜地等著。藥煎好時，耳次和赤兵衛也該完成任務了吧。

藥煎好了。

大夫用碗盛湯，要給庄九郎喝，他卻拒絕了。

「好像沒事了，把把脈就好了。」

他出發了。

出了城門。

天色已經全黑。這一天是朔日，只有星星不見月亮。

耳次來了。

「殺手有二十人左右，沒帶弓箭。」

「天助我也。赤兵衛。」他向著對面的黑暗處叫道。

赤兵衛嘰嘰呀呀地拉著貨車來了。

「讓你拉車感覺不錯嘛。」

他開著玩笑緩和氣氛，又讓隨從各拉一輛車，一輛在前，一輛在後。

「赤兵衛，可以點火了。」

「遵命。」

貨車上各置了一口大鍋，鍋裡注滿油，下面則搭好了柴火堆。

赤兵衛分別點火。

火苗噌地一下冒出來，不久就染紅半邊天。

庄九郎走在兩輛「火焰車」之間。

川手城下的住家大驚失色，還有人特地跑過來查看。

——那是誰啊？

——不就是鷺山城賴藝大人的總管，名叫西村勘九郎的那個人嗎？

「這種架勢可眞少見。」

大家紛紛猜測。庄九郎的目的達到了。只要大家都知道在火焰的照耀下行走的人是西村勘九郎，就無法輕易遭到暗殺，因爲很容易發現是誰下的手，幕後操縱者的身分。

庄九郎要做得更誇張。

「赤兵衛，告訴大家，下面我要邊走邊修練日蓮宗秘傳的護摩大法（譯注：密教的一種，在不動明王和愛染明王前架起火爐燒火，具有驅除煩惱、驅邪避災的功效），想要祛病除災的人跟著大火一直走到鷺山，就能功德圓滿。」

「好的，我這就去。」

赤兵衛站在眾人面前，發揮他得自庄九郎眞傳的能言善道，傳達了上面的話。

眾人依稀聽說過庄九郎是修煉日蓮宗的，而美濃的日蓮宗寺院只有常在寺一家。

何況此人還是日護上人的師兄弟。

想必他雖然還了俗仍然法力無邊，大家都爭先恐後地擁擠在兩輛貨車旁。

南無妙法蓮華經
南無妙法蓮華經
南無妙法蓮華經
南無妙法蓮華經
南無妙……

庄九郎從脖子上取下佛珠，一邊在掌中拈著，一邊開始大聲地念誦經文。

眾人的情緒也爲之沸騰。這種宗教越是稀奇，大家就越感到新鮮。

另一方，埋伏在三丁松原的可兒權藏看到對面走來的火焰隊伍，不由得大驚失色。

「可兒大人、可兒大人，這該如何是好？」

有個小頭目臉色蒼白地跑過來。

「別說暗殺了，沒法下手。」

「滾開！」

可兒心有不甘。

「啊？」

「你要是害怕，就滾開，我一人出馬就行。可兒鄉的權藏豈能看到對方點著火過來，就灰溜溜地捲起尾巴回去？」

「那您的意思是殺進去？」

「你害怕了？」

「那倒不是。只是火那麼亮，人又多，恐怕會被認出來。」

「那又怎麼樣？」

「那，恐怕會給主人（利安）帶來麻煩，進而影響到國主大人（政賴）的英名啊！」

「我討厭這種偷偷摸摸的做法。暗殺對武士來說如同戰場，應該堂堂正正地衝殺上去才是。怕了的人回去，我可兒權藏一個人出名就行了。」

「您的野心太大了。」

誰都有功名之欲。

眾人不再顧慮，紛紛拔刀在手。用槍的人則握緊手中的槍，等著火焰靠近。

「……」

可兒目視前方。

松樹在火焰的照耀下就像夢裡的風景一樣虛幻。眾人的步伐揚起的灰塵長長的，竟像彩雲一般掛在松樹的枝頭上。

人群逐漸靠近，可以清晰地聽見朗朗的念經聲。

南無妙法蓮華經

南無妙法蓮華經

南無妙法蓮華經

庄九郎就在眾人的中央，他也在大聲地念經。眼睛卻警覺地掃視著四周，絲毫沒有放鬆。大家都沉浸在神聖的宗教中，只有庄九郎一人壓根兒就不信什麼所謂的功力。

（來了！）

庄九郎注意到松林根部到處晃動的人影，握緊佩刀的刀柄以便隨時拔刀。

同時，他轉身面向著眾人喊道：

「大家的虔誠實在讓人敬佩，護摩的法火足以保佑大家無病無災，本想一直帶領大家前去鷺山，卻出現不測的事情。前面有刺客埋伏。川手城的城主想要滅掉鷺山的親弟弟，計畫先除掉我們這些人。我們要爲了主公而在此迎戰，請大家找地方藏身，日後有機會要把今日所見傳給後人。」

眾人瞬間鴉雀無聲。緊接著「哄」地分散開來，有人逃跑，有人藏在松樹後面，還有人大聲鼓勵著庄九郎，也有緊跟著貨車的，場面混亂不堪。

庄九郎仍然繼續拉著貨車前行。

不久，在熊熊火焰中，有人像撲火飛蛾一樣跳過來。

庄九郎的數珠丸恒次「唰」地出鞘，不到一個回合，就砍倒了來人。
敵人重重地摔在地上，手還在動。
庄九郎上前補一刀，揮手喚來赤兵衛，命令道：
「砍下此人腦袋，作爲日後的證據。」
庄九郎的刀法太快太狠，敵人似乎被威懾住了，再沒人敢撲上前來。
庄九郎和點著熊熊火焰的貨車繼續前進。很快就到了可兒權藏的眼皮底下。
權藏拔出大刀，緩緩走到路中間停下來。
「你就是西村勘九郎嗎？」
「正是。來者何人？」
「美濃可兒鄉人可兒權藏是也，受人之命要取你性命。」
「原來美濃赫赫大名的可兒權藏就是你啊，早就想見上一面了。像你這樣的勇士，不上戰場，卻受到這等使喚，眞是可惜。」
庄九郎很了解如何抓住權藏這種人的心思。

權藏面露畏懼之色，心想此人完全不像川手城中的人，反而像是武士所傾慕的對象。
不過，這種人往往是強敵。
他邁出步子。
庄九郎從赤兵衛手裡接過槍，橫空向他足下掃去。
權藏躍起躲開，身體卻失去平衡。腳尖落地時，庄九郎的槍尖已經刺到胸前。
「噗哧」一聲，庄九郎把槍向前一送。
權藏向後踉蹌一步。
這當兒，庄九郎舉槍向上一翻，又橫空襲擊他的腳底。
權藏「撲通」一聲倒地。
庄九郎的槍尖指在權藏的喉結上。他的槍法太出神入化了。
「別動，要不休怪我無情。可兒，你讓人敬佩，不愧是享譽三國的勇士。」
庄九郎並沒有嘲諷的意思。

他很認眞地說道：

「只是在下的槍比你的大刀要長些罷了，輸了也不足爲恥。日後找機會再喝茶談心吧。」

庄九郎隨即收槍。

可兒權藏慢慢地爬起來，不卑不亢地走到庄九郎身邊，拍拍他的肩膀道：

「我輸了。不過能輸在您的槍下，我服了。就此別過。」

說完便消失在黑夜中。

庄九郎走出幾步，小聲對赤兵衛說：

「早就聽說美濃出武士，果然有明智賴高、可兒權藏這些有趣之人。然而他們都久居深山不問世事，而掌握此國權力的竟然都是些侏儒小人。趕走這些侏儒重用這些武士，想必美濃會成爲天下第一強國。」

庄九郎雄心勃勃，沒人比他更輕視人類，卻也沒人比他更看重人才。

…………

翌日清晨，庄九郎上了鷺山城。

見到賴藝後，庄九郎把昨天發生在川手城的事，以及三丁松原的事詳細描述一遍。

這個侏儒自然大吃一驚。

「勘九郎，看來哥哥對我懷恨在心啊。」

「豈止是懷恨在心，只有滅了大人，國主大人才能坐穩根基，要滅了您，就要先除掉您的左膀右臂。」

「我懂了，」賴藝氣得橫眉豎目：「我可不會坐以待斃，我要先找他算帳。」

「大人，發書狀廣告天下吧。」

還好賴藝的人緣不壞，加上長井利隆的家臣和下官，應該馬上能湊齊三千人。

「勘九郎，不知道我哥哥會有多少人馬？」

「一國之守護職，想必湊一萬人不難吧。」

「我們只有三千人，三千對一萬。」

賴藝有些膽怯，庄九郎卻笑了：

「大人不能光打算盤數數。打這種仗，可不是一萬人對三千人這麼簡單。您聽在下給您算算。」

庄九郎的打算是，抓住川手城的薄弱之處一舉進攻。只要趕走政賴讓賴藝當上守護職，美濃的豪族和鄉侍（鄉里的武士，編按）一定會爭先恐後地俯首稱臣。

他們並不喜歡政賴，但也不是發自內心地愛戴賴藝，他們都只顧自己。那個時代的君臣關係就建在在個人主義上。

「哈哈，打仗可不是加減（加法減法）那麼簡單。」

庄九郎讓賴藝寫了書狀，又讓長井利隆一道署名。

他連夜拿著書狀，開始逐城逐戶拜訪美濃的小豪族和鄉侍。

那那小姐

庄九郎忙著策劃陰謀。對他來說，陰謀才是活著的意義。

（遲早我要拿下美濃一國，得好好策劃。）

不破郡、養老郡、海津郡、安八郡、羽鳥郡、揖斐郡、本巢郡、稻葉郡、武儀郡、郡上郡、可兒郡、土岐郡、惠那郡等，庄九郎遍訪國中大大小小分割的地主豪族，下達賴藝的書狀。

當然也花了錢財。

每個月，京都的山崎屋都會送來數不清的金銀珠寶。

在美濃的豪族眼中，庄九郎簡直就像帶來福氣的活菩薩。

也有不喜歡庄九郎的，很明顯都是守護職政賴的人馬。庄九郎當然不會去找這些人。

當時，庄九郎得了一匹叫作「赤兔」的駿馬。與其說是馬，更像是一頭高大的猛獸。庄九郎騎著馬挽著槍，翻山越嶺，風雨無阻。

他逢人就說：

「鷺山的賴藝大人太委屈了。如此寬宏大量，還被兄長守護職大人視作眼中釘，想要除掉他。請大家務必保全賴藝大人。」

他去了好幾次明智鄉，這裡是上面提過的明智下野守賴高的領地。

明智鄉位於三河邊界的山谷，離美濃平原將近二十里，道路異常險峻。

因此美濃平原的人對東方峻嶺這一帶心懷恐懼，並不稱它爲惠那郡或明智鄉，而是籠統地通稱爲「遠山」。

話說德川時代有名的町奉行（譯注：江戶時期，掌管領地內行政、司法的官員，幕府與各藩都設有此職務）「遠山金四郎」遠山左衛門尉景元，因爲歷史小說與說書人的流傳下成爲傳奇人物，他的祖先就出自這個地方。

「您眞是厲害，竟然來到如此的深山中。」

僅此一點，明智賴高就對庄九郎佩服得五體投地。

庄九郎試圖接近豪族，最好能結成親密的關係。

他感覺將來明智一族能成爲自己的好幫手。

庄九郎十分欣賞賴高。

而賴高似乎也有同感，其實早在川手城見到庄九郎時，他就覺得很投緣。

山谷多生智者，明智賴高在美濃數一數二的幾家村落貴族中，是頗有才華的人物。

也就是說此人很有思想。

「勘九郎大人，」他如此稱呼庄九郎：「這裡雖是山區，卻東連信州，南接三河，是美濃、信濃、三河三國的國界。因此要比美濃平原的人更瞭解各國的情況。」

看得出賴高對各國的動靜保持著高度的警惕。否則，這塊位於國界的小領地早就糊裡糊塗地被鄰國吞併了。

賴高接著說：

「京都的幕府形同虛設。天下局勢劇變，各國英雄輩出，唯有美濃獨享安樂，這是不可能長久的。

——有實力的人，」他頓了頓，瞟了一眼庄九郎說：

「如果不振興土岐家的話，美濃很快就會成爲鄰國的囊中物。」

庄九郎初次造訪明智鄉賴高的府邸時，停留了三日。

他似乎陷入愛河，不知道算不算是愛。

停留期間，他得知府裡住著一位那那小姐，很感興趣。

她是賴高最年幼的妹妹，由於年紀相差甚大，賴高對她的寵愛勝過自己的子女。

她的眼睛比常人更爲細長，唇略厚。雖稱不上是美人，卻有股撩撥男人的風情。

（我得弄到手。）

庄九郎送了不少京都運來的禮物來獲取那那的芳心。這些禮物，其實都是些糖果。

小女孩都喜歡糖果。

那那也不例外，她只有八歲。

「小那那，小那那。」

庄九郎像對待孩子一樣抱抱她，有時還蹭蹭她的小臉。

像庄九郎這般謹慎的人，還不至於對八歲的幼女懷抱不軌之心。他還沒到想女人想到變態的地步。

他自有打算。

那那纏著庄九郎爬上他的膝蓋時，庄九郎總是撫著她的頭髮喃喃道：

「小那那，長大了給我當媳婦吧。」

他是認眞的，以他自己的方式示愛。

那那是明智家已故當主的遺腹子，如果庄九郎娶了她，那麼明智家族一定會聽命於庄九郎。庄九郎暗自下定決心。

那那也黏著庄九郎。她本來就是個孩子，想要的也只是糖果而已。

當時砂糖非常珍貴，砂糖做成的京都糖果在美濃的山裡簡直有如寶石一樣，那那當然喜歡。

「哈哈，那那已經黏上勘九郎大人了。」

賴高雖然未聯想到庄九郎的遠大計畫，這兩人的和睦相處卻映在眼裡。

第三次造訪明智鄉時，明智賴高說的話出乎庄九郎的意料。

「既然那那這麼喜歡勘九郎大人，就帶到鷺山城裡或是您的府邸去住些日子吧。」

話裡隱藏著別的意思。明智一族既然已經站在土岐賴藝一方，按照這個時代的禮儀，明智家應該交出人質。這既表示政治立場，又顯現誠意，是合乎常情的規矩。

賴高交出那那作爲人質，庄九郎立即拍膝稱快：

「賴藝大人一定非常高興。」

其實，是庄九郎自己樂得想要翻筋斗。

§

庄九郎給那那換上京城的衣裳，精心打扮一番之後，一同回到鷺山城下的家中。

他馬上叫來木匠，命令他們夜以繼日地給那那蓋一幢新房子。

新房的佈置對一名八歲的小女孩來說簡直是太奢侈了，比深芳野的居室更豪華。

「因爲是受很重要的人託付。」

庄九郎向深芳野解釋道，然而她心裡並不高興。

（如果是大名的人質還有情可原，不就是個山裡土豪的閨女嗎？）

也太當回事了吧。

庄九郎甚至親自給那那洗澡。

深芳野內心的平靜被打亂了。雖然她也知道，那那只是個八歲的孩子。然而庄九郎對那那的態度，實在讓人有些不齒。

（奇怪……）

深芳野心下想著，卻又不願意讓女侍知道自己在嫉妒。

（一定是因爲肉體。）

這裡指的是她自己的肉體。雖然外形上變化不是很大，卻已接近臨盆，這個時期的女人容易焦躁。

深芳野的疑心並非沒來由。

她終於打聽到庄九郎給那那洗澡的情形。庄九郎拿著臉皀細心地給那那擦拭身體，就像在磨一塊珍貴的寶玉一樣。

一天夜裡，深芳野委婉地開了口：

「雖說還是個孩子，但畢竟是女子，您親自給她洗澡似乎不太合適吧。」

「覺得我有不軌之心嗎？」

庄九郎出乎意料地坦然微笑。

見他十分坦蕩，深芳野不由得放下心來。

雖說深芳野對庄九郎尚未到愛戀的地步，但她覺得：

（這個男人也許就是唐土的《三國志》裡出現的英雄吧。）

她開導自己，如此的「英雄」不可能會對一名幼女做出不齒的行爲。

「那您爲什麼要那樣呢？」

「眞是不可思議。」

庄九郎自顧自地說道。

「您指什麼？」

深芳野不得其解：

「什麼不可思議？」

「小女孩的肉體。我的童年、青年都是在寺院這種禁欲的地方度過的，在女人方面一直受到壓抑。還俗後才有機會接觸到女人，不過從小在寺院裡就對小女孩加以各種想像，直到現在還像個謎一樣留在心底，無法解開。」

「那我就不懂了，萬阿夫人和我不都是女人嗎？」

她本想說，我們兩人的肉體難道還不夠嗎？但終究沒有勇氣說出口。

「不，你和萬阿是成熟的女人肉體。」

（眞噁心。）

深芳野垂下頭。

「正因爲我愛你和萬阿，才會對那那感興趣。我只是想知道，你們倆是怎麼長大成人的。」

他的解釋僅僅是因爲好奇心。說來庄九郎一旦對什麼東西感興趣，就會鍥而不捨，把好奇心徹底地轉換爲知識是他一貫的作風。

「但是，請您……」

「別這樣了是嗎？」

「對，否則深芳野會討厭您的。」

「別說了。」

庄九郎的神情嚴肅：

「深芳野，我喜歡你。如果可以，我更想從你小的時候就擁有你，這是所有男人的心願。」

「只是庄九郎您自己的心願吧？」

「我是個占有欲強烈的男人，所以也希望擁有你的過去。然而，你的過去現在已無處可尋，所以，那那就是你的過去。」

「這……」

深芳野吃了一驚。

「您摸了那那的那裡了？」

「那還用說，摸了才能更愛你。」

「臭和尚！」

她氣得差點脫口而出。此人總是有這種奇怪的理論，他想用這種理論證明自己行爲的正當性，爲達到目的不擇手段。

「深芳野。」

庄九郎過來想要摟她。

（不要！）

她馬上躲開了，此時她連手都不願意讓他碰一下。

庄九郎放聲大笑，然後說：

「你還是不懂我。」

便鬆開了手。

（幸虧我不懂。）

深芳野在心中吶喊。此刻她發現，自己竟然如此地懷念糊裡糊塗就被奪走了自己女人的賴藝。

「噢，動了動了！」

庄九郎突然說。他把手掌蓋在深芳野的小腹上，裡面是胎兒。

「是個男孩兒吧。」

他的聲音此時就像個天真的孩子。

「我後繼有人了。」

「……」

「又動了。」

庄九郎把耳朵貼在深芳野的肚子上。她睜著雙眼瞪著天花板。

表面平靜的她內心卻是波濤洶湧。

（我要報復——）

雖不至於如此激烈，卻有著相似的快感。肚子裡的孩子確實在動，只是沒人知道，他並不是庄九郎播的種子。

他是賴藝的孩子。賴藝曾經播下的種子至今尚在她體內生息，這個孩子長大後，自己和庄九郎，還有賴藝之間，會是什麼樣的命運呢？

庄九郎還在認眞地聆聽著。深芳野開始同情起這個男人。

（就算你再聰明。）

深芳野心想，唯獨這裡是男人無法踏足的。就算庄九郎何等的有勇有謀，也無法到女人的子宮裡一探究竟。

看不到深芳野肚子裡的庄九郎，卻看到了美濃國內的大小動靜。

他已經打點好所有會支持自己的豪族，也大致瞭解了川手城裡的守備情況。

終於迎來政變的這一天。大永七年（一五二七）八月的一個月圓之夜，庄九郎在鷺山城下悄悄集結了五千五百人的兵馬。

篡奪府城

這裡的泥沼地很多。

月亮從金華山升起時，庄九郎的政變部隊從鷺山城下出發了。

泥沼在月色的照耀下，到處反射著白光。

美濃平原種有大量的榛樹，月亮照亮半截樹幹，群魔似地佇立在原野上的溝壑中。

五千五百名身穿盔甲的大軍沿著樹林裡的羊腸小徑，分成兩列前進。

庄九郎下令給馬銜嚼子，用繩綁住金屬扣以防勾到盔甲腰部的草褶上，槍尖則捲上稻草避免月光的反射，將士們一律不許出聲。

鷺山城距離美濃的府城所在地川手城一里半。

「好美的月色啊！」

庄九郎策馬走在隊伍前面，抬起頭盔回頭望著月亮。今天是中秋之夜。

「好一個中秋賞月。」

庄九郎心底暗自發笑。

大永七年八月，一輪滿月高掛天空。此刻的庄九郎意氣風發。

他的目標是川手城，國主政賴一定正在大擺京都格調的觀月酒宴吧。

（想必此時城裡一片舞樂翩然的景象吧。）

這也是選擇今晚的理由所在。城裡的人數，估計頂多是一百名女子、一百名侍衛而已。

幸運的美濃國主土岐政賴，做夢也不會想到和平穩定的美濃國會發生叛亂。

從鷺山城出發時，土岐賴藝單獨喚了庄九郎再次確認道：

「勘九郎，眞行得通嗎？」

他的臉色蒼白，上下牙齒在打戰。

「大人不必擔心，請做好搬到川手城的準備就行了。」

「總覺得不踏實。」

「怎麼，大人信不過我勘九郎嗎？今晚請早些安歇，或是畫畫您喜愛的鷹，度過一個美好的月夜如何？明日一早您睜開眼睛，就是美濃守護職、一國之主了。」

「就這麼簡單？」

庄九郎並未回答，而是說：

「爲大人奪取美濃是對賞賜深芳野的諾言。勘九郎縱然粉身碎骨，也要實現對大人的諾言。」

「費心了。」

賴藝謝道。累世的貴族，不過是什麼也不會的嬰兒而已。

「說起深芳野，還眞是個好女人，這可是大人和我兩人之間的秘密呢。這陣子更見豐滿，更有女人味了。」

「是嗎？」

賴藝有些失落地點點頭。

「是個熟透了的女人，只要輕輕一碰，就像要溢出水來。」

「勘九郎，夠了！」

賴藝無法再聽下去。深芳野私處的芬芳、歡愛時的舉止、喘息聲似乎就在眼前。

「但她即將臨盆，謹慎起見，不再喚她侍寢了。」
「應該如此。」
「這可是我勘九郎第一次有孩子呢。」
「嗯。」
賴藝小心翼翼地看了一眼庄九郎，他似乎深信深芳野腹中的孩子是自己的。
（這麼厲害的人也有大意的時候。）
賴藝心裡的石頭落了地，從藝術家的角度再次感到人有時候實在是可笑。

庄九郎踏著月色蹚過長良川。
順便也察看一下淺灘。
「跟在我的馬後。」
庄九郎就像世世代代生活在這條河邊一樣熟悉地牽著韁繩，策馬挑選淺灘和中洲行走，過了河。
上到對面的堤岸，部隊又向前行進了一段路。
可兒權藏驅馬奔過來。

「西村大人，有事相求。」
「請講。」
庄九郎正視著權藏。
「我想當第一騎。」
「當然可以。」
「別以為我不知道，明智大人是這次的先鋒，讓給我吧。」
這就是當時的武士。
前幾天還是政賴的手下，如今卻主動要當叛軍的先鋒。名聲高於一切。
「如果可兒權藏未加入此軍就另當別論，但是既然已經加入，就不能讓其他人搶先，否則傳到全國或是鄰國，都要被恥笑。請務必讓我當追手門攻城的先鋒。」
「那好吧。」
庄九郎點點頭，馬上將自己擔任的進攻後門的大將之位，爽快地讓給可兒權藏。軍功就讓給別人吧。可兒作為第一騎一直留名後世，成為這場叛亂不可推脫的主謀之一。

「您要是率先攻下後門，那麼您的大名可就響徹上方（譯注：指京都及其附近地區）乃至關東了。」

可兒回到自己的行軍隊伍後，立即有七、八名武將策馬過來。

「我們不懂，」他們表示：「權藏這種身分低微的人怎麼能當後門的先鋒呢？我們才應該一馬當先攻城。」

「美濃以弓箭聞名天下，他當先鋒最應當不過了。」

庄九郎笑瞇瞇的。

這次他的身分是賴藝的代理，可以自由指揮。

「那好，你們都當追手門的先鋒吧。」

「不是明智大人嗎？」

「對，明智大人也是先鋒。然而今晚的討伐並不設第一、第二名，有想當先鋒的，就到追手門列馬，最快的人就是先鋒，你們覺得怎麼樣？」

士氣頓時高漲。

庄九郎立刻策馬到明智賴高身旁，委婉地說明情況：

「你今晚就當副將吧，請理解年輕將士的心情，打仗就得靠氣勢。」

「遵命。」

明智賴高本就對庄九郎有好感，立即答應。

很快的，前面出現川手城下町的燈光。

此時此刻，正如庄九郎所料，美濃守護職土岐政賴正在觀月宴上豪飲。

「再跳一曲。」

他親自敲著小鼓。

跳舞的是來自京都的白拍子（譯注：平安時代末期至鎌倉時代時興的一種歌舞）舞姬，她們穿著古時的男子布衣，佩戴著衛府的大刀，看上去分外妖嬈。

一共五人。

其實，她們是杉丸奉庄九郎之命從京都請來的，幾天前就來到川手城下。政賴做夢也不會想到，庄九郎竟會在幕後操縱。

聽說城裡來了京都的舞姬，政賴立即吩咐讓她們來觀月宴助興。

杉丸則假扮白拍子舞姬的領隊。所幸城裡並無人知曉他是庄九郎的手下。

杉丸對今晚的兵變一無所知。如果知道，想必他一定會大驚失色，像他這種老實不善做戲的人，弄不好會洩露天機。

赤兵衛和耳次混在白拍子隊伍中，在守城門衛的小屋裡待命。門衛早就用錢財疏通好了。

「耳次，」赤兵衛耳語道：「月亮爬到那棵松樹上時，主子應該開始進攻了，不過好像還沒有動靜。」

「不會，只要空中的火焰燈信號一亮，咱們就打開追手門的門栓接應。望著天等著吧。」

「眞讓人著急。」

時不待人。

而大堂裡的政賴早已無心觀看歌舞了。

他迫不及待地想要上床作樂，小鼓也換成由小姓在敲。

白拍子舞姬一看這種情形，當然心領神會。她們依次離開隊伍，上前跪地給政賴倒酒，然後起身退後，又如翩翩蝴蝶般回到隊伍中。

隨後，其中一人舞畢後坐到政賴的前方。

其他人依次坐下。

反覆幾次後，政賴的眼睛鎖定了其中一名。

「就你吧。」

他拉住一名喚做小嵯峨的舞姬的手，攬將過來。小嵯峨的裙袂飄飄，引得燭台的燈光搖曳不定。

緊接著就熄滅了。

「這邊來。」

政賴欠起身子。屋裡只剩三盞燭台，發出微弱的光。

政賴搖搖晃晃地站起來。

「小心啊！」

另外四名舞姬忙奔過來攙扶。

「哈哈，逗你們玩兒的。」

政賴方才是故意的。

他臉上有淡淡的麻子，滿臉橫肉顯得表情有些遲鈍。

他和親弟弟賴藝長得毫不相像，從性格到愛好無一相同。哥哥政賴像頭懶豬，每日除了吃就是睡，不像弟弟好歹還有吟詩作畫的文才。

唯有好色這點是兩人的共同之處。眼下的環境，也只有女色能讓他們熱血沸騰。

貴族只要活著就行了，歷代都這麼沿襲下來。不過總有一代的頭顱會被擺上血腥的祭台，這也是貴族世家的歷史使命。

………………………………………………

庄九郎是這麼認爲的。

他在追手門前部署兵馬政變時，政賴已經前擁後呼地進了寢室。

五名白拍子舞姬簇擁著他。兒小姓上來給他換上綢緞睡衣。政賴一邊穿衣，一邊命令舞姬們脫光衣服。

「不樂意嗎？」

政賴白眼向上一翻，頓時變得冷酷無情。

「我可是這個國家的守護職，哪怕是天上的一隻鳥、地上的一隻螞蟻，都不能違抗我的命令。抗命之人立即斬首，棄屍荒野。」

「饒命啊！」

舞姬們嚇得花容失色。不過她們早已習慣這種皮肉生涯，騷動一陣後便開始脫衣服。

政賴心滿意足，這恐怕是他作爲國主下達的最後命令吧。

這時，叛軍闖進城了。

庄九郎威風凜凜地騎在馬上，經過城裡武士的府邸和房屋時，朗聲喊道：

「逆天命者亡。當代國主不思衛國，不察鄰國侵犯之憂，不勤朝政，暴虐不遜桀紂。我等奉賴藝大人之命前來討伐。自今日起賴藝大人即爲本國之守護職。有心效忠賴藝大人之人立即繳械跪拜，要投奔賴藝大人之人則論功行賞，各位大可拭目以待。」

其實政賴倒也不是暴虐之君，庄九郎引用了妙覺寺本山學過的漢學知識，並添油加醋一番。

城裡的武士受了驚，紛紛取兵器踢倒窗戶跳了出來。

其中一名叫做大野十郎勝成的，是政賴母衣眾（譯注：母衣眾是從馬迴眾中精選出來的精銳武士，集團作戰中擔任護衛及傳令等）的一員，以勇猛著稱。他穿著睡衣跑過走廊，握著長柄大刀跳到院子中央。

庄九郎持槍與之交手了兩三個回合，此人遠不是庄九郎的對手。

槍身一抖，刺穿大野的胸膛，又向後一拔，把繞到身後的敵人捅倒在石塊上。

「反抗者斬。」

庄九郎一邊喊著一邊前進。

「什麼聲音？」

政賴從枕頭上抬起滿是橫肉的臉。這張臉怎麼看也不具備實行暴政的威力。

「颱風的聲音吧。」

身旁的小嵯峨說。舞姬們做夢也想不到自己會在這場叛亂中扮演重要角色。

突然，貼身侍衛扛著滿是血跡的槍闖進來：

「守護職大人！」

政賴驚得跳下床來，還光著身子。

「報告大人，賴藝大人造反了。各個城門都被衝破，敵軍已經進城了。大人這邊的人馬也差不多被殺光了。」

「誰？賴藝？你在說夢話吧？做夢了？」

土岐家已經太平地度過數百年，政賴死也不願意相信。

「請大人快點。」

「幹、幹什麼？」

他剛剛才和小嵯峨翻雲覆雨過，身上還有著汗濕味。突然被催促，他一時不知道應該做什麼才好。

「難、難道要我自刎？」

「只要一息尚存，就要立即逃離此地。請大人快更衣——」

說完，貼身侍衛如猛獸一般狠狠地盯著縮在牆角抱成一團簌簌發抖的五名舞姬，呵斥道：

「你們這些賤婦，以前從未見過，是不是你們把今晚的叛賊引進來的？」

白光一閃，槍已出手。

伴隨著淒慘的叫聲，房裡血光四濺。眨眼間，五具女人的屍體橫陳在屋裡和走廊上。

政賴則慌慌張張地繫上褲帶，披上窄袖和服。

與此同時，庄九郎像一陣旋風衝進走廊，眼看就要來到政賴的寢室了。

大狂言

庄九郎穿過走廊，來到政賴寢室的杉板門前，把耳朵貼在門上聽著裡面的動靜。

走廊裡很黑。

身穿盔甲的庄九郎右手握槍，左手舉著火把。火把燒得很旺，不時地吐出火星子，就像庄九郎的野心。

杉板上的畫是特意請來京都的畫師畫的。用的是天然礦石製成的顏料，畫的是「火焰太鼓」。

嘩啦一聲，庄九郎拉開門。只見滿地是血。

五具都是女屍。

裡面，一名貼身侍衛冷眼端著槍，身後是剛穿上衣服的美濃國主土岐政賴，還在簌簌發抖。

「您就是國主大人吧！」

庄九郎往前邁進一步。

在庄九郎一生中有過數次戲劇性的場面，這一瞬間應該是最精彩的。

「這座城我要了。哦，不是我，是請守護職您讓給您的弟弟賴藝大人。」

「你這個賣油郎！」貼身侍衛怒喝道：「身爲商人卻心懷不軌，慫恿國主弟弟犯上叛亂，實乃大逆不道之罪。」

「此言差矣。」

庄九郎向對方謙虛地施了一禮，說道：

「大逆不道是指身爲臣子卻殺害君王，而在下前不久奉賴藝大人之命前來首府川手城時，守護職卻以油商之禮相待。美濃的國主和油商，哪來的君臣關係？」

女屍的血，漸漸流到庄九郎腳邊。

「再說，政賴大人和賴藝大人的父親政房，生前曾想將家督交於賴藝大人繼承，卻遭部分老臣反對，還開了戰，最後政賴大人才當上國主，卻違背了已故主公的心意。孝乃一國之大道，不孝的國主只會給國家帶來混亂。」

開什麼玩笑，引起混亂的，不正是你庄九郎本人嗎？

庄九郎也自覺這番道貌岸然的話裡有問題，微微搖了搖頭笑出聲來。

他的聲音極有穿透力。

「我說守護職，您不具備在此亂世當中保全美濃一國的能力。」

「你是個什麼東西？」

政賴咬牙切齒道，嘴唇竟咬出血來。與其說是害怕，不如說氣得發抖。

「就是這個東西啊！」

「賣油的！」

「是，也不是。雖不知道大人您怎麼想，要說我是奉了天命來振興美濃國的毘沙門天（譯注：即多聞天王，四大天王之一，佛教的護法神），應該當之無愧吧，守護職大人。」

「你，你胡說。」

「還不跪下！」

庄九郎滿臉威嚴地緩緩邁步向前，目光如炬，像極了毘沙門天的佛像。

侍衛這才回過神來，立刻揮槍上前，庄九郎迅速用槍柄一擋，乘著對方使不出力氣的空檔，抬腳將它折斷。

侍衛把手伸向腰間的大刀。剛拔出一半，庄九郎已經躍上前去，將火把向對方臉上擲去。

「啊！」

侍衛的身子向後仰去。

「是你殺了這些舞女嗎？她們何罪之有？」要說當年，離開妙覺寺本山還俗時的庄九郎，也曾一度陷入乞丐的境地，可以說和這些舞姬是同樣的出身。

「我這個賣油的也殺人，但都是奉了天命。賣油的殺人都是爲了正義。然而你們這些人殺人不外乎兩個理由：害怕或是憎恨；我這個賣油的殺人卻不是因爲害怕或是憎恨。」

「……？」

侍衛沒有聽懂。

「守護職大人，我今天饒你一命，再不許踏入美濃半步，否則休怪我賣油的一槍要了你的命！」

緩過神來的政賴瞬間感到害怕，發出一聲野獸似的嚎叫就逃出去了。侍衛緊跟在他的後面。

「從後門跑吧！」

庄九郎喊道，然後迅速趕到後門，叮囑大將可兒權藏放過政賴。

一切安排完畢後，庄九郎又下令手下的百名騎兵追趕政賴。

他們一直從大垣追到關原，甚至沿著北國街道北上，直到越前。

越前的國主朝倉氏駐紮在首府一乘谷，也稱爲北陸王，與美濃的土岐氏歷來就是姻親，政賴便投靠在朝倉孝景的籬下。

翌日清晨，庄九郎從大軍中分出五百人馬，命可兒權藏為大將火速趕往鷺山城迎接賴藝。

同一天，賴藝進入美濃府城川手城，接任國主之位。

京都方面，庄九郎也進行疏通。朝廷和足利幕府沒有任何實權，只有行賞冊封的資格，很快朝廷就下了公文承認賴藝擔任美濃守任官，而幕府也公告天下原美濃守護職退位的消息。

（先到這裡吧。）

庄九郎向賴藝賀喜。

賴藝的心思單純，他緊握庄九郎的手，哽咽道：

「多虧了你啊！」

庄九郎則面無表情地任賴藝握住自己的手，淡淡道：

「這只是實現大人賞賜深芳野時在下的諾言而已。」

這場政變，使數年前還是一介油商的庄九郎當上國主的總管，權勢無人可及。

然而，沒有人比庄九郎更清楚，權勢背後掩藏的不穩局面。能依仗的也唯有賴藝而已，他需要賴藝這個傀儡。

美濃號稱有八千騎。

可見這個面積方圓四百里的領國，有數不清的小領主，他們的立場如何決定著庄九郎的安危。

作為賞賜，賴藝把本巢郡文殊城（離今岐阜市西北五里）封給庄九郎作領地。

庄九郎僅僅去城裡和領地的各個村裡看了一次。

為了表明自己並不是全無興趣，他減輕領地內百姓的租稅，相對比美濃其他領地輕得多。

此舉自然贏得百姓的歡心。這個時代的百姓，不像德川時代被法制化成了「階級」，兵農尚未分離，一旦打仗，小領主就會動員百姓成為騎兵（將校），寄養在百姓家裡的農民則被選作步兵。這些人的輿論不容忽視。

庄九郎巧妙地籠絡這些「領民」。

別忘了，庄九郎在京都還有山崎屋這座金山，與那些靠拚命榨取百姓血汗的小領主截然不同。

總之，他不在這座城裡駐守，而是在川手城裡蓋了房子，好待在賴藝的身邊主持國政。

「是不是文殊城不好？」

賴藝有些擔心。

「不，文殊城距離川手城太遠，不能每日登城伺候主公大人。」

庄九郎又意外地獲得一次機會。這個機會來自長井利隆。

利隆是常在寺日護上人的哥哥，庄九郎剛到美濃時，這位老將就對他特別照顧。

前文介紹過，此人是美濃的大豪族之一，是土岐的分支，曾是年幼的賴藝的保護人。正是此人把庄九郎引薦給賴藝，他是對庄九郎的才華佩服得五體投地的唯一一位有實力的人物。

而且，攻打川手城兵馬的多半是長井利隆一族或是其下的家臣，可見他對庄九郎的支持有多大。

利隆欣賞庄九郎的才能，他相信支持庄九郎就是支持賴藝，而且，這也是對抗不斷發展壯大的近江淺井氏、尾張織田氏等鄰國威脅，保衛美濃的唯一方法。

（只要此人在，我就死而無憾了。）

利隆心想。

他患有隱疾，近來幾乎一直臥床不起，預感自己來日無多。

一天，利隆把庄九郎喚到加納城自己的病房中，說道：

「我放心不下的是賴藝大人和美濃的安危。爲了能讓你更安心、更方便地扶持賴藝大人，我想讓你繼承我的封號和領地，不知道你意下如何？」

簡直難以置信。利隆是不是腦子出問題了？恐怕全天下沒有一個傻瓜，會把自己的城池、領地和封號拱手讓給一個不知來龍去脈的外人。

「……」

庄九郎稍微低了低頭，仍雙手撫地跪著，眼睛卻密切地捕捉著利隆的表情。

利隆的眼珠雖略帶灰色，眼神仍然清澈，臉上看不出任何撒謊或開玩笑的表情。隨後他閉上眼像在思考什麼，很快又睜開眼。

「庄九郎君，」他喚著庄九郎的舊名：「我很早就在想，什麼叫惡人。」

（……？）

庄九郎抬起眼，這句話顯然很意外。

「庄九郎君，你有沒有想過？」

「在下曾投身佛門（宗門）。」

——庄九郎的意思是，當然思考過善惡的問題。

「對對，你曾是京都妙覺寺本山的大秀才嘛。你以前說過，日蓮宗認為既有大善之人，也有大惡之人。」

「不錯，不知其他宗門是……」

庄九郎開始涉及日蓮宗的哲學。

「日蓮宗以外的其他宗門，善惡並無明確之分。法然、親鸞等淨土教認為，人的存在本身就是惡。人要靠殺飛禽走獸而食用才能維持生命，要靠女子才能繁衍後代，因此，人生來就要殺生淫賤。可見，人是執迷不悟、無可救藥的。惡就是惡，無論是信徒還是修行淺的人，阿彌陀如來佛祖都要救贖，而日蓮宗卻不這樣寬容。如果不信日蓮宗最基本的法典《法華經》，世上就算有善人也都是惡人，會帶來災難，國破人亡。很自然的，因為對善惡有強烈的要求，日蓮宗的信徒中有不少惡人。就算做了惡事，只要念持《法華經》，就能抵消罪孽，正因為有如此方便的教義，才出現大惡之徒。」

庄九郎娓娓道來。其實他說的，不正是他自己嗎？

長井利隆卻沒這麼想。

他完全折服於庄九郎的才華。

「噢，扯遠了，我說的惡和惡人不是這個意思。我前思後想，無能的國主、無能的家老和無能的領主生在這種亂世，是不是也算惡人呢？」

「這……」

庄九郎吃了一驚，心下卻是同感。

「你看看美濃。」

長井利隆閉上眼睛。

的確，美濃在近十年，邊境屢次受到淺井和織田二氏的侵犯，雖然每次都出兵迎戰，卻從未打過勝仗。

邊境的百姓也眞是倒楣，一到收割稻子的季節，近江的淺井部隊都要來襲。

他們來搶稻子。

（要守護職有什麼用？）

關原一帶和墨股附近邊境的百姓都恨得牙癢癢的。不光是百姓，這一帶的武士也很淒慘，每次被侵略都要被弒父殺子，積攢的武器和糧食都被洗劫一空。聽說牧田村有個叫牧田右近的地侍，妻兒被近江的淺井士兵殺害後，淪爲乞丐流落京都。

這些悲劇都來自同一個原因：土岐家沒有人才。

歷代的國主都庸庸碌碌，而輔佐朝政的豪族也都無所作爲。

「連我在內，都是如此。」

利隆歎道。

利隆的意思是說，經營領土的人無能便是最大的惡事、惡人。

「賴藝大人雖比政賴強，也僅是如此而已，無法指望他率領大軍擊敗淺井和織田。而且，他也沒有勇氣快刀斬亂麻，除去歷代腐朽的土岐家派閥。而我身爲輔佐家臣卻病入膏肓，無能爲力。眞是惡人啊！」

「……」

這麼一說，庄九郎是不是就成爲天界下凡的至尊善人了？

「照這樣下去，土岐家和美濃都要毀於一旦。像我這樣的惡人也只有引退。」

利隆的本意是，長井家是土岐家族最大的分支，如果庄九郎繼承這個家號，插手美濃國政的話，至少可以死馬當活馬醫。

「所以我要讓給你。」

——不會是騙人的吧？庄九郎心想。

利隆的確眞心眞意。像他這麼敏感的人，一定感覺到庄九郎是個危險的人物，然而他也清楚，如果不依賴此人的手腕，美濃的滅亡只是早晚的事。

利隆再無他求。

或許是被病痛折磨得虛弱不堪，歷代名門的末裔，有的生來就像利隆一樣淡薄名利。最關鍵的是利隆沒有子嗣。

庄九郎做了他名義上的養子。

利隆把家產悉數讓給庄九郎，自己則落髮爲僧，到武儀郡深山裡的寺院隱居。

於是，庄九郎再一次改名爲「長井新九郎利政」。

短短幾年，庄九郎屢次改名，從妙覺寺的法蓮房，歷經松波庄九郎、奈良屋庄九郎、山崎屋庄九郎，一度回到松波庄九郎後，又改名爲西村勘九郎，直到如今的長井新九郎。

每一次改名，他都迎來新的人生。他似乎打算以多種角色度過自己的人生。

庄九郎升任爲加納城主。

奪下首府川手城後，還不到一個月。

人生變幻莫測。

正可謂是求生之道的名人。

（下冊待續）

國家圖書館出版品預行編目（CIP）資料

盜國物語：戰國梟雄齋藤道三 / 司馬遼太郎作；
馬靜譯．-- 初版．-- 臺北市：遠流，2017.05
冊；　公分．--（日本館・潮；J0268-J0269）
ISBN 978-957-32-7983-9（上冊：平裝）．--
ISBN 978-957-32-7984-6（下冊：平裝）．--

861.57　　　　　　　　　　106005476

日本館・潮　J0268
盜國物語：戰國梟雄齋藤道三（上）
作　　者——司馬遼太郎
譯　　者——馬靜
出版二部總監——黃靜宜
企劃主編——曾慧雪
特約編輯——陳錦輝
行銷企劃——葉玫玉、叢昌瑜

發行人——王榮文
出版發行——遠流出版事業股份有限公司
100 臺北市南昌路二段 81 號 6 樓
郵撥／0189456-1
電話／(02)2392-6899　傳真／(02)2392-6658
著作權顧問——蕭雄淋律師
2017 年 5 月 1 日　初版一刷
售價新臺幣 300 元（缺頁或破損的書，請寄回更換）

ISBN 978-957-32-7983-9
YLib.com 遠流博識網 http://www.ylib.com　E-mail: ylib@ylib.com